mainbook

Das Buch

Als Adelheid Bergmann-Rauscher stirbt, ahnt niemand, dass der Tod von Kommissar Andreas Rauschers Tante eine Kette von Ereignissen auslösen und den Frankfurter Kommissar vor Herausforderungen stellen wird, die er sich im Traum nicht hätte vorstellen können. Andreas Rauscher, wird – zur Überraschung aller – Alleinerbe. Doch dann taucht wie aus dem Nichts Thomas auf, Sohn der Tante und Rauschers Cousin, und will ihm sein Erbe streitig machen.

Doch wo steckte Thomas Rauscher die ganze Zeit überhaupt? Rauscher – immer noch vom Dienst suspendiert – beginnt zu recherchieren. Der erste Schock lässt nicht lange auf sich warten, denn er kommt einem Familiengeheimnis rund um seinen Onkel Karl Bergmann auf die Spur.

Der Kommissar begibt sich in die Niederungen der Rauscherchen Familiengeschichte und sticht in ein Wespennest. Auch ein Ahnenforscher hat seine Hände im Spiel und sehr bald muss sich Rauscher die entscheidende Frage stellen: Was hat Frau Rauscher aus der Klappergass' mit all dem zu tun?

Der Autor

Gerd Fischer wurde 1970 in Hanau geboren, ist in Altenstadt-Höchst in der Wetterau aufgewachsen, studierte Germanistik, Politologie und Kunstgeschichte in Frankfurt am Main, wo er seit 1991 lebt.

Weitere Krimi-Veröffentlichungen im mainbook Verlag: „Mord auf Bali" 2006 (Neuauflage 2011), „Lauf in den Tod" 2010, „Der Mann mit den zarten Händen" 2010, „Robin Tod" 2011, „Paukersterben" 2012, „Fliegeralarm" 2013, „Abgerippt" 2014, „Bockenheim schreibt ein Buch" (Hrsg.) 2015, „Einzige Liebe – Eintracht-Frankfurt-Krimi" Februar 2017 und „Ebbelwoijunkie" Dezember 2017.

Gerd Fischer

Frau Rauschers Erbe

Der zehnte Fall für Kommissar Rauscher

Krimi

Mein besonderer Dank gilt Elisabeth Schick und Mia Beck.

Lektorat: Mia Beck
Layout: Anne Fuß
Titelbild: © Lukas Hüttner
ISBN 978-3-947612-40-6

Besuchen Sie uns im Internet: **www.mainbook.de**
Signierte Bücher können ohne zusätzliche Versand- und Portokosten
direkt beim Verlag auf www.mainbook.de bestellt werden.

„Die Fraa Rauscher aus de Klappergass',
die hot e Beul am Ei.
Ob's vom Rauscher, ob's vom Alde kimmt,
des klärt die Polizei."

(Refrain des wohl bekanntesten Frankfurter Ebbelwoiliedes von Kurt Eugen Strouhs)

Prolog

Vor etwas mehr als dreißig Jahren ...

Als Karl Bergmann am Freitagabend sein Büro betrat, überraschte ihn ein gedeckter Tisch. Ein saurer Duft stieg in seine Nase. Er trat näher heran und entdeckte einen Teller mit Handkäs, der in einer Zwiebel-Essig-Marinade schwamm. Daneben standen ein Brotkorb und ein Dreier-Bembel. Bergmann schaute sich um, aber es war niemand zu sehen. Er war wieder mal der Letzte in der Firma; es war spät geworden. Seine Mitarbeiter hatten längst Feierabend.

Bergmann wunderte sich, setzte sich aber und griff zu, denn er hatte Appetit. In den letzten fünf Stunden hatte er sich den Mund fusselig geredet und einen großen Bauauftrag an Land gezogen.

Er goss sich einen Schoppen ein, setzte das Gerippte an und trank. Der Handkäs war durch und schmeckte vorzüglich. Bergmann war dem Herzhaften schon immer zugeneigt gewesen. Zum Runterspülen schenkte er sich ein weiteres Geripptes ein und trank es in einem Zug leer. Mit dem Handrücken wischte er sich über den Mund.

Wem hatte er diese Köstlichkeiten zu verdanken? Seiner Frau? Oder etwa Leni, seiner Sekretärin?

Er musste rülpsen. Der Geschmack des Käses. Das saure Stöffche. Herrlich!

Doch plötzlich hielt er inne, legte sich die Hand auf die Stirn. Er schwitzte. Seine Haut triefte vor Schweiß. Ruhig bleiben, einatmen, ausatmen. Er musste sich beruhigen. Vielleicht bildete er sich alles nur ein. Vielleicht ...?

Etwas irritierte ihn. Ein komischer Nachgeschmack im Mund, wie er nun feststellte. Der Gaumen fühlte sich pelzig an.

„Hooseschisser", sagte er zu sich selbst. Immerhin wurdest du gerade köstlich bewirtet, dachte er, fühlte sich aber immer komischer. Und er fror. Was war nur los mit ihm?

Dann entdeckte er etwas, was ihn entzückte. Ein letzter Tropfen war noch im Bembel verblieben. Er schmunzelte, füllte das Gerippte erneut, kostete noch einmal von seinem Lebenselixier und schloss die Augen.

Sah sich als kleinen Bub, den Kopf unter die Kelter gepresst, die letzten Tropfen aufsaugend. Und wollte es nicht wahrhaben. Wollte nicht glauben, dass nichts mehr kam. Wollte noch mehr von diesem süßen Etwas trinken, auf das sich die Kinder schon Wochen vorher gefreut hatten wie sonst nur auf Weihnachten. Oder Ostern ...

Ein Quietschen riss ihn aus seinem Tagtraum. Die Tür öffnete sich langsam. Auf seiner Stirn hatte sich inzwischen ein ganzes Meer von Schweiß gebildet. Er fühlte sich, als würde er innerlich verbrennen. Sein Hals schwoll an, er bekam immer weniger Luft, schnappte danach, japste ... Außerdem setzten mit einem Male starke Kopfschmerzen ein.

Als er sich umdrehte, konnte er nur eine dunkle Gestalt erkennen. „Na ... nu", stotterte er. „Was ... was soll das ...?" Das Sprechen fiel ihm schwer.

„Auf zum letzten Gang!", sagte die Gestalt und trat näher an seinen Tisch.

Karl Bergmann hatte es sich also nicht nur eingebildet.

„Was hast du ge...? Was ... ist mit ... mir ...?", brachte er mühevoll über die Lippen.

Atemnot! Ihm wurde übel. Und jetzt spürte er auch, wie sich Arme und Beine verkrampften. Was war nur mit ihm los?

Die Gestalt stellte sich nun direkt vor ihn. „Du weißt ja, was hier passiert ist, wo du gerade sitzt!" Bergmann starrte die Gestalt an, die im nächsten Augenblick vor ihm auf den Tisch spuckte, wobei etwas aus ihrem Mund fiel und direkt vor Bergmann landete. Er griff wie in einem Reflex danach.

„Steh auf!", hörte Karl Bergmann sein Gegenüber sagen. „Lange hältst du sowieso nicht mehr durch, so rot, wie dein Kopf schon ist!"

‚Aber ich will noch nicht ...', wollte Bergmann sagen, doch sein Mund brachte nur ein leises Blubbern hervor. Gelblicher Schaum quoll zwischen seinen Zähnen hervor. Er nahm alles um sich herum nur noch undeutlich wahr.

„Hat er wenigstens geschmeckt, dein letzter Ebbelwoi?"

„Chhhhz..." Ein kurzer Seufzer strömte aus Karl Bergmanns Mund, dann kam nichts mehr. Er hielt sich am Tisch fest, sonst wäre er vom Stuhl gekippt.

„Das war deine Henkersmahlzeit. Und jetzt gute Nacht!"

Bergmann riss die Augen auf, als ihm alles klar wurde. Die Gestalt schien boshaft zu grinsen. Das war das Letzte, was er sah.

Kapitel 1

1

Samstag, 5. Dezember

Kommissar Rauscher fröstelte es. Er rieb sich die Hände.

Der Herbst war mit Graupelschauern zu Ende gegangen, der Winter begann unvermittelt mit Schnee. Ungewöhnlich viel Schnee für Frankfurter Verhältnisse.

Im Niddapark lagen knapp zwanzig Zentimeter. Kahle Bäume, Eiszungen an den Ästen. Die Temperatur kratzte an der Minus-Zehn-Grad-Marke. Am Horizont glänzten die Taunusberge hell im glasklaren Sonnenlicht. Einen schöneren Wintertag konnte er sich kaum vorstellen. Es war einer jener Tage, die in der Stadt recht selten vorkamen.

Nach einem ausgiebigen Spaziergang durch die weiße Landschaft formte Jana Kern einen Schneeball und traf Andreas Rauscher mitten ins Gesicht.

Sie lachte. Er fluchte. Schüttelte sich. Die Kristalle schmolzen und das Wasser lief Rauscher in den Kragen seines dicken Wintermantels. Er trocknete sich mit seiner Mütze ab.

„Komm, wir gehen heim", sagte er.

„Keine Lust auf Schneeballschlacht?" Sie schmunzelte.

„Vielleicht kann ich dich nach Hause locken, wenn ich dir verspreche, einen heißen Ebbelwoi zu machen."

„Ich schwebe!", rief sie freudestrahlend, warf sich ihm um den Hals und knutschte ihn ab.

Händchenhaltend gingen die beiden Kommissare an der Sportfabrik vorbei, liefen über die Ginnheimer Landstraße in die Sophienstraße und zurück zu Rauschers Bockenheimer Altbauwohnung. Er holte aus dem Briefkasten die Post: eine Wochenzeitung, einige Werbeflyer und einen Brief, schwarz umrandet.

„Nanu?", sagte Jana, als sie ihn erblickte. „Ist wer gestorben?"

„Sieht so aus." Rauscher las die Anschrift. Er war an ihn adressiert. Auf der Rückseite war der Absenderstempel. „Horst Wollenschläger. Notar." Er hob die Augenbrauen.

„Kennst du den?"

„Nie gehört."

„Komm, wir gehen hoch!"

Nachdem sie die Wohnung betreten und sich der Winterklamotten entledigt hatten, braute Rauscher in der Küche in einem Topf heißen Ebbelwoi mit Zimt und Nelken. Der süßliche Duft nach Weihnachten breitete sich binnen kurzer Zeit in der Wohnung aus und schaffte eine behagliche Atmosphäre.

Jana hatte ihre Wollstrickmütze abgenommen und fuhr sich durch ihre kurzen, blonden Haare. Ihre Wangen schienen zu glühen, so rot waren sie.

„Brrrrrrr!" Sie schüttelte sich, als fröre sie immer noch und nippte gierig am Gerippten. War aber noch zu heiß. Sie setzte das Glas wieder ab. „Lecker!"

Rauscher pflanzte sich in einen Sessel an der Heizung und öffnete den ominösen Brief.

„Was steht denn drin?", fragte Jana, als sie sich neben ihn auf die Sessellehne hockte.

Rauscher las und schien überrascht. „Tante Adelheid ist gestorben."

„Tante wer?"

„Adelheid Bergmann-Rauscher, steht hier. Den Namen hab ich zum letzten Mal gehört, da war ich so groß." Er hielt die Hand etwa einen Meter über den Parkettboden. „Sie war die ältere Schwester meines Vaters."

„Und warum bekommst du den Brief?"

„Der Notar ist der Testamentsvollstrecker und lädt mich zu einem Gespräch ein."

„Aha. Vielleicht erbst du?"

„Ich?"

„Sonst hätte er doch nicht dich angeschrieben."

„Ich kannte die Verstorbene kaum."

„Soll schon vorgekommen sein." Sie zuckte mit den Achseln.

Er legte den Brief weg, nahm sich den heißen Ebbelwoi, trank und starrte die Wand an.

„Was ist?", fragte Jana.

„Der Brief hat mich irgendwie … überrumpelt."

„Aber du kannst dich doch kaum an sie erinnern, hast du gesagt."

„Trotzdem. Als Kind war ich öfter bei meinem Onkel und meiner Tante. Sie hatten einen riesigen Ebbelwoikeller, da haben wir immer Verstecken gespielt."

„Wer ist wir?"

„Ich und Thomas."

„Und wer ist Thomas?"

„Der Sohn meiner Tante, mein Cousin. Er war um einiges älter als ich."

„Noch nie vom ihm gehört. Wo wohnt er?"

„Keine Ahnung."

„Und was hast du nun vor?"

„Meine Eltern anrufen. Die müssten ja auch so einen Brief gekriegt haben."

„Mach das! Sie wissen bestimmt mehr. Ich gönne mir noch ein Gläschen, müsste ja mittlerweile etwas abgekühlt sein."

2

Andreas Rauscher ging in sein Arbeitszimmer, setzte sich an seinen Schreibtisch, griff sich das Telefon und wählte die Nummer seiner Eltern in der Römerstadt.

„Tante Adelheid ist gestorben", platzte er hervor, als sich seine Mutter meldete.

„Woher weißt du das?", fragte Gabriele Rauscher.

„Habt ihr keinen Brief bekommen?"

„Nein."

„Hat euch der Notar nicht eingeladen?"

„Nein."

„Merkwürdig!" Er legte eine kurze Pause ein. „Wieso meldet er sich bei mir? Ich hab doch bestimmt dreißig Jahre lang kein einziges Mal an Tante Adelheid gedacht."

„Jetzt beruhig dich mal", erwiderte Frau Rauscher. „Wir doch auch nicht. Wir wussten nicht, was mit ihr ist."

Rauscher blieb vor Erstaunen kurz die Spucke weg, doch nach einer Weile hatte er sich wieder im Griff. „Was soll das heißen? Ihr wusstet nicht, was mit Vaters Schwester ist?"

„Wir ... also, Vater und ich ... hatten seit über dreißig Jahren keinerlei Kontakt zu ihr. Genau wie du."

„Verdammt lange Zeit. Wieso?"

„Wie meinst du das?"

„Was ist damals vorgefallen?"

„Das ... das kann ich dir nicht ... Also, darüber möchte ich nicht reden."

„Mutter! Jetzt sei doch nicht so stur. Wird schon nicht so schli..."

„Das zu beurteilen, überlässt du am besten uns!", antwortete sie.

„Jetzt stell dich nicht so an, du wirst mir doch ..."

„Mehr hab ich dazu nicht zu sagen." Rauscher sah vor seinem geistigen Auge, wie sich der Kopf seiner Mutter hob und wegdrehte, als wollte sie über das soeben Gehörte schweigen wie ein Grab.

„Was ist denn auf einmal los mit dir?", presste er hervor. Es klang leicht erzürnt. „Tante Adelheid ist gestorben!"

„Das sagtest du bereits." Und als sei das Thema für sie durch, fragte sie: „Gibt's was Neues von der Frankfurter Mordkommission?"

Der abrupte Themenwechsel verwirrte Rauscher. „Was meinst du?"

„Zum Beispiel, wann du wieder zurück in den Dienst kannst!"

„Du weißt doch genau, dass die Suspendierung unbefristet ist. Und über eine Rückkehr wird in einem Disziplinarverfahren entschieden. Das kann dauern ... Vielleicht kehre ich auch nie wieder zurück", hängte er noch an, bereute es aber im nächsten Moment.

„Wie bitte?", brauste Gabriele Rauscher auf.

„Wir reden später." Die Lust, mit seiner Mutter Jobfragen zu erörtern, war ihm spontan abhandengekommen. „Tschüss!" Er legte auf und blieb etwas ratlos zurück. Das passte ihm gar nicht. Er nahm sich vor, der Sache von damals auf den Grund zu gehen.

Als er zu Jana zurückkam, schnaufte er dreimal durch.

„Und?", fragte sie.

„Irgendwas stimmt da nicht."

„Wie meinst du das?"

„Meine Mutter hat keinen Ton über Tante Adelheid gesagt. Aber dafür nervt sie mich mit dem leidigen Thema Rausschmiss."

„Komm, setz dich zu mir!" Sie klopfte auf den Sessel.

„Immer die gleiche Leier ...", sagte er, während er sich setzte. „Kripo, Kripo, Kripo."

Jana strich ihm durch seine kurzen schwarzen Haare, herzte ihn und drückte ihm einen Schmatzer auf die Wange.

„Ich weiß, wie du dich fühlst. Schließlich bin ich auch suspendiert." Sie schmunzelte, aber es sah aus, als fühlte sie sich unwohl dabei.

„Aber der Unterschied zwischen uns ist: Du willst unbedingt in den Job zurück. Ich hingegen ..."

„Du denkst doch nicht etwa ernsthaft darüber nach, alles hinzuschmeißen?"

„Und ob!"

„Ich dachte immer, du machst Scherze."

„Die letzten Wochen hab ich über nichts anderes nachgedacht. Ich ... also, ich weiß nicht, wie ich es sagen soll."

„Versuch's!"

„Vielleicht bin ich nicht geschaffen für den Job."

„Was erzählst du denn da?" Jana richtete sich auf. Es wirkte, als wollte sie mächtig protestieren.

„Ich weiß nicht, ob ich es noch drauf habe."

Sie starrte ihn an. „Du hast doch alle Fälle gelöst!"

„Schon", kam es wie aus der Pistole geschossen. „Aber was hilft das, wenn ich dabei mein Umfeld in Schutt und Asche lege?"

„Übertreib nicht!"

„In dem Job kommt es auf mehr an, als nur Fälle zu lösen ..."

„Aber ...", wollte sie ihn unterbrechen, was er jedoch nicht zuließ, denn er fuhr augenblicklich fort: „Als Kommissar musst du besonnen und souverän vorgehen. Klug handeln und vor allem ruhig bleiben in entscheidenden Situationen ... Das bin nicht ich. Auch wenn ich es bisher nicht wahrhaben wollte."

„Aber das ist doch ...", echauffierte sich Jana.

„Lass mich bitte ausreden. Ich ziehe mein ganzes Umfeld runter – dich, meine Kollegen Krause, Thaler, vom Chef ganz zu schweigen –, mache sie blöd an, schaue weder nach rechts noch links, bin so sensibel wie ein Nilpferd ..."

„Du meinst das wirklich ernst, oder?", fragte sie mit nachdenklicher Miene.

„Ich denke, das kann nicht länger so weitergehen."

„Und was hast du stattdessen vor?"

„Kommt drauf an. Wenn du nicht zurück kannst in den Dienst, können wir ja gemeinsam was machen."

„Und was?"

„Auswandern!"

„Das wird mir jetzt zu bunt!"

„Dann lass uns ein Ebbelwoimuseum gründen."

„Hört sich schon besser an." Sie musste wieder schmunzeln.

„Wann wird denn über dein Diszi entschieden?", fragte Rauscher nach.

„Verzögert sich, hat mir die Dienstaufsicht mitgeteilt. Angeblich dauern die Untersuchungen noch an."

„Die lassen sich ja ganz schön Zeit."

„Ich weiß auch nicht, ob das ein gutes oder ein schlechtes Zeichen ist."

„Mach dir nicht so viele Gedanken. Jetzt steht sowieso was anderes auf dem Programm." Er grinste. „Die Eintracht! Um 17.30 Uhr ist Anpfiff."

„Oje, Abstiegskampf", raunte sie. „Dafür bin ich nicht gestrickt. Schenkst du mir noch einen ein?"

„Wir schenken den Lilien heute ein. Aber nicht nur einen!", sagte Rauscher, nahm die beiden Gerippten und ging in die Küche zum Nachfüllen.

3

Montag, 7. Dezember

Zwei Tage, nachdem Rauscher den Brief erhalten hatte, stand er in Wintermantel, Rollkragenpulli und Handschuhen nachmittags vor der Kanzlei des Notars Wollenschläger in der Myliusstraße im Frankfurter Westend, wo sich Villen, noble Altbauten und Bürogebäude abwechselten. Hier residierte der alte Geldadel neben Neureichen; dazwischen Agenturen, Anwaltskanzleien, Steuerbüros und Botschaften.

Schick, schick, dachte er.

Sein Atem erzeugte bei jedem Luftholen einen kleinen Nebel vor seinem Gesicht. Die Temperaturen waren immer noch nicht gestiegen. Es wehte ein eisiger Wind, der nicht gerade zu einem behaglichen Gefühl beitrug.

Morgens hatte er den Notar angerufen und für 16 Uhr einen Termin vereinbart. Zeit hatte er genug. Durch seine Suspendierung war er kaltgestellt und durfte nicht zum Dienst erscheinen. Obendrein hatte ihn das Schreiben des Notars neugierig gemacht. Was wollte er ihm mitteilen? Ging es tatsächlich um die Testamentseröffnung? Wahrscheinlich hatte es damit zu tun, malte sich Rauscher aus. Es war sinnlos, sich vorher den Kopf darüber zu zerbrechen.

Er klingelte an einem Messingschild am Hoftor und betrat kurz darauf das Grundstück des großbürgerlichen Anwesens. Während er auf die Haustür zulief, schaut er sich um, was gar nicht so einfach war. Die gepflasterte Einfahrt, die zu einer Doppelgarage führte, war von hohen Bäumen gesäumt. Dementsprechend düster und schattig war es hier. Er fror noch ein wenig mehr.

Der Hausherr schien ihn persönlich zu empfangen, denn in der Tür stand ein kleines Männchen in schwarzem Anzug, weißem Hemd und Krawatte. Er war schlank, schlaffe Haut am Hals und im Gesicht. Der Jüngste war er wohl nicht mehr, aber noch rüstig.

Der Notar streckte ihm die Hand entgegen, als Rauscher vor ihm zum Stehen kam. Während sie sich gegenseitig begrüßten, blickte er ihm tief in die Augen.

„Herr Rauscher, ich freue mich, dass Sie die Zeit gefunden haben. Mein Name ist Wollenschläger. Kommen Sie bitte herein." Rauscher folgte ihm ins Innere des Hauses.

Nachdem Rauscher abgelegt hatte, führte ihn Wollenschläger in ein beachtliches Büro. Mindestens vierzig Quadratmeter, schätzte Rauscher. Er betrachtete die Einrichtung. Antiquarische Möbel aus dunklem Holz, die Läufer und Teppiche schienen selbstgeknüpft und wertvoll zu sein. Etliche Gemälde zeigten Landschaften und Stillleben. Fehlten nur noch die Hirschgeweihe mit Zwölfendern und Kuckucksuhren, dachte Rauscher, aber davon war nichts zu sehen.

Als sie sich am massiven Nussbaumschreibtisch gegenübersaßen, bemerkte Rauscher die Ordnung, die hier herrschte. Kein Blatt lag unsortiert herum, keine Zeitung war aufgeschlagen, kein Staubkrümel auf dem Boden erkennbar.

„Darf ich Ihnen einen heißen Tee anbieten?", fragte Herr Wollenschläger. „Frau Mollenbeck hat gerade welchen gemacht."

„Gerne." Rauscher nickte.

Herr Wollenschläger füllte zwei Tassen aus einer Glasteekanne und stellte sie zurück aufs Stövchen.

Nach dem ersten Schluck meinte Rauscher: „Bin schon gespannt, was Sie mir zu sagen haben."

„Nun ja", antwortete Wollenschläger, „es verhält sich eher umgekehrt."

Rauscher hob die Augenbrauen und schaute den Notar ratlos an. „Ich verstehe nicht ...“

„Dann werde ich es Ihnen erklären“, unterbrach ihn Wollenschläger. „Und zwar von Anfang an.“

„Ich bitte darum.“

„Nun, wie Sie aus meinem Schreiben wissen, ist Frau Bergmann-Rauscher, Ihre Tante, letzte Woche verstorben. Sie hat mich beauftragt, ihren Nachlass zu verwalten und das Testament zu vollstrecken. Ich kenne zwar Frau Bergmann-Rauscher schon einige Jahre, weil sie mich hin und wieder, aber eher selten, mit einigen persönlichen Vertragsangelegenheiten und formalen rechtlichen Fragen aufsuchte und beauftragte, sie für sie zu lösen. Im Zuge dessen hat sie mir auch eines Tages ihr Testament überreicht. Soweit zum Hintergrund.“ Er nippte an seiner Teetasse. „Heute kann ich Ihnen also mitteilen, dass Sie der Alleinerbe sind.“

„Ich?“ Rauscher riss die Augen auf.

„Ja.“

„Aber ... ich hatte überhaupt nichts mit meiner Tante zu tun! Ich meine ... Ich wusste nicht einmal, dass sie noch lebt, geschweige denn, wo. Lange musste ich darüber nachdenken, wann ich sie überhaupt zum letzten Mal gesehen habe, bin aber auf keinen grünen Zweig gekommen. Es muss vor etwa dreißig Jahren gewesen sein. Meine Eltern konnten ... oder wollten mir auch nicht weiterhelfen.“

„Ihre Eltern“, übernahm Herr Wollenschläger, „das ist ein gutes Stichwort.“

„Warum wurden sie nicht informiert?“

„Weil es ausdrücklich im Testament vermerkt ist.“

„Wie jetzt?“

„Frau Bergmann-Rauscher hat verfügt, dass Ihre Eltern weder etwas erben noch dass sie überhaupt über ihren Tod informiert werden sollen.“

„Wird ja immer merkwürdiger." Auf Rauschers Stirn zeigten sich erste Falten.

„Und genau deshalb sind Sie hier. Ich möchte Sie nämlich zwei Dinge fragen. Erstens: Wissen Sie, was zwischen Ihren Eltern und Frau Bergmann-Rauscher vorgefallen ist?"

„Nein."

„Können Sie es herausfinden?"

„Meine Mutter weigert sich strikt, mit mir darüber zu reden."

„Und zweitens: Kennen Sie weitere Familienmitglieder? Mir sind nämlich keine bekannt."

„Geht mir genauso."

„Aus diesem Grund sind Sie ja auch der Alleinerbe."

„Moment, Moment ..." Rauscher fasste sich an den Kopf. „Was ist denn eigentlich mit Thomas?"

„Bitte, wer?"

„Der Sohn meines Onkels und meiner Tante."

„Ich habe keinerlei Kenntnis darüber, dass es ihn überhaupt gibt."

Rauscher überlegte eine Weile. „Das Einzige, was ich über meinen Cousin weiß, ist, dass er nach dem Tod seines Vaters, also meines Onkels, verschwunden ist."

„In den Unterlagen habe ich das Jahr 1985 gefunden, als Frau Bergmann-Rauschers Ehemann ..."

„Ja, mein Onkel Karl ...", sprach Rauscher dazwischen.

„... gestorben ist. Ist das richtig?"

„Erinnern kann ich mich nicht, aber das müsste hinkommen. Und Thomas war plötzlich weg."

„Und niemand weiß, wohin?"

„Ich wüsste nicht, wer. Und auch nicht, ob noch jemand Kontakt zu ihm hat."

„Dann muss ich ihn ausfindig machen."

„Das wäre gut. Vielleicht bringen Sie Licht ins Dunkel. Mir ist das alles schleierhaft."

„Ich habe es mir soeben notiert."

„Und Sie wissen auch nicht, was damals vorgefallen ist?"

„Nein, woher denn? Ich muss aber auch dazu sagen, dass ich mit Frau Bergmann-Rauscher nur sporadisch zu tun hatte und mein Einblick in ihre Familienverhältnisse mehr als dürftig ist. Sie war auch nur einmal kurz hier bei mir, ansonsten haben wir telefoniert. Sie lebte ja sehr zurückgezogen, insbesondere in den letzten Jahren. Jedenfalls habe ich mir das immer so erklärt."

„Wo denn überhaupt?" Rauscher musste gerade feststellen, dass er nicht einmal wusste, wo seine Tante zuletzt gewohnt hatte.

„In einer schönen Wohnung im Holzhausenviertel, ganz in der Nähe vom Park ..."

„Also in ihrer alten Wohnung." Rauscher nickte wie zu sich selbst. „Dann ist sie offensichtlich nie weggezogen."

„Gut möglich. Aber nun zurück zum Tod Ihrer Tante. Sie hat mir im Testament Geld zur Verfügung gestellt, um die Beerdigung et cetera zu bezahlen. Ich habe bereits alles veranlasst."

„Fein. Ich dachte schon, ich müsste mich ..."

„Da brauchen Sie sich keine Sorgen zu machen. Es wird nur eine schlichte Trauerfeier geben. Nur Sie sind eingeladen."

„Nur ich?"

„Steht so im Testament."

„Wird ja immer besser."

„Ich schlage Ihnen vor, dass ich zunächst einmal die Frage kläre, ob der Sohn noch lebt und auffindbar ist. Danach besprechen wir alles Weitere. Wäre das für Sie in Ordnung?"

„Sicher."

„Die Trauerfeier ist übrigens für Samstag angesetzt."

„Wie alt ist Tante Adelheid denn eigentlich geworden?"

„75 Jahre."

„Und woran ist sie gestorben?"

„Herzversagen."

4

Donnerstag, 10. Dezember

Um kurz vor 12 Uhr mittags, als Rauscher im Gemalten Haus ankam, herrschte erstaunliches Gedränge. In der traditionellen Apfelweinkneipe saß eine Gruppe Japaner. Etliche Platten mit Bergen von Fleisch und Würsten standen vor ihnen auf den Holztischen. Ein Kellner hatte Mühe, die gefüllten Gerippten so schnell zu verteilen, wie sie getrunken wurden. Die Truppe schien bester Laune zu sein, sie stießen an, lachten, krakeelten.

Rauscher schnupperte. Ah! Er liebte diesen sauren Duft nach Ebbelwoi und Sauerkraut.

Bernd Kessler saß in einer Ecke allein an einem Vierertisch, wartete bereits auf Rauscher und trank einen Schluck von seinem goldgelben Schoppen. Er machte ein mürrisches Gesicht, was Rauscher nicht wunderte. Sein Onkel war muffelig, seit er ihn kannte, und manchmal sogar unnahbar. Ein alter Griesgram, wie er im Buche stand, aber liebenswert. Rauscher mochte ihn und hatte ihn ins Herz geschlossen. Wenn Onkel Bernd etwas nicht passte, sagte er einfach gar nichts, besonders dann, wenn er keine Lust drauf hatte. Was nicht selten der Fall war. Seiner Einladung ins Gemalte Haus war der Onkel aber sogleich gefolgt mit den Worten: „Komm ich wenigstens mal wieder raus."

Die beiden reichten sich die Hand ohne Begrüßungsformel.

Susanne, die Kellnerin, hatte Rauscher erkannt und ihm gleich einen Schoppen vor die Nase gestellt, noch bevor er seinen Mantel abgelegt hatte und richtig saß.

„Wohlsein", sagte der Onkel und erhob seinen Schoppen.

„Auf dich!", erwiderte Rauscher, setzte sich und trank. Er spürte, wie das Stöffche die Kehle hinunterlief. Mensch, tat das gut.

„Wie ist die neue Wohnung?", erkundigte sich Rauscher.

„Geht schon!" Onkel Bernd war vor einiger Zeit aus seiner Wohnung geflogen, zwangsgeräumt, woraus sich für die Kripo Frankfurt der Abgerippt-Fall ergeben hatte. Spekulation auf dem Wohnungsmarkt und Entmietung in Frankfurt. Was Rauscher damals alles erfahren hatte, war schockierend.

„Wie geht es Frau Thönnies?", fragte Rauscher. Er erinnerte sich an die nette ältere Dame, die mit ihrer Aussage im Abgerippt-Fall Onkel Bernd aus der Klemme geholfen hatte. Hatte es da nicht sogar eine kleine Liebesgeschichte zwischen den beiden gegeben?

„Gut. Sie lässt dich grüßen."

„Und sonst?"

„War im Spätsommer angeln", erwiderte Onkel Bernd und breitete die Arme aus. Der Abstand zwischen den Händen betrug einen guten Meter. „So ein Kaventsmann!"

„Also haben sie gebissen?"

„Und wie!" Onkel Bernd schaute Rauscher lange aus seinen trüben, zarten Augen an und trank an seinem Schoppen. „Stimmt es, was alle sagen?"

Rauscher hob die Augenbrauen. „Was denn?"

„Du bist rausgeflogen."

„Schätze schon ..." Rauscher überlegte eine Weile. „Aber wer sind alle?"

„Na alle eben! Du musst nicht denken, dass ich nix mehr mitkriege, nur weil ich rund um die Uhr zu Hause hocke und bald siebzig werde", erwiderte Onkel Bernd, was für seine Verhältnisse einem Redeschwall gleichkam. Er schien gut drauf zu sein.

„Keine Sorge. Dazu kenne ich dich zu gut."

„Und was liegt bei dir an?", fragte Onkel Bernd.

„Hast du es schon gehört? Tante Adelheid, Vaters Schwester, ist gestorben."

„Aha!"

„Kanntest du sie?"

„Flüchtig."

„Bist du ihr mal begegnet?"

„Ein- oder zweimal. Jahre her." Er winkte ab.

„Ich kann mich auch nicht mehr an meine letzte Begegnung mit ihr erinnern", bestätigte Rauscher. „Da war ich vielleicht acht oder neun ..."

„Und was willst du von mir?"

„Du bist der Einzige, mit dem ich reden kann. Sonst ist mir niemand eingefallen."

Onkel Bernd machte ein skeptisches Gesicht. „Und was ist mit deinen Eltern?"

„Die schweigen sich aus. Wollen nicht drüber sprechen, was damals passiert ist. Zumindest mit mir nicht. Und genau deshalb sitzen wir hier. Ich wollte dich nämlich fragen, ob du dir das erklären kannst."

Onkel Bernd blickte ihn eine Weile an. „Ich hab Hunger."

„Ach so, ganz vergessen. Brauchst du die Karte?"

„Ich ess hier immer Rippchen. Sind die besten."

„In ganz Frankfurt! Da schließ ich mich spontan an."

Rauscher winkte Susanne, orderte zweimal Rippchen mit Kraut und Püree und zwei Schoppen.

Noch bevor er sich wieder Onkel Bernd zuwenden konnte, hörte er ihn in sachlichem Ton sagen, als sei es das Normalste der Welt: „Dein Onkel Karl, Karl Bergmann, ist damals ermordet worden."

Rauscher traf fast der Schlag. „Was? Äh, wieso ...?" Sichtlich konsterniert sprach er weiter: „Und das erfahre ich erst jetzt. Also, das gibt's doch nicht ...!"

„Na ja", unterbrach ihn der Onkel. „Ich vermute mal, du warst noch zu jung damals, muss so Mitte der Achtziger gewesen sein. Bergmanns Ermordung war nicht unbedingt für deine Ohren bestimmt. Und später haben sich deine Eltern und deine Tante voneinander abgewandt. Die hatten sich nichts mehr zu sagen. Der Tod deines Onkels wurde einfach totgeschwiegen, das Thema ad acta gelegt."

„Wie ist er denn ...?"

„Soweit ich mich erinnere, haben sie ihn aus der Nidda gefischt. Und wie man sich denken kann, ist er da nicht ganz freiwillig reingegangen. Obwohl ..."

„Warst du damals dabei? Also, ich meine natürlich nicht bei seinem Tod, sondern ... Wie hast du davon erfahren?"

„Ich glaub, aus der Zeitung."

„Das ist ja die Höhe!"

„So war's aber. Weder mit deinem Vater noch mit meiner Schwester hab ich jemals darüber gesprochen. Für sie war Tante Adelheid kurz nach seinem Ableben nicht mehr existent. Und das scheint ja bis heute so geblieben zu sein."

„Und wie ist das damals abgelaufen? Ich meine, die Kripo muss doch ermittelt haben."

„Haben die auch. Aber sein Mörder wurde nie gefunden. Ich hab das nur am Rande verfolgt. Wie gesagt, mit deinen Eltern konnte ich nicht drüber reden, aber es wurde natürlich in den Medien darüber berichtet. Irgendwann ist die Geschichte im Sande verlaufen."

„Merkwürdig."

„Kannst du laut sagen."

„Und weißt du irgendwas über die Todesursache?"

„Ich glaube, er wurde vergiftet ..."

„Vergiftet und in der Nidda entsorgt?", rief Rauscher erschrocken, sodass sich einige Gäste zu ihnen umblickten.

Onkel Bernd machte eine Geste mit den Händen, um ihn etwas zu dämpfen. „So wird's wohl gewesen sein."

Susanne stellte das Essen auf den Tisch. Sie ließen sich die zarten, dicken Rippchen schmecken. Rauscher aß sie mit Senf. Das Püree war heute besonders fluffig und das Kraut eine Offenbarung.

Während sie sich dem Essen hingaben, sprach niemand ein Wort. Sie beobachteten die anderen Gäste, die alles in sich hineinstopften, was die Karte und der Apfelweinkeller hergaben. Es wurde um die Mittagszeit auch schon gemispelt.

„Kennst du den Grund", knüpfte Rauscher nach dem Essen wieder an das Gespräch an, „warum meine Eltern und Tante Adelheid seitdem nicht mehr miteinander reden?"

„Genaues weiß ich nicht. Ich hab auch nicht nachgefragt. Hatte wohl mit Thomas zu tun, aber ich will nix gesagt haben. Reine Spekulation. Man konnte mit ihnen einfach nicht drüber reden."

„Thomas ist doch irgendwann verschwunden ..."

„Einige Wochen nach dem Tod deines Onkels. Aber ich weiß nicht, ob das eine mit dem anderen was zu tun hat."

„Okay. Und wie war Karl? Erzähl doch mal was über ihn!"

„Was gibt's da zu erzählen?"

„Na, zum Beispiel, wie er so als Mensch war."

„Ich bin ihm nie begegnet."

„Und seine Firma?"

„Eine Baufirma. Aber keine normale ..."

„Was soll das heißen?"

„Die haben sich auf Firmengebäude, Lager- und Kühlhallen und so'n Kram spezialisiert und meistens für die öffentliche Hand gearbeitet. Da gab's ne große Nachfrage. Dementsprechend häufig war Bergmann auf Empfängen eingeladen und dadurch auch in der Zeitung."

„Also eine Frankfurter Berühmtheit."

„So hat er die Aufträge an Land gezogen. Das Komische war: Deine Tante war das krasse Gegenteil. Auftritte in der Öffentlichkeit waren ihr ein Graus. Sie war ... irgendwie merkwürdig. Verschlossen."

„Sagt der Richtige." Rauscher schmunzelte.

„Als hätte sie was zu verbergen."

„Wie meinst du das?"

„Sie tat immer so geheimnisvoll. Redete kaum ein Wort, wobei das erst nach dem Tod deines Onkels so richtig offensichtlich wurde."

„Wie so eine Wesensveränderung?"

„Leicht übertrieben, aber es geht in die Richtung."

„Also muss damals doch irgendwas vorgefallen sein, was die ganze Familie ... wie soll man sagen ... auseinanderdividiert hat?"

„Hmm, ja, so könnte man es ausdrücken. Prost!" Onkel Bernd hob wieder seinen Schoppen. „Und was hast du jetzt vor?"

„Wie meinst du das?"

„Na ja, du schnüffelst hier rum ..."

„So nennst du das also!"

„Wie denn sonst?" Bernd Kessler schüttelte den Kopf. „Ja, ja. Wir sind schon eine komische Familie."

„Eben. Und immerhin bin ich der Alleinerbe und muss mich um alles kümmern. Macht ja sonst keiner. Da ist es doch ganz normal, wenn ich versuche, auch die Hintergründe zu verstehen ... Ist nicht einfach, das kann ich dir sagen."

„Da, schau her! Jetzt weiß ich auch, wem ich die Einladung zu verdanken habe. Auf Tante Adelheid!"

Sie prosteten sich zu.

„Falls du mal wieder was wissen willst", hängte Onkel Bernd an, „immer gerne!" Er grinste übers ganze Gesicht.

5

Freitag, 11. Dezember

Das Gespräch mit Onkel Bernd ging Rauscher nicht mehr aus dem Kopf. Je mehr Details er erfuhr, desto mysteriöser empfand er diese Familiensache, wie er sie inzwischen für sich nannte. Onkel Karl war keines natürlichen Todes gestorben, sondern ermordet worden. Ein Hammer! Tante Adelheid schwieg seitdem wie ein Grab und ihr Sohn Thomas war verschwunden. Zu allem Überfluss hatten seine Eltern den Kontakt zu Tante Adelheid abgebrochen und kein Wort mehr mit ihr geredet. Und das wohl seit dreißig Jahren. Eine schwierige Gemengelage, die einiges an Sprengstoff barg. Aber es fehlten noch viele Informationen, um auch nur halbwegs dahinterzukommen, was damals wirklich abgelaufen war, das spürte Rauscher. Sollte er noch mal bei seinen Eltern nachhaken? So abweisend, wie sich seine Mutter gegeben hatte, versprach er sich wenig davon. Sie wollte ums Verplatzen nicht darüber sprechen. Aber Stillhalten war nicht sein Ding. Also nahm er sich vor, es nach der Beerdigung nochmals zu probieren. Plötzlich fiel ihm ein, dass er ja gar nicht wusste, ob seine Eltern zur Beerdigung kommen würden. Sie waren ja nicht einmal eingeladen. Aber Jana würde er auf jeden Fall fragen, ob sie mitkäme. Ganz allein auf der Beerdigung, wie es der Notar angekündigt hatte: gruselige Vorstellung! Weiter kam er mit seinen Gedanken nicht, denn das Telefon klingelte. Rauscher war allein zu Hause. Jana joggte im Niddapark. Wäre auch für mich gut, dachte er und fasste sich an seinen Bauch. Hmmm. Da musste dringend was passieren. Aber die Kälte draußen ...

Die Nummer auf dem Display kannte er nicht. Er nahm das Gespräch an. „Rauscher."

„Wollenschläger."

„Herr Notar! Was kann ich für Sie tun?"

„Nichts, das heißt, Sie könnten mir kurz zuhören. Ich habe nämlich eine wichtige Neuigkeit für Sie. Es geht um Thomas Bergmann. Ich habe ihn gefunden."

„Na prima! Wo denn?"

„Er lebt in den USA. Genaugenommen in Los Angeles."

„Oh, damit hab ich nicht gerechnet. Und was sagt er?"

„Tja, genau darüber wollte ich mit Ihnen reden."

„Dann tun Sie das!"

„Nun, als ich Herrn Bergmann gestern Abend erreicht hatte und er erfahren hat, dass seine Mutter gestorben ist, klang er zunächst erleichtert. Ich konnte keine Anzeichen von Trauer oder Mitleid heraushören. Als ich ihm dann aber von Ihnen als Alleinerben erzählte, war er im Nu außer sich. Von einer auf die andere Sekunde tobte er am Telefon und kündigte an, das Testament anzufechten. Empört war er! Mehr kann ich Ihnen leider gerade nicht sagen, denn er hat dann sofort aufgelegt."

„So? Na ja, dass er nicht begeistert sein würde, wenn er es erfährt, liegt nahe. Und wie geht's jetzt weiter?"

„Ich werde ihn heute erneut kontaktieren, kontaktieren müssen, denn ich benötige einige Informationen von ihm. Zudem steht ihm ohnehin sein Pflichtanteil zu. Ihrem Vater übrigens auch. Ich werde Thomas zur Testamentseröffnung nach Frankfurt einladen. Das würde vieles vereinfachen, und wir könnten hier gemeinsam alles Notwendige besprechen."

„Gute Idee."

„In Ordnung, dann halte ich Sie auf dem Laufenden."

„Gerne." Rauscher wollte sich gerade verabschieden, als ihm etwas einfiel. „Ach, Herr Wollenschläger, eine Frage noch: Kann ich mir eigentlich die Wohnung meiner Tante im Holzhausenviertel mal anschauen?"

„Ja, sicher. Die Schlüssel habe ich hier. Sie müssten sie nur abholen."

„Kein Problem. Ich melde mich vorher an."

„Dann verbleiben wir so."

„Ach, noch ganz kurz: Wissen Sie etwas darüber, zu wem meine Tante noch Kontakt hatte in den letzten Jahren?"

„Leider nein, nicht genau jedenfalls. Ich nehme an, nur zu mir, aber wie gesagt, äußerst selten. Ach doch, ja: zu ihrem Arzt natürlich, Doktor Heinzmann."

„Danke sehr, dann werde ich mal Kontakt zu Doktor Heinzmann aufnehmen."

Nachdem sie sich verabschiedet hatten, beendeten sie das Gespräch. Rauscher wusste plötzlich nicht, was er zuerst machen sollte, zumal Jana gerade die Tür hereinschneite. Und zwar im wahrsten Sinne des Wortes, denn sie brachte Schneeflocken an ihren Schuhen mit.

Rauscher lächelte. „Du gehst bei der Eiszeit joggen?"

„Damit ich gesund und munter bleibe." Ihr Gesicht war puterrot und sie qualmte aus allen Poren. „Solltest du auch gelegentlich." Sie schmunzelte.

„Soll das etwa eine Anspielung ...?"

„Was du immer gleich denkst!", fiel sie ihm ins Wort, doch ihr kleines Lächeln entwickelte sich zu einem Strahlen.

„Was anderes", lenkte er von dem unangenehmen Thema ab. „Begleitest du mich eigentlich zur Beerdigung?"

„Wann ist die denn?"

„Morgen Mittag."

„Eigentlich bist ja nur du eingeladen, hast du jedenfalls erzählt."

„So hat es der Notar gesagt. Aber mal unter uns: Tante Adelheid konnte ja nicht wissen, dass wir ... also, dass ich ..."

„Schon gut, schon gut! Kein Problem. Wenn du mich gerne dabeihaben möchtest ..."

„Sehr gern sogar!", unterbrach er sie.

„... komme ich natürlich mit."

„Fein. Wird keine große Sache werden, denke ich."

„Warten wir es ab. Und wie war die Plauderstunde mit Onkel Bernd?"

„Erzähl ich dir später. Ich muss jetzt telefonieren."

„Mit wem?"

„Dem Arzt meiner Tante, Doktor Heinzmann."

„Gut, dann spring ich schnell unter die Dusche." Schwupps war sie aus dem Zimmer verschwunden.

Rauscher zögerte nicht lange, griff sich das Telefon und wählte die Nummer, die er zuvor rausgesucht hatte. Am anderen Ende meldete sich eine weibliche Stimme. „Heinzmann."

„Äh, guten Tag. Rauscher mein Name, Andreas Rauscher. Ist Doktor Heinzmann zu sprechen?"

„Am Apparat."

„Äh, ach so ..." Rauscher wunderte sich etwas. Doktor Heinzmann war eine Frau. „Schon gut. Also, ich rufe an wegen meiner Tante, Adelheid Bergmann-Rauscher."

„Als Sie Ihren Nachnamen genannt haben, war mir schon klar, worum es geht. Was kann ich für Sie tun?"

„Ja, wissen Sie, ich versuche, etwas mehr über meine Tante zu erfahren, was sich aber als schwierig herausstellt. Sie müssen wissen: Sie hatte zu niemandem mehr aus unserer Familie Kontakt. Zu mir auch nicht."

„Ich wusste gar nicht, dass sie noch Familie hatte."

„Sehen Sie, da liegt der Knackpunkt. Ich wusste nicht einmal, dass sie noch lebte. Oder anders gesagt: Ich hatte vergessen, dass es sie gab, weil ich seit der Kindheit ihren Namen nicht mehr gehört hatte. Daher die etwas verzwickte Situation. Ich bin quasi auf der Suche nach Menschen, die Kontakt zu ihr hatten. Und da habe ich Ihren Namen erfahren."

„Von wem, wenn ich fragen darf?"

„Horst Wollenschläger hat ihn mir genannt."

„Ach, der Notar."

„Genau. Kennen Sie noch jemanden, der meiner Tante nahestand?"

„Nahestand? ... Hmmm, ehrlich gesagt nicht. Ich weiß nicht, ob sie noch Besuch empfing, es schien mir aber nicht der Fall zu sein. Sie lebte sehr zurückgezogen. Verließ kaum mehr das Haus."

„Das weiß ich bereits. Können Sie mir vielleicht trotzdem noch etwas mehr über sie erzählen?"

„Sie hatte eine Zugehfrau, so nennt man das wohl. Die hat eingekauft und gekocht, manchmal auch saubergemacht. Aber da gab es nicht viel zu putzen in der Wohnung."

„Hat das meine Tante noch machen können?"

„Sie war jedenfalls nicht bettlägerig, wenn Sie das meinen."

„Und wie war sie zum Schluss? Was für ein Mensch, meine ich?"

„Tja, normalerweise sprechen viele ältere Leute über sich und ihr Leben, was sie bewegt, was sie erlebt haben. Aber Frau Bergmann-Rauscher überhaupt nicht. Sie war stumm wie ein Fisch und hat kaum etwas von sich preisgegeben. Nur das Allernötigste, wenn ich definitiv etwas von ihr wissen musste. Über private Dinge hat sie mit mir nie gesprochen. In dieser Hinsicht war sie verschwiegen wie ein Grab."

„Dahin wird sie auch einiges mitnehmen."

„Und deshalb wusste ich auch nichts von einer Familie."

„War sie krank?"

„Aufgrund der ärztlichen Schweigepflicht darf ich Ihnen dazu eigentlich gar nichts sagen, denn sie erlischt nicht automatisch nach dem Tod. Aber Ihre Tante hat nie erwähnt, dass sie darauf Wert legen würde, also kann ich es doch verantworten. Sie hatte nur altersmäßige Verschleißerscheinungen. Litt an keiner akuten oder chronischen Erkrankung. Ihr Herz war nicht mehr das Beste. Hat wohl auch viel mitgemacht ... Oder meinen Sie geistig?"

„Ja, auch."

„Nein, sie war noch fit im Kopf, soweit ich das beurteilen kann."

„Wer, wenn nicht Sie? Und ihr Tod?"

„Wie meinen Sie das?"

„Wie ist sie gestorben?"

„Friedlich eingeschlafen. Als ich gerufen wurde, konnte ich nur noch den Tod feststellen. Sie lag in ihrem Bett und ein Lächeln zog sich über ihre Wangen. Solch ein Lächeln hatte ich ihr die ganzen Jahre vorher nur sehr selten entlocken können."

„Also ist eine Fremdeinwirkung ausgeschlossen?"

„Äh, natürlich ... Wie meinen Sie das?"

„Mein Onkel Karl, ihr Ehemann, ist vor etwa dreißig Jahren ermordet worden. Der Mord wurde aber nie aufgeklärt."

„Oh! Davon wusste ich nichts."

„Wie lange waren Sie Ihre Ärztin?"

„Das ... Lassen Sie mich mal überlegen, also das müssen über fünfzehn Jahre gewesen sein. Eines Tages kam sie in meine Praxis. Liegt ja quasi um die Ecke am Park."

„Hat meine Tante in all den Jahren mal ihren Sohn erwähnt?"

„Einen Sohn? Nein. Von einem Sohn weiß ich nichts. Sagen Sie, wie kommen Sie auf all diese Fragen?"

„Ganz einfach: Es gibt einige Ungereimtheiten in unserer Familie, auf die ich gestoßen bin. Mich interessieren verschiedene Sachen, denen ich auf den Grund gehen will."

„Soso. Nun denn, dann wünsche ich Ihnen viel Erfolg dabei. Ich müsste dann mal wieder ..."

„Oh ja, sicher. Ich möchte Sie nicht länger aufhalten. Danke für Ihre Auskünfte."

„Gerne." Sie legte auf.

Rauscher blieb noch eine Weile mit dem Telefon in der Hand sitzen. Langsam festigte sich sein Bild von Tante Adelheid. Aber zu den entscheidenden Informationen war er noch nicht durchgedrungen.

Wenn es so war, wie Onkel Bernd gesagt hatte, musste es offizielle Ermittlungen im Mordfall Karl Bergmann gegeben haben und somit auch eine Akte. So wie sich ihm die Lage darstellte, mutmaßte er, kam er nicht umhin, sich ihr zu widmen. Er wusste zwar nicht genau, ob die Akten aus den Achtzigerjahren schon digitalisiert waren, aber zur Not musste er ins Archiv in den Keller des Präsidiums hinabsteigen. Unter Umständen konnte es Probleme geben, falls er es an die große Glocke hängen und eine offizielle Anfrage starten würde. Also nahm er sich vor, die Sache auf kleiner Flamme weiterköcheln zu lassen. Je weniger Leute wussten, dass er sich dort umsah, desto weniger konnten sich reinhängen. Die Ausnahme war natürlich Jana. Die würde er definitiv auf dem aktuellen Stand halten. Vielleicht konnte sie ihn unterstützen. In welcher Form, das wusste er zwar noch nicht, aber da würde sich sicher etwas finden. Irgendwie spürte er, dass da noch mehr hinter der Geschichte steckte und er bislang nur an der Oberfläche gekratzt hatte. Er war sehr gespannt, was er noch zutage fördern würde.

6

Samstag, 12. Dezember

Schon beim Betreten des Hauptfriedhofs hatte Rauscher ein mulmiges Gefühl. Obwohl Jana neben ihm lief und seine Hand drückte, schlotterten ihm die Knie. Es war Samstag, kurz vor 13 Uhr. Sie waren über die Miquel- und die Adickesallee in die Rat-Beil-Straße gefahren und hatten gleich einen Parkplatz gefunden. Die Sonne schien, aber sie konnte die Luft nicht erwärmen. Klares Licht fiel auf die weitläufigen Wege des Friedhofs. Nur einige wenige Besucher waren zwischen den hohen Bäumen, den verwitterten Grabsteinen und den altehrwürdigen Gräbern zu erkennen. Es roch nach Moos und Erde.

Rauscher fühlte sich wie auf einer Zeitreise. Sein letzter Besuch des Hauptfriedhofs lag bestimmt zehn Jahre oder länger zurück. Nichts schien sich verändert zu haben.

Außer ein paar Verstorbene mehr, dachte er.

Damals hatte er an einem geführten Rundgang auf den Spuren großer Eintrachtler mit Matthias Thoma, dem Leiter des Eintracht-Museums, teilgenommen.

Heute unterschied sich seine Gemütslage erheblich von damals. Die Gedanken an Tante Adelheids Ableben und die bevorstehende Beerdigung hatten ihn die ganze Nacht kaum schlafen lassen. Er war der Alleinerbe, nur er war hier eingeladen. Jetzt war er Jana verdammt dankbar, dass sie mitgekommen war.

Dennoch – und trotz der eisigen Temperaturen – schwitzte er in seinen Handschuhen, als sie dem Herrn Pfarrer vor der Trauerhalle gegenübertraten. Sie gaben sich die Hände. Der Pfarrer, klassisch gekleidet in schwarzem Talar und mit weißem Beffchen unterm Hals, sprach ihnen sein Beileid aus und führte sie hinein.

Keine Menschenseele war zu sehen. Sie waren mit dem Pfarrer tatsächlich allein. Rauscher konnte es kaum glauben. Nicht einmal der Notar war anwesend.

Der Sarg war aufgebahrt. Ein Bild von Tante Adelheid in jüngeren Jahren stand daneben. Es gab nur zwei Blumenkränze. Beide hatte der Notar organisiert. Einen hatte er selbst gestiftet, einen in Rauschers Auftrag.

Sie stellten sich vor das Ensemble und betrachteten es eine Weile. Rauscher gingen merkwürdige Fragen durch den Kopf. Konnte man sich von jemandem verabschieden, den man kaum kannte? Von dem man bis vor einigen Tagen nicht einmal gewusst hatte, dass er noch lebte? Spielte es dabei eine Rolle, dass man der Alleinerbe desjenigen war?

„Pardon", sagte der Pfarrer und trat neben den in Gedanken versunkenen Rauscher, „wenn Sie gestatten, werde ich nun beginnen. Der Notar hat mich beauftragt, die Trauerfeier und die Trauerrede kurz zu halten."

„Äh, ja, ja, keine Einwände", sagte Rauscher mit einem leichten Krächzen in der Stimme. Er wandte sich dem Pfarrer zu, der Aufstellung hinter einem mittelhohen Pult genommen hatte.

Die knapp gefasste Trauerrede des Pfarrers stellte Adelheid Bergmann-Rauscher als von allen geliebte Person dar, die ein musterhaftes und untadeliges, wenn auch in den letzten Jahren weitgehend zurückgezogenes Leben in tiefem Glauben an Gott und Jesus Christus geführt hatte und im Paradies weiterführen würde.

Zwischen einzelnen Worten meinte Rauscher, eine Tür sich öffnen und wieder schließen zu hören, doch er drehte sich nicht um. Stattdessen widmete er sich den letzten Sätzen des Pfarrers, der dann seine karge Rede mit dem Kreuzzeichen „Im Namen des Vaters, des Sohnes und des Heiligen Geistes" beendete.

Kurz darauf stellten sich vier Sargträger in schwarzen Anzügen neben den Pfarrer, die während der Trauerrede die Halle betreten haben mussten. Sie nahmen ihre jeweilige Position ein, hoben den Sarg auf ein leises Kommando hin an und trugen ihn vor den Trauergästen hinaus. Es dauerte etwa fünf Minuten, bis sie einige Längs- und Querreihen weiter am Grab ankamen.

Der Himmel hatte sich inzwischen zugezogen. Der Wind blies die klirrende Kälte unter die Kleidung, wovon Rauscher allerdings keinerlei Notiz nahm, denn er war hochkonzentriert auf den Sarg. Die Stille, die sie mitten in der Stadt umgab, war schon fast beängstigend. Kaum ein Laut war zu hören.

Die kleine Trauergemeinde nahm vor dem ausgehobenen Grab Aufstellung. Rauscher starrte auf den Sarg und überhörte die ersten Worte des Pfarrers am Grab.

Als seine Aufmerksamkeit zurückkehrte, war der Pfarrer schon beim letzten Satz angelangt: „So lange wir leben, wirst auch du leben, denn du bist ein Teil von uns, so lange wir an dich denken."

Wer hat an dich gedacht, Tante?, überlegte Rauscher, als die Sargträger begannen, den Sarg hinabzulassen. Er war ergriffen von der Atmosphäre und ärgerte sich ein wenig, dass seine Eltern nicht anwesend waren, als ein markerschütternder Schrei die Stille durchbrach.

„Wurde auch Zeit, du alte Hexe!", rief ein Mann und rannte an ihnen vorbei ans Grab. Als er vor dem Loch im Boden angekommen war, spuckte er auf den Sarg.

Rauscher riss die Augen weit auf, war aber zu perplex, um etwas sagen zu können. Jana hielt sich die Hände vor den Mund und schien erschüttert. Dem Pfarrer blieben die letzten Worte im Halse stecken. Die vier Sargträger machten allesamt ein Gesicht, als hätten sie so etwas noch nie zuvor erlebt.

Alle starrten den Mann voller Entsetzen an und wussten im ersten Moment nicht, wie sie reagieren sollten. Der Fremde, Anfang fünfzig, wie Rauscher schätzte, trug dicke Fellboots, Jeans, eine dunkle Daunenjacke und einen gestrickten Schal um den Hals. Unter dem Basecap der L.A. Lakers, das auf seinem Kopf saß wie eine Schwimmhaube, schauten längere Haare hervor. Er hätte als US-Amerikaner durchgehen können, aber sein Deutsch hatte akzentfrei geklungen.

Rauscher fing sich als Erster und zwar genau in dem Moment, als er realisierte, wer die unflätigen Worte gebrüllt und somit die Trauerfeier gestört, ja entweiht, hatte.

„Thomas!", rief er dem Mann zu. „Was soll das? Du kannst doch nicht…!"

Es war Thomas Bergmann, der jetzt noch etwas näher ans Grab trat, einen verächtlichen Blick nach unten sandte und mit der Fußspitze ein wenig Erde hineinkickte.

„Zum Glück bleibt mir dein Anblick erspart", unterbrach er harsch Rauschers Widerrede und wandte sich ihm zu. „Und du kannst mich am Arsch lecken, du Erbschleicher!"

Kaum hatte er ausgesprochen, spuckte er ein zweites Mal auf den Sarg, setzte sich in Bewegung und eilte davon. Im Weggehen drehte er den Kopf, als wollte er sich Rauscher noch einmal genauer betrachten.

Atemlos standen sie da und rangen um Fassung. Einen Augenblick überlegte Rauscher, ob er hinterherlaufen und ihm eine scheuern sollte, empfand das aber als unangemessen an einem solchen Ort. Lust dazu hätte er allemal gehabt.

Als die größte Verwirrung verflogen und Stille wieder eingekehrt war, räusperte sich der sichtlich schockierte Pfarrer. „Soll ich fortfahren?"

Die Frage hatte er Rauscher gestellt, der das aber nicht sofort bemerkte. Jana stupste ihn an.

„Ja, ja, bringen wir es hinter uns." Kaum ausgesprochen, empfand er seine Worte als wenig liebreizend, aber er konnte sie schlecht zurücknehmen. „Danke, Herr Pfarrer, also bitte, meine ich ..." Eine kleine Geste mit der rechten Hand sollte den Herrn Pfarrer animieren, seine Rede wiederaufzunehmen.

Der Pfarrer setzte Rauschers Aufforderung postwendend um, sprach das Vaterunser, bekreuzigte sich und schloss mit den Worten: „Ruhe in Frieden! Amen!"

Die vier Sargträger zogen sich als Erste zurück. Ihnen folgte der Pfarrer. Rauscher und Jana verharrten noch kurz am offenen Grab, doch Thomas' Auftritt hatte sie aus der Balance gebracht. Die Trauerfeier war aus dem Takt geraten, die Gedenkstimmung dahin. Thomas' feindselige Worte gegen seine verstorbene Mutter hier auf dem Friedhof waren hart zu verkraften.

Jana umarmte Rauscher lange und drückte ihn fest, als könne sie seine Gedanken lesen. Dann verließen auch sie das Grab und gingen wieder zurück zur Trauerhalle.

Nach einigen kurzen Dankesfloskeln gaben sie dem Pfarrer, der sich vielmals für die Störung entschuldigte, die Hand und verabschiedeten sich von ihm.

Gemächlich, fast schon in Zeitlupe, machten sie sich anschließend auf den Weg zum Wagen.

„Ei, ei", sagte Jana, als sie dort angekommen waren. Sie schüttelte den Kopf. „Da liegt aber einiges im Argen."

„Das war ja ...!", begann Rauscher, führte den Satz aber nicht zu Ende. „Puhhh!"

„Aber hallo! Wut, Zorn, blanker Hass. Nenn es, wie du willst! Jedenfalls sitzt da was ganz tief fest bei Thomas, das sich heute Bahn gebrochen hat. Und du bist sicher, dass du dahinterkommen willst, was das ist, euer sogenanntes Familiengeheimnis?"

„Jetzt erst recht!", sagte Rauscher. Sein Blick sprach Bände. Er wirkte entschlossen und zu allem bereit.

Kapitel 2

7

Montag, 14. Dezember

Als Rauscher vom Einkaufen am späten Montagvormittag nach Hause kam, fand er eine völlig verheulte Jana vor. Sie saß auf dem Sofa, große Tränen kullerten ihr die Wangen hinab. Um sie herum lagen verstreut benutzte Papiertaschentücher.

Sofort ahnte Rauscher, dass es etwas mit ihrem Job zu tun haben musste. Er eilte zu ihr.

„Was ist passiert?" Er nahm sie in den Arm, drückte sie an seine Brust und streichelte ihr über den Kopf.

„Lies selbst!", murmelte sie und gab ihm ein Schreiben, das sie die ganze Zeit in der rechten Hand gehalten hatte. Dementsprechend verknittert sah es aus. Sie schien sich in seiner Gegenwart etwas zu fangen.

Er überflog die wenigen Zeilen und sein Herz rutschte ihm in die Magengegend. Ein offizieller Brief der Dienststelle Königsstein. Sein Inhalt: Wegen Jana Kerns schwerwiegenden Dienstvergehen, nämlich der Widerhandlung und Nichtbefolgung eines Dienstbefehls in schwerem Fall, werde der Dienstvorgesetzte einen Antrag auf Entlassung aus dem Dienst stellen.

Ein echter Schock. Rauscher wusste augenblicklich, was dies bedeuten würde.

„Jetzt weiß ich überhaupt nicht mehr", heulte Jana wieder los, „was ich mit meinem Leben anfangen soll!"

„Noch ist nichts verloren", erwiderte er, aber es klang matt, als glaubte er nicht wirklich daran, was er eben gesagt hatte. „Der Antrag muss ja erst mal genehmigt werden. Außerdem können wir Einspruch einlegen, dagegen klagen auch noch. Falls alle Stricke reißen."

Hatte sich Rauscher in den letzten Tagen besser gefühlt, weil er vom Tod seiner Tante und den Nebenwirkungen abgelenkt gewesen war, wie er sie für sich nannte, kam nun plötzlich wieder alles hoch, als er Jana so tief betrübt sah und live miterleben musste, wie sie sich quälte beim Gedanken, vielleicht nie wieder als Polizistin arbeiten zu dürfen. Sie hatte auf eigene Faust im Fall des ermordeten Eintracht-Fans ermittelt und somit gegen die eindeutigen Vorgaben des Chefs der Frankfurter Mordkommission, Klaus Markowsky, verstoßen. Anschließend hatte sie ein Disziplinarverfahren kassiert und die Spürhunde der Dienstaufsicht auf sich gezogen.

Aber nicht nur für Jana waren die letzten Wochen und Monate im Ungewissen hart, teils unerträglich, gewesen. Rauscher war es ähnlich ergangen. Während des Schumann-Falls, womöglich der letzte in Rauschers Polizistenkarriere, hatte er den Kollegen Krause tätlich angegriffen. Die Gäule waren mit ihm durchgegangen, weil er sich nicht damit abfinden wollte, dass Herr Wöhr, ein ihm nahezu seelenverwandter Ebbelwoijunkie, unter Mordverdacht stand und der wahre Täter noch draußen frei herumlief. Das hatte das Fass zum Überlaufen gebracht und Markowsky hatte ihn fristlos suspendiert, zumal er sich auch vorher schon diverse Dienstvergehen geleistet hatte.

Rauscher hatte nicht unbedingt eine Antenne für die Befindlichkeiten seiner Mitarbeiter. Im gesamten letzten Jahr war es immer wieder mal zu unangenehmen Szenen gekommen, weil er mit dem Kopf durch die Wand wollte oder seine Gefühle nicht im Zaum halten konnte.

Wenn er sich etwas in den Kopf gesetzt hatte, riskierte er alles. Sogar, aus dem Job zu fliegen. Das war ihm auch beinahe gelungen. Markowsky, seit geraumer Zeit so etwas wie sein persönlicher Intimfeind, hatte ihn nur folgerichtig suspendiert. Das hatte nicht unerheblich damit zu tun, dass Markowsky die Beziehung zu Jana rundweg ablehnte, weil er den Polizeipräsidenten von Hamburg, den Vater von Rauschers Ex Elke Erb, gut kannte. Der alte Herr Erb beobachtete aus dem fernen Norden sehr genau Rauschers Taten und sparte nicht mit Kritik. Und nun hatte er die Chance erkannt, Rauscher elegant loszuwerden und ihn für immer aus dem Dienst befördern zu können. Herr Erb betrieb aus Hamburg eine geschickte Kampagne gegen Rauschers Verbleib bei der Frankfurter Mordkommission und generell bei der Frankfurter Polizei.

Andererseits gab es jedoch etliche Kollegen, die Rauscher wohlgesonnen und von seinen polizeilichen Fähigkeiten vollends überzeugt waren.

Er fühlte sich wie in einer Zwickmühle. Janas Entlassungsantrag kam erschwerend hinzu. Einerseits konnten sie beide nicht ohne den Job, andererseits tat er ihnen nicht gut. Jana brauchte ihn entschieden mehr, das war ihm bewusst geworden. Er wollte ihr Airbag sein, falls es tatsächlich dazu kommen sollte, dass sie ihren Job endgültig verlieren würde. Er wollte sie auffangen und ihr beiseite stehen, damit sie einen neuen Weg finden konnte. Er hätte zur Not auch etwas anderes machen können, so viel war ihm inzwischen klar. Nur was?

Sein allergrößtes Problem jedoch hieß Mäxchen und war sein Sohn. Er hatte es in den letzten Tagen erfolgreich in die hintersten Winkel seines Gehirns abgeschoben, nur um keinesfalls darüber nachdenken zu müssen.

Seine Exfreundin Elke war mit ihrem gemeinsamen Sohn Mäxchen in ihre Heimatstadt Hamburg zurückgekehrt, nachdem Rauscher sie während des Fliegeralarm-Falles vor dem Traualtar hatte stehen lassen, um eine potenzielle Selbstmörderin zu retten. Seitdem sprach Elke kaum noch ein

Wort mit ihm und er hatte Mäxchen nur sehr selten besuchen dürfen. Zu allem Überfluss war Mäxchen während des Ebbelwoijunkie-Falles auch noch entführt worden, was ein mittelschweres Erdbeben ausgelöst hatte. Elke hatte Mäxchen bei Rauscher in Bockenheim für zwei Wochen abgeliefert, um auf Kuba Urlaub zu machen. Rauscher und Elke hatten Mäxchen zwar unbeschadet zurückbekommen, aber Elke hatte ihm daraufhin vorgeworfen, er könnte seinen eigenen Sohn nicht beschützen und ihm übelste Konsequenzen angedroht. Seitdem herrschte eisige Stimmung. Er rechnete damit, dass sie zu den härtesten rechtlichen Mitteln, die ihr zur Verfügung standen, greifen und alles in ihrer Macht stehende in die Wege leiten würde, um ihm das Sorgerecht aberkennen zu lassen.

Sie hatten jedoch eine Vereinbarung getroffen. Jeden zweiten oder dritten Tag wollte ihm Elke ein Bild von Mäxchen senden. Das hatten sie ausgemacht, weil sich Rauscher dadurch einbildete, den Kontakt zu Mäxchen besser aufrechterhalten zu können. Doch seit knapp einer Woche war Sendepause angesagt. Er konnte nie einschätzen, ob Elke das absichtlich machte oder einfach vergaß. Das regte ihn am meisten auf: ihre Unverbindlichkeit. Warum war sie nicht in der Lage, simple Verabredungen einzuhalten? Zumindest mal für einige Wochen.

Jetzt stand er auf und prüfte sein Handy. Immer noch kein Foto. Was war denn da los? Er musste sie kontaktieren, hatte aber momentan andere Dinge an der Backe. Janas Suspendierung, Tante Adelheids Tod, sein Erbe. Und Thomas fiel ihm wieder ein. Seine Entgleisungen auf dem Friedhof am Grab seiner Mutter. Was mochte dahinterstecken?

Er musste tiefer graben, das stand für ihn fest. Die Akte Bergmann. Vielleicht war sie der Schlüssel zu allem.

„Du", sagte er zu Jana in einem milden, beruhigenden Tonfall. „Ich muss ins Präsidium. Will mir die alte Akte im Mordfall meines Onkels ansehen." Der Ermittlungsvirus hatte ihn wieder infiziert.

„Das Erbe hat's dir aber richtig angetan, gell!", sagte Jana etwas spöttisch und wischte sich die letzten Tränen aus dem Gesicht.

„Wie meinst du das?"

„Na ja, du denkst viel daran, bist ganz schön aktiv in der Hinsicht."

„Ist das ein versteckter Vorwurf?"

„Überhaupt nicht. Tut mir leid, wenn es danach klang. Ich stelle es nur fest. Und ich finde es auch gut, wenn du eine Beschäftigung hast, die dich erfüllt."

Rauscher überlegte eine Weile. „Erfüllen ist nicht das richtige Wort. Es ist auch nicht das Erbe, was mich aktiv werden lässt. Es ist unsere Familiengeschichte. Es regt mich auf, dass viele Dinge so ungeklärt sind."

„Das – Geheimnis – der – Familie!" Jana betonte jedes Wort und schmunzelte. „Hört sich mysteriös und unheimlich an. Wie aus einem alten Hollywood-Film."

„Du könntest mich dabei unterstützen. Was hältst du davon?"

Sie zögerte. „Hmmm. Und was soll ich tun?"

„Ganz einfach: die Akte Bergmann lesen. So wie ich. Vielleicht entdeckst du was, worauf bisher niemand gekommen ist. Ich meine, manchmal ist so eine Außensicht zwingend notwendig. Wenn man aus der Perspektive eines völlig Unbeteiligten auf so was schaut, sieht man Dinge, die sonst keiner sieht oder betrachtet die Dinge ganz anders. Was meinst du?"

„Würde mich schon reizen ... Außerdem hab ich ja sonst nix zu tun ... außer Plätzchen backen. Hab heute Morgen angefangen. Müssten inzwischen abgekühlt sein. Stehen in der Küche auf dem Tisch."

„Klasse, die probier ich gleich." Rauscher nahm sie wieder in den Arm und gab ihr einen langen Kuss.

Sie genoss es und löste sich nach einer Weile von ihm. „Obwohl ... Mir würde da spontan noch was anderes einfallen."

Rauscher liebte ihr Grinsen. „Müssen wir leider auf heute Abend verschieben, sonst schließen die das Archiv, bevor wir da sind."

8

Seit Rauscher vor einigen Wochen vom Dienst suspendiert worden war und seine Waffen und seinen Dienstausweis hatte abgeben müssen, hatte er das Präsidium nicht mehr betreten. Ganz bewusst. Er brauchte Abstand, um sich über diverse Dinge, insbesondere seine Zukunft als Polizist, klar zu werden. Aber jetzt half es nichts. Er musste in die Höhle des Löwen zurückkehren, hoffte aber insgeheim, nicht auf Kollegen – oder musste er sie Ex-Kollegen nennen? – oder gar auf Chef Markowsky zu treffen. Er hatte keine Lust, dumme Fragen beantworten zu müssen. Und auf Diskussionen konnte er gut verzichten.

Um ein Aufeinandertreffen möglichst zu vermeiden, schlich er mit Jana vorsichtig durch die Gänge und steuerte zielstrebig Ingo Thalers Büro an. Er rechnete damit, dass ihm sein loyalster Kollege möglichst einfach Zugang zum Archiv verschaffen würde.

Ingo Thaler, Mitglied seines Teams bei der Frankfurter Mordkommission, war ein Großmeister der Recherche, der sich am liebsten hinter seinem Schreibtisch verkroch und dort seinem Tagwerk nachging. Er war so etwas wie Rauschers rechte Hand gewesen, als er noch im Polizeidienst weilte. Rauscher war ihm bis in alle Ewigkeit dankbar. Denn Thaler war es gewesen, der auf die Spur von Mäxchens Entführern gestoßen und letztlich seinen Sohn aus ihren Klauen gerettet hatte. Rauscher hatte allerdings bislang noch keine Zeit gefunden, sich bei ihm erkenntlich zu zeigen. Und außerdem fehlte ihm eine gute Idee.

Jana ging an Rauschers Seite und war sehr gespannt, wie er es deichseln wollte, an die Akte Bergmann zu kommen, denn als suspendierter Kripobeamter war ihm eigentlich jeder Zugang zum Archiv verwehrt.

Auf dem Gang begegneten sie niemandem. Das war Rauscher sehr recht. Er klopfte an Thalers Tür, doch statt auf ein ‚Herein‘ zu warten, öffnete er sofort und betrat das Büro. Jana hing an seinen Fersen.

Thaler, etwas kleiner und gedrungener als Rauscher, saß über seine Tastatur gebeugt an seinem Schreibtisch. Als er Rauscher erblickte, erstarrte er. Seine Augen verengten sich zu Schlitzen.

„Wenn du hier reingeschneit kommst, schwant mir nichts Gutes“, begrüßte ihn Ingo Thaler. Es glich allerdings eher einer dunklen Vorahnung.

„Auch einen wunderschönen guten Tag“, erwiderte Rauscher. „Warum immer gleich so misstrauisch?“ Doch da Thaler stumm blieb, setzte er nach. „Dir ist dein Grundvertrauen in die Menschheit abhandengekommen. Schon mal drüber nachgedacht?“

„Du mich auch“, entgegnete Thaler und wandte sich an Rauschers Begleitung. „Hallo Jana, schön dich zu sehen.“

„Hi Ingo. Wie läuft’s?“

„Stinklangweilig, seit Rauscher nicht mehr im Dienst ist.“ Er lachte laut über seinen eigenen Scherz.

„Sehr witzig“, nahm Rauscher die Vorlage auf. „Und sonst? Gibt’s was Neues?“

„Nö. Aber ich wette alles, was ich besitze, dass du mir gleich was stecken wirst.“

Rauscher schüttelte den Kopf. „Ingo, Ingo! Du wirkst so ...“

„Ach komm schon, Rauscher!“, unterbrach ihn Thaler. „Ich kenn dich. Du willst mir doch nicht erzählen, dass du hier ganz ohne Grund auftauchst, nachdem wir dich wochenlang nicht gesehen haben? Irgendwas treibt dich hierher. Das ist sicher. Oder willst du mich etwa in ein 5-Sterne-All-Inklusive auf Kuba einladen, weil ich Mäxchen rausgeholt habe?“

Diese Anspielung konnte Rauscher nicht auf sich sitzen lassen. „Sorry, Ingo. Ich hatte so viel am Hals. Ich bin noch nicht dazu gekommen, aber du hast mein Wort und du weißt, wie viel mir das bedeutet."

„Geschenkt, Rauscher. Ich lass mich einfach mal überraschen, was du dir Nettes ausdenkst."

„Okay. Äh, Ingo ..."

„Ich wusste es!", raunte der Kollege und klatschte in die Hände.

„Aber du weißt doch noch gar nicht, was ..."

„Red nicht so um den heißen Brei herum!", fiel Thaler ihm ins Wort. „Sag einfach, was ich für dich machen soll!"

Jana schmunzelte, als sie Thalers Bemerkung hörte. Im Antizipieren war er einsame Spitze. Oder er verfügte über jede Menge Menschenkenntnis.

„Also, um es kurz zu machen: Meine Tante Adelheid ist gestorben ...", setzte Rauscher an.

„Oh, mein Beileid", meinte Thaler, der plötzlich etwas bedröppelt schaute.

„Na ja, wir hatten dreißig Jahre keinen Kontakt. Aber genau darum geht es. Ich bin der Alleinerbe ..."

„Das haut mich um! Du erbst?" Thaler riss die Augen auf. „Um wie viel geht's denn?"

„Meinst du Geld?", fragte Rauscher.

„Klaro!"

„Keine Ahnung." Rauscher zuckte die Achseln. „Darüber hab ich mir noch keine Gedanken gemacht."

„Dich interessiert also gar nicht, was du erben wirst?"

„Nein, es geht um einen Fall von vor dreißig Jahren. Mein Onkel Karl, Karl Bergmann, ist ermordet worden und die Ermittlungen wurden später eingestellt ..."

„Jetzt wirklich?" Thaler schaute ihn irritiert an. „Du meinst das wirklich ernst?"

„Was dachtest du denn? Und deshalb brauch ich Zugang zur Akte und wollte dich fragen, ob du mich ins Archiv schleusen kannst."

„Ins Archiv? Hmmm ..." Thaler kratzte sich am Kinn. „Da schau ich lieber erst mal, ob die Akte nicht vielleicht schon digitalisiert worden ist. Moment ... Bergmann, Karl ... hier ist ..."

„Ja." Rauschers Unruhe war spürbar.

Thaler tippte auf der Tastatur herum, ließ seine Augen über den Bildschirm fliegen und hatte im Nu eine Antwort parat. „Erst ab Anfang der Neunziger sind alle Akten archiviert. Vorher bislang nur vereinzelte. Die Bergmann-Akte zählt leider nicht dazu. Das ist blöd." Er kratzte sich an der Schläfe.

„Wieso?"

„Normalerweise komme ich nur ins Archiv rein, wenn es um einen aktuellen Fall geht. Ich brauche nämlich eine Fallnummer."

„Dann denk dir was anderes aus! Ist wichtig."

„Du sagtest normalerweise?", fragte Jana nach.

„Ja, weil ... Also, ich könnte natürlich ... Wie lange braucht ihr sie denn?"

„Ein, zwei Stunden müssten reichen", antwortete Rauscher.

„Okay, ich probier's. Da unten gibt es einen Lesesaal. Ich schnappe mir ein paar Akten und tu so, als lese ich sie. In Wirklichkeit kann ich ja da unten weiterarbeiten. Zwischendurch verschwinde ich mal aufs Töpfchen und melde mich ab. Vorher hab ich natürlich eure Akte eingesteckt, zum Beispiel in meine Laptoptasche. Was unproblematisch sein dürfte, denn sie hat keinen Sperrvermerk, ist also frei zugänglich. Ich bringe sie euch, dann geh ich wieder runter. Wenn ihr fertig seid, stelle ich sie zurück. Dürfte nicht auffallen, wäre ja ein komischer Zufall, wenn ausgerechnet jetzt noch jemand die Akte haben wollte."

„Du bist ein echter Freund, danke dir", sagte Rauscher und klopfte ihm auf die Schulter.

„Für dich mach ich doch alles, das weißt du ja." Thaler versuchte, jeden Blickkontakt zu vermeiden, packte seinen Laptop ein und ging. Während er die Tür öffnete, sagte er: „Ihr wartet hier und rührt euch nicht von der Stelle!"

Beide nickten. Während der Kollege weg war, saßen sie sich gegenüber und schauten sich lange an.

„Thaler hat schon so viel für dich gemacht", sagte Jana.

„Ich weiß."

„Du solltest dir was überlegen für ihn."

„Ja, ja. Mach ich. Auf jeden Fall. Ich versprech's!"

Rauscher schenkte sich einen Kaffee aus Thalers Kanne ein. Mehrere benutzte Tassen standen daneben. „Auch einen?", fragte er Jana, doch sie schüttelte den Kopf.

Gerade begann Rauscher, die Warterei auf den Geist zu gehen, als sein Handy klingelte. Er rechnete damit, dass sich Thaler melden würde, um ihm mitzuteilen, dass er die Sache abblasen musste und aus welchen Gründen auch immer nicht an die Akte herankam. Doch er irrte sich. Er erkannte die Nummer des Notars.

„Hallo, Herr Wollenschläger. Was kann ich für Sie tun?"

„Guten Tag, Herr Rauscher. Sie könnten morgen Vormittag um 9 Uhr in meine Kanzlei kommen. Thomas Bergmann ist auch eingeladen. Ich möchte mit Ihnen beiden die Details des Erbes besprechen."

„Thomas auch?"

„Es geht unter anderem um seinen Pflichtteil. Ich kann ihn leider nicht außen vor lassen. Er ist als Kind der Verstorbenen der nächste noch lebende Verwandte."

„Gut. Ich werde da sein."

„Dann bis morgen."

Rauscher legte auf. „Das war Wollenschläger. Er hat mich für morgen früh eingeladen. Und Thomas auch."

„Etwa zusammen?", platzte Jana hervor.

„Es geht wohl um den Pflichtanteil, so genau kenne ich mich da nicht aus. Wieso?"

„Und du gehst da einfach so hin?"

„Wieso denn nicht?"

„Mutig! Mutig!"

„Du übertreibst!"

„Ich könnte mir gut vorstellen, dass es Stress gibt."

„Du meinst ..."

„Du hast ihn doch erlebt auf dem Friedhof ..."

„Sicher. Aber mich würde schon interessieren, wo er die ganze Zeit über gesteckt hat, was er so treibt und was er jetzt vorhat. Er ist ja immerhin ein Teil der Familie ..."

„Der dich die letzten dreißig Jahre nicht die Bohne interessiert hat."

„Weil ich nicht wusste, dass er überhaupt existiert!"

„Na ja, wenn du meinst ..."

Sie konnte den Satz nicht vollenden, denn die Tür ging auf und Thaler trat ein. Er legte die Akte vor Rauscher auf den Tisch und schaute ihn eindringlich an. „Ist zum Glück nicht dick. Ihr habt genau dreißig Minuten, dann hole ich sie wieder ab."

„Alles klar."

Nachdem Thaler wieder gegangen war, meinte Rauscher: „Lass uns jetzt auf die Akte konzentrieren, wir können ja später ..."

„Ist ganz allein dein Ding, okay?"

„In Ordnung."

„Nach was suchen wir genau?", wollte Jana wissen.

„Fehler, die bei der Ermittlung eventuell gemacht wurden, Versäumnisse, Schludrigkeiten, Auffälligkeiten, eben alles, worüber wir stolpern."

„Gut, dann los!"

Sie stürzten sich auf die Akte, blätterten sie durch, schauten jede Seite gemeinsam an, lasen quer, lasen sich laut vor. Die interessanten Details lasen sie sehr genau.

Zunächst stieß Rauscher auf den Namen des damaligen Ermittlungsleiters, Hauptkommissar Walter Eckstein. Den Mann kannte er nicht, aber den Namen prägte er sich ein. Notfalls würde er ihn aufsuchen und ihn zu dem Fall befragen.

Müssen, dachte er, befragen müssen.

„Hmmm", meinte Jana nach einigen Minuten. „Da ist bis jetzt noch nicht die riesige Erkenntnis bei."

„Stimmt. Also weiter."

Verhör- und Vernehmungsprotokolle, der Bericht der Spurensicherung, der Obduktionsbericht und der Abschlussbericht lagen vor ihnen.

„Das schaffen wir nie in den verbleibenden Minuten", bemerkte Jana.

„Wir teilen es auf. Mit was willst du weitermachen?"

Jana schnappte sich den Abschlussbericht und den Obduktionsbericht, während sich Rauscher die restlichen Dokumente vorknöpfte.

In den nächsten Minuten herrschte Totenstille in Thalers Büro. Bis die Tür wieder aufging.

„Und?", fragte der Kollege, als er eintrat. „Auf was gestoßen?"

„Wissen wir noch nicht, finden wir aber heraus."

„Ich muss die Akte wieder mitnehmen, sonst fällt es vielleicht noch auf."

„Okay. Danke dir, Ingo." Rauscher packte sie zusammen und überreichte sie dem Kollegen, der rasch aus dem Büro verschwand.

„Wir machen uns wieder auf die Socken", rief er Thaler hinterher, der ihn aber schon nicht mehr hören konnte.

9

Im Wagen zurück nach Bockenheim begann die Diskussion über das Gelesene.

„Sie haben Gift im Körper nachweisen können", sagte Jana. „Das war definitiv die Todesursache."

„Gift gilt als Mordwaffe, die von Frauen bevorzugt wird", kommentierte Rauscher.

„Denkst du etwa an deine Tante?"

„Nein ... Also, darüber hab ich noch nicht nachgedacht. Aber warum sollte sie ...?"

„Weiß ich nicht. Aber wir sollten sie im Hinterkopf behalten", antwortete Jana und fuhr fort: „Gift ist natürlich besonders heimtückisch."

„Wie haben sie das überhaupt festgestellt? Da muss man ja erst mal drauf kommen."

„Richtig. Im Obduktionsbericht steht, dass Bergmanns Leiche keinerlei Verletzungen oder Gewalteinwirkungen aufgewiesen hat. Und da haben sie angefangen, gezielt nach möglichen Todesursachen zu forschen, denn ein Ertrinken konnte ausgeschlossen werden. In der Lunge befand sich kein Wasser, also war er schon tot, bevor er in der Nidda gelandet ist. Trotz seiner Zeit im Wasser wies der Körper eine leichte Rotfärbung auf, das deutete auf Blausäure hin. Sie haben dann diverse Analysen vorgenommen und einen Treffer gelandet: Es war tatsächlich Kaliumcyanid, das ihm verabreicht wurde."

„Kaliumwas?"

„Das Salz der Blausäure, besser bekannt unter dem Namen Zyankali. Absolut tödlich, schon in geringen Mengen."

„Aha. Ist bestimmt nicht ganz einfach, an Zyankali ranzukommen, oder wie war das 1985?"

„Keine Ahnung, das müssen wir herausfinden. Fakt ist, dass der Mörder dazu Zugang gehabt hat oder ihn bekommen haben muss."

„Okay. Gibt es sonstige Erkenntnisse aus der Akte?", fragte Jana.

Während sie die Miquelallee entlangfuhren, fasste Rauscher die Vernehmungen zusammen.

„Die Kripo hat sich die gesamte Familie vorgeknöpft. Tante Adelheid, Thomas, sogar meine Eltern wurden vernommen. Aber Fehlanzeige. Nicht das geringste Motiv. Der Mord blieb unerklärlich. Deshalb gingen sie dazu über, auch in der Baufirma meines Onkels zu ermitteln. Seine Sekretärin, Frau Hellmann, wurde verhört. Auch sein engster Mitarbeiter und Assistent, Herr Eutin. August Eutin. Auch da war nichts. Kein Motiv weit und breit."

„Also lautet doch die Frage, die wir schleunigst klären müssen: Warum wurde dein Onkel damals getötet?"

„Richtig. Wenn wir das Motiv kennen, könnte das der Schlüssel zu allem anderen sein."

„Nur, wie stellen wir das an? Ich meine, wir können ja mit niemandem mehr reden."

„Doch", sagte Rauscher. „Mit meinen Eltern ... und mit Thomas."

„Na toll! Die helfen uns sicher super gern, so auskunftsfreudig, wie die sich die letzten Tage gegeben haben. Das haben wir ja gesehen ... und gehört ..."

„Dann müssen sie eben über ihren Schatten springen. Schließlich liegt es in unserem familiären Interesse, für Aufklärung zu sorgen."

„Du meinst wohl, hauptsächlich in deinem Interesse! Denn ansonsten interessiert sich niemand für längst vergessene Dinge, die vor dreißig Jahren vorgefallen sind."

„Sehe ich anders. Wir haben einen aktuellen Anlass. Tante Adelheids Tod hat einiges aufgewühlt. Da ist es nur recht und billig, ergründen zu wollen, warum sich die Familie zerstritten hat und wenn es sein muss, wieso Onkel Karl zu Tode gekommen ist."

„Nun gut. Wann wurden denn damals eigentlich die Ermittlungen eingestellt?"

„Ungefähr ein Jahr nach seinem Tod. Es gab monatelang weder neue Verdachtsmomente noch andere Hinweise. Auch ein Aufruf an die Bevölkerung, ob jemand etwas beobachtet hatte, war erfolglos geblieben."

„Es war also wie verhext. Kein Motiv, kein Verdächtiger, keine verwertbaren Spuren, nichts."

„Bis auf den Mageninhalt ..."

„Wie bitte?"

„Na, Onkel Karls Mageninhalt. Er hatte als Henkersmahlzeit wohl Handkäs und Ebbelwoi gehabt."

Jana grinste. „Entschuldige, dass ich das jetzt so sage. Aber dein Onkel scheint dir nicht unähnlich gewesen zu sein."

„Vielleicht klemme ich mich deswegen so dahinter? Schon mal drüber nachgedacht?"

„Jetzt, wo du es sagst. Vielleicht fühlst du dich ihm verbunden, obwohl du ihn kaum kanntest."

„Gibt's sonst noch was im Bericht der Spurensicherung?"

„Wenig. Da die Leiche eine geraume Zeit im Wasser lag, waren am Körper keine Spuren mehr zu finden."

„Bisschen viele Geheimnisse für meinen Geschmack. Meinst du nicht?"

„Doch. Dagegen sollten wir dringend was unternehmen."

„Gerne. Nur was?"

„Streng doch mal dein ebenso kluges wie schönes Köpfchen an." Er lächelte.

„Sei nicht albern!"

„Nee, mal im Ernst: Mir fällt momentan auch nichts ein. Ich dachte, wir finden in der Akte irgendeinen Anhaltspunkt, bei dem wir nachhaken können."

„Das könnten wir nur bei den heute noch Lebenden, die damals schon befragt worden sind."

„Irgendwie hab ich das Gefühl, wir drehen uns im Kreis."

10

Dienstag, 15. Dezember

Als Rauscher das Büro des Notars Wollenschläger betrat, stand ein Mann vorm Fenster und starrte hinaus in den Garten.

Rauscher hatte ihn sofort an der L.A.-Basecap und den darunter hervorlugenden Haaren erkannt. Thomas. Er schien abwesend, leicht entrückt, denn auch nachdem ihn Wollenschläger angesprochen hatte, reagierte er – außer einem leichten Wippen mit den Zehenspitzen – nicht.

Rauscher und Wollenschläger gaben sich die Hand und begrüßten sich.

„Könnten wir anfangen, Herr Bergmann?", fragte Wollenschläger erneut in Richtung Fenster. Doch Thomas rührte sich immer noch nicht.

Rauscher trat hinter ihn und legte ihm eine Hand auf die Schulter.

„Hey, Cousin."

„Fass mich nicht an!", zischte Thomas im Umdrehen.

Die Antwort kam schnell und trug einen sehr aggressiven Unterton, der Rauscher sichtlich überraschte. Er erkannte rote Flecken im Gesicht seines Gegenübers, als er frontal vor ihm stand, und er hatte augenblicklich das Gefühl, dunkle Wolfsaugen schauten ihn an.

„Thomas, ich ..."

„Und nenn mich nie wieder so", unterbrach ihn Thomas. „Kapiert?" Es kam Rauscher vor, als bleckte er dabei die Zähne.

„Schon gut, schon gut!", murrte Rauscher. „Ich wollte dir nicht zu nahe treten ..."

Am liebsten hätte Rauscher ihn zurechtgewiesen. Aber er unterließ es, denn er wollte die Stimmung nicht noch mehr belasten. Aber auch die zweite Begegnung mit Thomas, nach jener unvergesslichen auf dem Friedhof, deutete an, welch unangenehmer Zeitgenosse er war.

„Bist du aber ...", kommentierte Thomas.

Währenddessen deutete Wollenschläger auf zwei freie Stühle vor dem Schreibtisch. „Zanken können die Herren später immer noch ... Darf ich jetzt bitten?"

Thomas setzte sich, ohne Rauscher eines weiteren Blickes zu würdigen. War das etwa das erste Anzeichen, dieses Gespräch konstruktiv führen und nicht nur bockig sein zu wollen? Rauscher hoffte es. Es behagte ihm zwar nicht, wie Thomas mit ihm sprach, aber er nahm es hin. Auch er setzte sich, rückte jedoch seinen Stuhl etwas weiter nach rechts, um den Abstand zu vergrößern. Obwohl es ihn kitzelte, würgte er eine Erwiderung hinunter, denn hätte er in diesem Moment etwas gesagt, wäre die Situation sicherlich eskaliert. Genau das wollte er aber zu diesem Zeitpunkt unter allen Umständen vermeiden.

„Zunächst eine kurze Bemerkung vorab: Karl-Heinz Rauscher, den Vater des hier anwesenden Andreas Rauscher, hatte ich für heute ebenfalls eingeladen. Er hat es jedoch vorgezogen, an dem Gespräch nicht teilzunehmen und mir gleichzeitig signalisiert, den Pflichtteil des Erbes, der ihm zustehen würde, nicht anzunehmen."

„Hui", raunte Thomas.

Rauscher schwieg. Das musste er erst einmal verdauen.

„Stand heute: Es gibt keine weiteren lebenden Verwandten, außer Ihnen beiden, meine Herren." Er blickte Rauscher und Thomas scharf an und fuhr fort: „Kommen wir nun zur Sache. Ich habe Sie hierher bestellt, um mit Ihnen gemeinsam einen Weg zu fin...", doch Thomas' laute Stimme schnitt ihm das Wort ab. „Bullshit!"

„Äh, wie bitte? Ich muss doch sehr bitten! Sie können doch nicht …?"

„Und ob ich kann. Hab keinen Bock, mich mit dem Erbschleicher zu einigen. Ich bin heilfroh, dass die Alte endlich unter der Erde ist. Jetzt will ich mein Erbe. Und zwar alles. Ist das klar?"

Dem bis dahin ruhig und souverän wirkenden Notar stieg die Zornesröte ins Gesicht. „Was Sie hier aufführen", echauffierte sich Wollenschläger, „ist mir in meiner gesamten Notarslaufbahn noch nicht untergekommen. Gelinde gesagt ist das eine Zumutung für uns und außerdem eine Beleidigung Ihrer verstorbenen Mutter. Das kann und werde ich nicht dulden."

„Kasper!", rief Thomas dem Notar zu und ein flüchtiges Lächeln flog über sein Gesicht. „Das Notarchen kann ja richtig aus der Haut fahren! Hätt ich Ihnen gar nicht zugetraut."

Der ließ sich aber von seiner einmal begonnenen Rede nicht abbringen. „Ich bitte Sie also darum, den Toten sowie den Lebenden mehr Respekt entgegenzubringen. Andernfalls werde ich diese Sitzung beenden, noch bevor sie richtig begonnen hat und Sie werden während der Testamentseröffnung vor vollendete Tatsachen gestellt."

„Hätten Sie wohl gern, aber daraus wird nix! Das können Sie sich abschminken. Ich werde nicht eher ruhen, bis ich mein Erbe habe, und zwar bis auf den letzten Cent. Verstanden?"

Bei jedem Satz glitt sein ausgeprägter Adamsapfel auf und ab.

Der Notar zeigte sich nur kurz irritiert und setzte erneut an. „Also nochmals, ich habe Sie hierher bestellt, um die Lage zu sondieren und auf vernünftige Weise eine gemeinsame Vorgehensweise auszuloten, aber das scheint offensichtlich mit Ihnen nicht machbar zu sein und auch nicht in Ihrem Interesse zu liegen."

„Ich werde mich sicher nicht mit meinem Pflichtteil abspeisen lassen. Ich will mein rechtmäßiges Erbe. Das, was mir zusteht", sagte Thomas erbost.

„Herr Bergmann, in welchem Hotel sind Sie abgestiegen?"

„Geht Sie einen Scheißdreck an."

„Aber ich muss Sie doch erreichen können, falls ..."

„Schon mal was von Mails oder Handy gehört, Notar?"

„Mir reicht es jetzt. Wenn Sie sich weiterhin wie ein Flegel benehmen, brechen wir das Gespräch ab."

„Welches Gespräch?"

„Können wir jetzt vielleicht mal diese Spielchen lassen und zum Wesentlichen kommen?", erwiderte Rauscher voller Brass. „Deswegen sind wir doch hier, oder?"

„Ich schon", meinte Thomas, „aber warum bist du hier?" Er wandte sich an Rauscher, der ihn lange stumm anblickte, bevor er sagte: „Herr Wollenschläger, ich denke, das bringt nichts. Sie sehen ja, wie Thomas bei jedem Satz reagiert ..."

„Das wird mir zu bunt", schrie Thomas und sprang von seinem Stuhl auf. „Sie beide stecken unter einer Decke und haben sich gegen mich verschworen. Ich hau jetzt ab! Sie hören von meinem Anwalt." Thomas wandte sich abrupt um und stürmte wutentbrannt aus dem Büro, nicht ohne hinter sich die Tür zuzuhämmern.

Der laute Knall ließ sowohl Rauscher als auch Wollenschläger zusammenzucken. Spätestens jetzt wurde beiden schlagartig bewusst, dass die Sache mit der Testamentseröffnung kein Zuckerschlecken werden würde. Im Gegenteil. Sie machten sich insgeheim auf alles gefasst.

„Was war denn das?", stöhnte Rauscher und erhob sich schwerfällig von seinem Stuhl.

„Das Gespräch ist etwas anders verlaufen, als ich es mir vorgestellt – und auch gewünscht – hatte", kommentierte Wollenschläger lakonisch.

11

Rauscher hatte sich von Wollenschläger verabschiedet und war zu seinem Opel gegangen. Der Notar hatte ihm beim Abschied gesagt, er müsse das soeben Erlebte erst einmal sacken lassen, um eine vernünftige Strategie für einen Umgang mit Thomas zu finden. Viel Spaß dabei, hatte Rauscher gedacht, aber nicht laut geäußert. Er war in dieser Hinsicht desillusioniert. Einen unzugänglicheren Menschen hatte er noch nie erlebt.

Während seiner Fahrt über die Bockenheimer Landstraße nahm er durch die Windschutzscheibe lediglich einige Streiflichter der Stadt wahr. Er konnte sich nicht auf das Hier und Jetzt und die Straße konzentrieren, weil er gedanklich noch im Büro des Notars hockte und Thomas' Tiraden im Ohr hatte.

Thomas betrieb Rumpöbeln als Zeitvertreib. Stänkern war anscheinend sein Lebensinhalt. Oder wie sollte er diesen Auftritt interpretieren? War es einfach nur Geldgeilheit? Oder vielleicht eher gekränkte Eitelkeit, weil er beim Erbe übergangen worden war?

Da er sich nicht mehr auf den Verkehr konzentrieren konnte, bog Rauscher rechts ab in die Senckenberganlage, gleich wieder links in die Sophienstraße und fuhr ins Diplomatenviertel. In einer Seitenstraße, deren Namen er lange nicht mehr gehört hatte, parkte er den Wagen, zückte sein Handy und wählte Janas Nummer.

„Wie ist es gelaufen?", eröffnete sie.

„Ich muss erst mal durchschnaufen."

„Hab ich doch gesagt."

„Thomas führt sich auf wie ein Preisboxer. Selbst vorm Notar. Nix als dumme Sprüche und Drohungen."

„Und jetzt?"

„Ergebnis nullkommanix. Absolute Ebbe."

„Feines Stelldichein!"

„Ehrlich gesagt, weiß ich nicht weiter."

„Wie meinst du das?"

„Ich denke darüber nach, aufs Erbe zu verzichten."

„Du willst was?" Jana hörte sich mit einem Male sehr erbost an. „Aber ... das meinst du jetzt nicht ernst, oder?"

„Wieso denn nicht?"

„Nur weil sich Thomas aufspielt wie ein Idiot, musst du doch nicht vom Erbe zurücktreten."

„Aber was soll denn das alles? Ich hab meine Tante doch überhaupt nicht gekannt."

„Irgendwie scheint sie dich aber doch zu interessieren, sonst würdest du nicht seit Tagen an nichts anderes denken."

„Schon, aber deswegen so einen Ärger? Darauf hab ich überhaupt keine Lust."

Jana schwieg eine Weile und Rauscher wusste auch nicht recht, was er noch sagen sollte.

Es verging eine knappe Minute, in der sich die Stille zwischen ihnen merkwürdig anfühlte. Zum ersten Mal.

„Ich fände es zwar nicht richtig", nahm Jana den Faden wieder auf, „dass du auf dein Erbe verzichten würdest. Immerhin hat deine Tante dich damit bedacht. Es ist ihr letzter Wille und das wird schon seinen Grund haben. Aber wenn du dich dagegen entscheidest, es also nicht annimmst, dann kann ich dich auch verstehen und trage die Entscheidung mit. Da brauchst du dir keine Sorgen zu machen."

So etwas hatte nie zuvor jemand zu ihm gesagt. Rauscher war sehr überrascht. „Danke", brachte er über die Lippen; mehr nicht. Ja er war sogar gerührt. Jana stand vorbehaltlos hinter ihm. Das tat gut.

„Und was hast du nun vor?"

„Ich fahr zu meinen Eltern ... Hat ja keinen Zweck. Ich muss noch mal mit ihnen reden. Vielleicht bringe ich so etwas Licht ins Dunkel. Wer weiß?"

„Dabei wünsche ich dir viel Glück. Und gib mir Bescheid, wenn ich was für dich tun kann, gell?"

„Ich danke dir. Und ich melde mich, sobald ich kann, okay?"

„Gerne."

Kaum hatte er aufgelegt, schwirrte ihm das Wort ‚Pflichtteil' im Kopf herum. Er wusste nicht, woher es so plötzlich gekommen war. Diese Erbsache beschäftigte ihn mehr, als er sich jemals hätte vorstellen können. Und Thomas ließ ihn nicht mehr los. Rauscher begriff langsam, dass es ihm überhaupt nicht um das Geld seiner Tante ging. Es ging um etwas anderes. Es saß tiefer. Es ging darum, die Vergangenheit zu ergründen. Darum, vielleicht etwas geradezubügeln, was damals schiefgelaufen war. Aber was war 1985 tatsächlich geschehen? Warum war sein Onkel ums Leben gekommen?

Genau auf diese Fragen wollte er nun Antworten finden. Sein neues Ziel hieß Römerstadt.

Was ihn auf dem Weg dorthin enorm beruhigte, war die Tatsache, dass Jana für ihn da war. Was auch passierte, sie würde an seiner Seite sein und ihn unterstützen. Dieses Gefühl gab ihm Kraft. Auch die jobmäßig schwierige Zeit, die vor ihnen lag, würden sie gemeinsam meistern. Das war gar keine Frage.

Er hatte sich die ganze Zeit Gedanken über ein passendes Weihnachtsgeschenk gemacht und mit einer gemeinsamen Reise geliebäugelt. Immerhin waren sie noch nie zusammen weggefahren. Irgendwohin, wo es warm war, schwebte ihm vor. Das würde ihnen beiden guttun. Mal raus aus Frankfurt. Bisschen relaxen. Alles sacken lassen. Irgendein Sonnenziel. Kuba? Nee, lieber nicht. Erinnerte zu sehr an Elke. Kanaren vielleicht. Er nahm sich vor, die nächsten Tage auf die Suche zu gehen und eine gemeinsame Reise zu buchen.

12

Mit Beginn des frühen Winters hatte sich eine eisige Aura über die Stadt gelegt. Die klirrende Kälte hielt die Frankfurter in ihren Klauen und wollte sie partout nicht wieder herausrücken. Sie währte bereits die dritte Woche.

Als Rauscher am Haus seiner Eltern in der Frankfurter Römerstadt ankam, war der Himmel wolkenbedeckt und leichter Schneefall hatte eingesetzt. Eine leise Vorahnung bemächtigte sich seiner. Er hob in Zeitlupe den Zeigefinger in Richtung Klingel an und dachte noch einen Moment nach, bevor er sie drückte. Was würde ihn gleich hinter dieser Tür erwarten?

Als Gabriele Rauscher die Tür öffnete, erkannte er auf den ersten Blick, dass ihr sein unangemeldeter Besuch alles andere als recht war.

„Andreas", sagte sie und es klang wie ein Knurren. „Was führt dich zu uns?"

Ihr Gesichtsausdruck schwankte zwischen Überraschung und Unbehagen und schien seine Ahnung zu bestätigen, dass das folgende Gespräch durchaus in unangenehme Bahnen abgleiten konnte. Doch davon ließ sich Rauscher nicht abhalten. Nach einer dezenten Umarmung trat er ein.

Zwischen Tür und Angel wollte er ihr keine Antwort geben, zumal ihr sicher der Grund für sein Erscheinen klar war. Er ging durch bis zum Wohnzimmer, wo ihn sein Vater begrüßte, indem er seinen Blick von der Rundschau nahm und den Kopf hob.

„Hallo Sohn", sagte er, was sich nach einer Frage anhörte, die keine war.

Rauscher hatte keine Lust auf Geplänkel. Sogleich konfrontierte er seine Eltern mit der Frage, deren Antwort ihn brennend interessierte: „Warum habt ihr mir nie davon erzählt, dass Onkel Karl ermordet worden ist?"

Gabriele und Karl-Heinz Rauscher schauten sich lange an.

„Von wem hast du das?", fragte seine Mutter.

„Spielt keine Rolle. War doch klar, dass ich irgendwann drauf stoße."

Gabriele Rauscher wandte den Kopf ab. Sie schien betrübter denn je.

„Also gut: Onkel Bernd hat es mir erzählt. Er meinte, ich sei damals zu jung gewesen und später hättet ihr mit diesem Zweig der Familie nichts mehr zu tun haben wollen."

„Warum kannst du die Vergangenheit nicht Vergangenheit sein lassen?", mischte sich sein Vater ein und klang dabei verzweifelt. „Ist das so schwer?"

„Weil Tante Adelheid gestorben ist und uns die Vergangenheit einholt. Es kommt alles wieder hoch. Und es tauchen Fragen auf. Eine Menge Fragen, die auf eine Antwort warten. Könnt ihr das nicht verstehen?"

Jetzt schüttelte sein Vater den Kopf. „Es war all die Jahre so schön. Niemand dachte daran. Wir hatten die Zeit vor dreißig Jahren vergessen und haben sie auch nicht vermisst. Warum willst du das jetzt ändern?"

Rauscher spürte, dass bei seinem Vater tief im Inneren etwas rumorte. Etwas, das er nicht wieder an die Oberfläche lassen wollte. Aber gerade deshalb setzte er seine Fragestunde fort.

„Vom Notar weiß ich, dass du das Erbe ausgeschlagen und auf deinen Pflichtteil verzichtet hast", sprach er seinen Vater direkt an. „Wieso?"

„Tja, weißt du. Sterben und Erben bringen viel Kummer. Sagt ein altes Sprichwort, wenn ich mich nicht irre." Sein Vater blätterte die dünne Rundschau zu Ende durch und legte sie beiseite. „Und genau deshalb will ich mit der ganzen Sache nichts zu tun haben. Ich will sie ruhen lassen. Die letzten dreißig Jahre hat kein Hahn danach gekräht. Und ich rate dir, auch die Finger davon zu lassen."

Rauscher setzte ein steifes Lächeln auf, von dem er hoffte, es würde wenigstens etwas Freundlichkeit ausstrahlen.

„Ich frage jetzt mal ganz direkt: Wisst ihr etwas über den Tod von Onkel Karl?"

„Du meinst doch nicht etwa, dass wir was mit seinem Tod zu tun hätten?", presste Frau Rauscher hervor.

„Natürlich nicht", ergänzte sein Vater. „Und jetzt Schluss damit. Das Kapitel ist für uns erledigt. Und zwar für immer."

„Aber es geht doch um unsere Familie ...", versuchte Rauscher einen neuen Anlauf.

„Wir haben uns unseren Stammbaum nicht aussuchen können", kam es Frau Rauscher über die Lippen. Sie hielt sich jedoch sofort die Hand vor den Mund, als habe sie sich gerade verplappert.

„Wie darf ich das verstehen?", hakte Rauscher nach.

„Ach nichts", presste sie widerwillig hervor.

„Jetzt komm schon! Ihr könnt mich doch nicht einfach so im Regen stehenlassen."

„Ich kann dir nur den guten Rat geben, die Füße stillzuhalten", kommentierte sein Vater. „Und jetzt lasst uns endlich über was anderes reden."

Gerade wollte Rauscher etwas erwidern, als er innehielt. Er musste auch in Zukunft auf seine Eltern zählen können und durfte sich nicht mit ihnen überwerfen. Das konnte er sich keinesfalls erlauben. Auch wenn es ihn wurmte, dass er nicht dahinterkam, was eigentlich los war. So verschlossen und starrköpfig hatte er sie noch nie erlebt.

Er setzte diesmal ein Lächeln auf, das seine Mutter an die Zeit erinnern sollte, als er noch klein und artig gewesen war und sich zu Weihnachten Matchboxautos gewünscht hatte.

„Also gut", sagte Rauscher. „Bringt ja nichts. Ich muss dann wieder." Er wandte sich ab.

„Willst du nicht zum Kaffee bleiben?" Frau Rauschers Frage klang nach einer Art Friedensangebot.

„Heute nicht. Ich hab noch was vor." Er hob die Hand zum Abschiedsgruß und verließ das Haus.

Auf der Straße spürte er sofort, dass das Verhalten seiner Eltern das genaue Gegenteil von dem bewirkte, was sie eigentlich wollten: Sie stachelten ihn und seinen Wissensdurst erst richtig an. Er konnte die Familiensache und den Fall Bergmann nicht auf sich beruhen lassen. Wie hätte das funktionieren sollen?

Als er an seinem Opel ankam, ploppte der Name Walter Eckstein in seinem Kopf auf. Er hatte ihn in der Bergmann-Akte gelesen. Eckstein war damals Ermittlungsleiter gewesen. Rauschers große Hoffnung war es, durch ihn etwas mehr über den Mordfall zu erfahren. Natürlich war es unmöglich für ihn, nichts zu unternehmen, wie es sich sein Vater gewünscht hatte. Er musste weitermachen. Eckstein war eine Option. Ein Strohhalm, das war ihm bewusst, aber er klammerte sich an ihn.

Rauscher startete den Wagen, auch wenn ihm die Richtung noch nicht endgültig klar war.

13

Walter Eckstein war schon lange in Pension, wohnte in Nidderau-Ostheim und ging seinem Hobby nach: der Bienenzucht. Sein Honig war in der gesamten Gegend legendär. Und so war es auch nicht schwierig für Rauscher, Eckstein ausfindig zu machen. Im Internet firmierte er inzwischen unter ‚Ecksteins-Bio-Imker-Honig – kriminell gut!‘.

Er wohnte in der Straße Am Bergwerk, in der fast ausnahmslos Einfamilienhäuser standen. Rauscher hatte für die Strecke nur knapp fünfzehn

Minuten gebraucht. Er parkte und stieg aus. Der Restschnee im Rinnstein knirschte. Das Haus schien tiefgefroren. Eiszapfen hatten sich an der Regenrinne gebildet, an den Fenstern wuchsen Eiskristalle. Der graue, bedeckte Himmel umrahmte die winterliche Tristesse.

Er stapfte drei Treppenstufen hinauf zur Haustür, befreite sich von seinen Handschuhen und klingelte.

„Sie müssen Rauscher sein", sagte der ältere Mann mit Vollbart, der ihm die Tür öffnete. Sie gaben sich die Hand. „Ich bin Eckstein."

„Hallo. Ja, Kommissar Rauscher aus Frankfurt, aber ehrlich gesagt bin ich privat hier." Rauscher betrachtete den Pensionär. Er schätzte ihn auf knapp 75 Jahre. Graue Haare, Rollkragenpulli, Cordhosen. Der Bart war das Markanteste.

„Privat? Ich war in meiner gesamten Laufbahn nie privat unterwegs", sagte Eckstein. „Wie darf ich das verstehen?"

„Darf ich kurz reinkommen?"

„Ach so, natürlich. Hatte ich ganz vergessen. Treten Sie ein! Ich hab uns einen heißen Tee mit Rum gemacht. Zum Aufwärmen."

„Gerne."

Sie betraten eine Küche, die ihre besten Zeiten längst hinter sich hatte. Der Hausherr wies Rauscher einen Platz an einem runden Tisch mit Blümchentischdecke zu. Aus einer altmodischen Teekanne goss er Tee in zwei Tassen. Eckstein nahm vorsichtig einen Schluck.

„Gut, aber heiß. Verbrennen Sie sich nicht die Zunge!"

„Werd's versuchen ... Hmm, lecker. Und schön stark. Altes Hausrezept?"

„Von meiner verstorbenen Frau. Trinken Sie ruhig leer. Ist noch genug da. Was führt Sie zu mir, wenn ich fragen darf? Am Telefon waren Sie ziemlich kurz angebunden." Eckstein setzte sich ihm gegenüber.

„Adelheid Bergmann-Rauscher", hielt Rauscher nicht länger hinterm Berg. „Sie ist letzte Woche gestorben. Sie war meine Tante."

„Jetzt dämmert's mir", sagte der alte Herr, während sich seine Augen weiteten.

„Können Sie sich an den Fall Bergmann noch erinnern? Das war vor etwa dreißig Jahren. 1985."

„Als wär's gestern gewesen", begann Eckstein wie aus der Pistole geschossen. „Turbulente Zeit. Kurz hintereinander hatten wir zwei heikle Fälle."

„Welches war der zweite?"

„Ende April war die Geschäftsführerin des Internationalen Familienzentrums im Bahnhofsviertel mit Hammerschlägen auf den Kopf schwer verletzt worden. Wir mussten alles stehen und liegen lassen, um dem Täter auf die Spur zu kommen."

„Haben Sie ihn erwischt?"

„Und ob. Es war ein kurz zuvor gekündigter Mitarbeiter gewesen, der sich einige Tage später selbst gestellt hat."

„Aha. Und der Fall meines Onkels?"

„Das war dann im Mai, am elften, samstagmorgens um 8.24 Uhr, als wir Karl Bergmann aus der Nidda geholt haben. Ich weiß das noch so genau, weil ich es selbst im Bericht vermerkt habe. Und da ich den Bericht im Laufe der folgenden Wochen mindestens hundertmal gelesen habe, weil es keinerlei Ermittlungsfortschritte gab, konnte ich mir alle Zahlen und Daten einprägen. Ich hab sie heute noch im Kopf. Solche Fälle gibt es. Nicht viele, aber der Fall Bergmann gehört dazu." Walter Eckstein stand auf und hob kurz die Hand. „Moment. Bin gleich wieder da." Er verschwand aus der Küche, doch keine zwei Minuten später saß er wieder am Tisch. In der Hand hielt er eine alte Kladde mit Zeitungsartikeln.

„Immer wenn ich melancholisch bin, stöbere ich in den Sachen von früher. Hier stecken meine Erinnerungen drin. Triumphe und Debakel. Aber es ist immer wieder schön, sich darin zu vertiefen. Sie lassen einen nicht los." Er blätterte die Innenseiten im Schnelldurchgang durch und zog gezielt einen vergilbten Zeitungsausschnitt hervor. „Hier, lesen Sie. Das ist der erste Zeitungsartikel zum Bergmann-Fall."

Rauscher nahm den quadratischen Zeitungsausschnitt in die Hand. „Toter aus der Nidda gefischt" lautete die Überschrift, die er laut vorlas. Weiter hieß es: „Am Samstagmorgen gegen 7 Uhr entdeckte ein Mann, der seinen Hund ausführte, eine leblose Person im Uferschilf der Nidda und verständigte postwendend die Polizei. Der Körper konnte kurze Zeit später nur noch tot geborgen werden. Es handelt sich dabei um Karl B., einen Unternehmer aus dem Holzhausenviertel. Welche Umstände zu seinem Tode geführt haben, konnte die Kripo noch nicht mitteilen. Ermittlungen wurden eingeleitet. Für morgen Vormittag ist die erste Pressekonferenz im Polizeipräsidium angesetzt."

Rauscher legte das Blatt auf dem Tisch ab.

„Woher wussten Sie eigentlich, dass es sich um Karl Bergmann gehandelt hat?", fragte er freiheraus.

„Ganz einfach. Sein Gesicht war zwar aufgeschwemmt, aber die Züge noch erkennbar, sodass mehrere Leute von uns sich an ihn erinnern konnten."

„Woher kannten ihn Ihre Leute?"

„Er war bekannt, war eine Persönlichkeit in Frankfurt. Als Unternehmer stand man damals noch mehr in der Öffentlichkeit, erschien ab und zu mit Foto in der Zeitung." Er klappte die Artikelsammlung wieder zu. „Den Rest der Artikel erspare ich Ihnen. Ernüchternd."

„Warum?"

„Weil wir keinerlei Fortschritte erzielt haben. Was die Presse natürlich mitbekommen hat. Die fingen dann an, auf uns rumzuhacken."

„Wieso gab es keine brauchbaren Erkenntnisse?"

„Niemand wusste, was mit Karl Bergmann geschehen war. Und niemand konnte sich vorstellen, warum er ermordet worden war. Wir auch nicht."

„Wen haben Sie dazu vernommen?"

„Ich kann mich gut an die Verhöre erinnern, weil ich sie alle persönlich durchgeführt habe. Frau Bergmann-Rauscher war geradezu verstummt, sie hat uns keinerlei Hinweise gegeben. Dann haben wir natürlich ihren Sohn Thomas vernommen ..."

„Meinen Cousin ..."

„Ach ja, richtig. Ehefrau und Sohn schienen beide schockiert zu sein. Zur fraglichen Tatzeit waren sie gemeinsam auf dem Maimarkt in Alt-Sachsenhausen gewesen."

„Wer hat das ausgesagt?"

„Adelheid Bergmann-Rauscher."

„Damit haben also beide ein Alibi."

„Richtig. Doch obwohl wir nichts gegen Adelheid Bergmann-Rauscher in der Hand hatten, war und blieb sie unsere Hauptverdächtige."

„Weshalb?"

„Giftmorde werden hauptsächlich von Frauen begangen ..."

„Stimmt."

„Aber es blieb eben bei dem Verdacht. Indizien oder gar Beweise gab es nicht."

„Sind Sie der Giftspur weiter nachgegangen? Also, woher das Kaliumcyanid stammte? Wie es zu besorgen war und so weiter?"

„Sicher. Das Problem dabei war: Cyanide kann sich quasi jeder besorgen, denn diese Salze kommen in verschiedenen Industrien, im Laborbereich und in der Forschung häufig vor und sind somit in jedem Großhandel erhältlich, solange man einen Sachkundenachweis vorlegt."

„Was ist das?"

„Also zum Beispiel, wenn man nachweisen kann, dass man in einer der oben genannten Bereiche arbeitet und das Salz geschäftlich benötigt."

„Hmmm, okay, also ganz so leicht doch nicht."

„Nun ja, eben doch. Nehmen wir die Baufirma von Karl Bergmann. Selbst da gab es einen sogenannten ‚Giftschrank‘, in dem Kaliumcyanid lagerte.“

„Aha. Also hätte man nur den Schlüssel für den Schrank gebraucht?“

„Richtig. Aber es ist keineswegs erwiesen, dass das Kaliumcyanid aus jenem Schrank stammte. Es kann auch ganz woanders her sein. Dieser Sachverhalt grenzte die Suche nach dem Täter nicht ein, sondern erweiterte sie sogar noch.“

„Verstanden. Dann war die Giftspur wohl eine Sackgasse?“

„So könnte man es sagen.“

„Gut. Wieder zurück zu den Verdächtigen. Wen haben Sie noch vernommen?“ Rauscher nahm noch einen kräftigen Schluck vom Tee und leerte seine Tasse. „Könnt ich mich glatt dran gewöhnen.“

„Gell! Ist auch ein Schuss meines Honigs drin!“ Eckstein schenkte randvoll nach. „Bitte schön!“

„Nicht zu viel! Muss noch fahren.“

„Ach, Quatsch. Ihr Auto kennt doch den Weg. Wo waren wir stehengeblieben?“

„Bei den Verhören.“

„Stimmt. Es gab keine weiteren Verwandten, mit denen Bergmann engeren Kontakt hatte.“

„Was ist mit meinen Eltern?“ Eckstein schaute ihn ratlos an, deswegen schob er nach. „Karl-Heinz und Gabriele Rauscher.“

„Ach ja, auch die haben wir vernommen, aber sie konnten glaubhaft machen, den Toten wochenlang nicht zu Gesicht bekommen zu haben. Der Kontakt war nie sehr intensiv gewesen.“

„Und dann ist er ganz abgebrochen“, murmelte Rauscher vor sich hin.

„Wie bitte?“

„Ach nichts. Gab es weitere Verwandte?“

„Nein."

„Und das Umfeld, Freunde, Bekannte?"

„Niemand, der sehr eng mit Herrn Bergmann war und schon gar niemand, der auch nur annähernd ein Motiv gehabt hätte."

„Hmmm ..."

„Das war überhaupt das Verblüffende an dem Fall: das Fehlen eines möglichen Motivs. Wir konnten einfach keins finden, das auch nur halbwegs plausibel erschienen wäre."

„Mein Onkel scheint ein angesehener Mann gewesen zu sein. Normalerweise haben solche Personen Feinde. Hatte er keine? Geschäftspartner beispielsweise?"

„Wir konnten keine ausfindig machen. Seine Firma lief gut. Das waren damals auch noch andere Zeiten ... Die Frage, warum Ihr Onkel getötet wurde, schwebt bis heute über uns und niemand hat eine Antwort darauf."

„Und wie ging es dann weiter?"

„Wir setzten die Befragungen natürlich fort. Uns blieben noch seine engsten Mitarbeiter, mit denen er ständig Umgang hatte, beispielsweise Herr Eutin ..."

„Der Assistent meines Onkels?"

„Ja. Und Frau Hellmann."

„Seine Sekretärin."

„Genau. Die beiden hat er häufiger gesehen als seine eigene Frau."

„Wie kommen Sie darauf?"

„Hat Thomas Bergmann ausgesagt."

„Mein Cousin. Hmmm ..."

„Ja, dieser Satz ist in der Akte vermerkt. Von Eutin und Hellmann wollten wir erfahren, ob Bergmann Streit hatte mit jemandem, mit dem er geschäftlich zu tun hatte. Oder ob sie sonst etwas in seinem Freundes- oder Bekanntenkreis mitbekommen hatten."

„Und?"

„Ebbe auf ganzer Linie."

„Wollte ihm jemand in der Firma seine Position streitig machen?"

„Soweit haben wir auch gedacht. Aber Eutin und Hellmann haben unabhängig voneinander erklärt, Herr Bergmann sei der beste Chef, den man sich denken konnte und über alle Maßen beliebt. Und zwar bei allen."

„Nur bei einem nicht."

„Wem?"

„Dem Mörder."

„Ach ja, richtig." Eckstein schmunzelte, obwohl ihm nicht danach war. „Übrigens war Frau Hellmann damals im vierten Monat schwanger. Und die Schwangerschaft schien nicht komplikationslos zu verlaufen, denn sie musste des Öfteren für einige Tage in die Klinik, wo wir sie zweimal verhört haben."

„Wissen Sie, ob sie das Kind bekommen hat?"

„Nein, ehrlich gesagt ... Ich habe mich nie darüber informiert." Er atmete tief ein. „Nun ja. Insgesamt war es zum Haareraufen. Wir standen auf verlorenem Posten. Zwei Wochen nachdem wir die Ermittlungen aufgenommen hatten, gab es nicht den Hauch eines Fortschritts. Wir hatten einfach nichts in der Hand. Wir konnten ja nicht einmal den Tatort ermitteln."

„Wie jetzt?"

„Wir wissen nicht, wo ihm das Gift verabreicht wurde. Das Einzige, was wir hatten, war sein Mageninhalt."

„Seine Henkersmahlzeit ..."

„Sieht so aus."

„Dürfte ihm geschmeckt haben."

„Leider. Etwas makaber, aber so wird es gewesen sein. Da fällt mir ein ..." Eckstein stand wieder auf. „Ich müsste die Akte sogar hier haben."

„Die Akte Bergmann?", wunderte sich Rauscher. „Die liegt doch im Archiv. Das weiß ich genau."

„Ja, ja. Damals habe ich eine Kopie davon gemacht, damit ich sie mir auch zu Hause zu Gemüte führen konnte. Momentchen!"

Rauscher trieb es ein Lächeln auf die Lippen. Eckstein war bestimmt ein Heißsporn gewesen, ein akribischer Wadenbeißer, der Berti Vogts unter den Frankfurter Kommissaren, der keine ruhige Sekunde kannte, bevor er die Fälle nicht gelöst hatte.

In gewisser Weise ähnelte er ihm, dachte Rauscher.

Keine zwei Minuten später kam Eckstein wieder in die Küche. „Wusste ich's doch! Hier!" Er schob Rauscher die Akte auf dem Tisch vor die Nase. „Die Sache hat mich verfolgt. Es gab ja immer mal Fälle, in denen die Ermittlungen zäh liefen. Aber der Bergmann-Fall hat uns schier zur Verzweiflung gebracht." Eckstein setzte sich wieder. Rauscher zog die Akte zu sich. Er erwähnte mit keinem Wort, dass er sie schon kannte; das ging niemanden etwas an. Zudem: Er hatte sie ja nicht bis zum Schluss gelesen.

„Darf ich?", fragte er höflich.

„Sicher. Außer Ihnen interessiert sich bestimmt niemand mehr dafür. Auch ich muss gestehen, dass ich lange Zeit nicht mehr reingeschaut habe. Inzwischen hat sich das Feuer gelegt."

Rauscher öffnete die Akte. „Hoffentlich entfache ich es nicht wieder."

„Keine Sorge. Ich bin ein alter Mann." Er schmunzelte und schenkte sich eine weitere Tasse Tee mit Rum ein.

Rauscher blätterte in der Akte. Einige Seiten kamen ihm bekannt vor. Er überschlug dreißig, vierzig Seiten auf einmal, weil er die hinteren Seiten noch nicht kannte. Plötzlich stutzte er. Im Bericht der Spurensicherung fiel ihm ein Wort auf, das er zum ersten Mal sah. Entweder hatte er es überlesen oder die Zeit war zu knapp gewesen, um bis dorthin vorzudringen.

„Ein Kaugummi", sagte er und schaute Eckstein ungläubig an.

„Ach ja, stimmt. Hatte ich ganz vergessen. Wir standen vor einem Rätsel. In der linken Hosentasche des Opfers fanden wir einen Kaugummi. Das Merkwürdige war, er war schon gekaut, also nicht frisch." Da Rauscher nicht wusste, was er mit dieser Information anfangen sollte, fuhr Eckstein fort: „Karl Bergmann hatte ihn wohl eingesteckt. Aber warum? Wer steckt denn seinen eigenen, gekauten Kaugummi ein?"

„Vielleicht vom Täter?"

„Das konnten wir nicht überprüfen. Mittels der damals verfügbaren Kriminaltechnik konnten wir mit dieser Spur nichts anfangen. Es gab ja noch keine DNA-Analyse, anhand derer wir Bergmanns DNA mit der Spucke im Kaugummi vergleichen hätten können."

„Ach stimmt, die Nutzung von genetischen Informationen zur Strafverfolgung wurde ja erst 1990 gesetzlich beschlossen."

„Und die DNA-Analysedatei gibt es sogar erst seit 1998."

„Und heute haben wir ganz neue Analysemethoden. Vielleicht wäre das im Bergmann-Fall ein neuer Ansatzpunkt ..."

Eckstein stutzte. „Sie meinen ... um nach dreißig Jahren eine Übereinstimmung festzustellen und den Täter zu schnappen?"

„Warum denn nicht? Im Inneren des Kaugummis könnten sich DNA-Spuren gehalten haben. Vielleicht haben wir Glück. Wer weiß?"

„Aber dann müsste diese DNA ja mit einer DNA in der Datei übereinstimmen, um an die Identität des Täters heranzukommen. Mehr als unwahrscheinlich. Vergessen Sie's!"

„Sie haben recht." Rauscher trank seinen Tee aus und spürte, wie ihm das warme Getränk langsam zu Kopf stieg. „Ich muss jetzt los. Vielen Dank für Ihre Auskünfte."

„Es macht mir immer Spaß, in die Vergangenheit abzutauchen."

„Falls ich noch Nachfragen habe ..."

„Immer gerne!", beteuerte Eckstein. „Immer gerne!"

Rauscher erhob sich, doch Eckstein hielt ihn am Arm fest. „Moment. Ich habe noch was für Sie!"

Behände stand der rüstige Pensionär auf, ging an einen Küchenschrank und griff in eine Schublade. Hervor holte er ein Fläschchen und drückte es Rauscher in die Hand, der sofort las, was auf dem selbstgemachten Etikett stand: ‚Propolistropfen'.

„Schmecken zwar bitter, aber es gibt nichts Besseres für Ihre Gesundheit."

„Das bezweifle ich", sagte Rauscher und grinste. „Mit Ebbelwoi kann das Bienenzeug nicht konkurrieren."

Eckstein lachte aus tiefster Seele. „Wenn Sie meinen. Ich wusste gleich, dass Sie Idealist sind. Aber probieren Sie es trotzdem. Ich schwöre drauf und war seit dreißig Jahren keinen einzigen Tag krank."

„Der Polizeidienst scheint fit zu halten."

„Guter Witz, Herr Rauscher", prustete Eckstein los. „Guter Witz."

14

Mittwoch 16. Dezember

Am nächsten Morgen fühlte sich Rauscher unleidlich. Lag es am Rum im Tee oder am Bergmann-Fall? Er war mittendrin, ihn neu aufzurollen, obwohl er suspendiert war und nicht auf den Polizeiapparat zurückgreifen konnte. Plötzlich erschien ihm alles sinnlos. Was sollte das? Selbst wenn er den Mörder identifizieren würde, würde sich kein Schwein dafür interessieren.

Außer ihm!

Jana hatte auch schon etwas in der Art angedeutet. War er wirklich so penetrant? War es sein verdammtes Pflichtbewusstsein, das ihm in seiner

Laufbahn schon des Öfteren einen Streich gespielt hatte? Oder war es einfach seine Neugier, unbedingt erfahren zu wollen, welches Geheimnis seine Familie verbarg?

Er wog ab, rekapitulierte die letzten Tage und kam zu dem Schluss, dass er es sich und seiner Familie schuldig war, das Rätsel zu lösen. Fortan zweifelte er nicht mehr daran, dass dies der richtige Weg war. Er wollte und musste ihn gehen.

Zum Kaffee aß er drei von Janas Plätzchen und seufzte. Das würde seiner Bauchrolle nicht guttun. Aber sie waren so lecker. Doch trotz des traditionellen Gebäcks wollte sich keine Weihnachtsstimmung bei ihm einstellen. Beim Geschenk für Jana war er keinen Millimeter weitergekommen. Die Recherche im Internet wegen der Reise hatte er nach etwa fünfzehn Minuten entnervt aufgegeben und auf später verschoben.

Doch sein nächstes Ziel lag auf der Hand. Er war noch nicht dazu gekommen, sich die Wohnung seiner Tante anzuschauen. Das musste er unbedingt nachholen. Anfangs hatte er es als nicht so wichtig erachtet, doch jetzt lag die Sache anders. Vielleicht hatte er es auch vor sich hergeschoben, weil er befürchtete, auf unbequeme oder betrübliche Wahrheiten oder Geheimnisse zu stoßen, die im Zusammenhang mit der Familienhistorie standen.

Eine halbe Stunde später machte er sich auf ins Frankfurter Holzhausenviertel, das in der Stadt eine Art Schattendasein führte. Selten verirrte sich mal jemand von anderswo dorthin. Lohnend war es jedoch allemal. Das Holzhausenschlösschen und der Holzhausenpark, umrahmt von Gründerzeit-Villen, gehörten zu den gehobenen Adressen Frankfurts.

Zuvor hatte er sich den Schlüssel beim Notar Wollenschläger abgeholt. Nachdem er sich problemlos Zutritt zum Altbau und zur Wohnung seiner Tante verschafft hatte, stand er in der großen Küche. Was ihm sofort auffiel: Hier drinnen herrschte eine selige Ruhe.

Er blickte sich um. An der Wand hing ein Kalender des letzten Jahres. Das kam ihm komisch vor. Er betrachtete die antiken Schränke, die resopalbeschichtete Ablage und öffnete einige Schubladen. In einer lagen alte Alben. Nanu?

Er setzte sich an den Küchentisch und blätterte sie durch. Fotos vom früheren Frankfurt. Schwarz-weiß, angegilbt. Alte Gebäude, teilweise noch vorm Krieg. Tante Adelheid als Kleinkind, als junges Mädchen und Jugendliche mit Zöpfen im hellen Kleidchen.

Rauscher stellte sich seine Tante vor, wie sie hier am Küchentisch saß, die Alben aufschlug und alte Bilder anschaute. War sie einsam gewesen? Hätte sie nicht sein müssen. Es war ihre Entscheidung gewesen, so zurückgezogen zu leben. Aber warum?

Beim Zuklappen eines Albums fiel vorne etwas heraus. Es war ein Stück Papier, auf dem einige Wörter notiert waren. ‚Christian Merzenich anrufen‘, las Rauscher. Den Namen hatte er noch nie gehört. Der Nachname kam recht selten vor, also könnte er versuchen, ihn ausfindig zu machen. Er machte sich eine Notiz in seinem Hinterkopf.

Und dann fiel ihm etwas auf. Das Album hatte lediglich Bilder von Tante Adelheid enthalten. Keine sonstigen Familienmitglieder waren irgendwo zu sehen gewesen. Er stand auf und durchquerte die gesamte Wohnung auf der Suche nach Bildern an den Wänden. Familienfotos, Portraits oder Ähnliches. Aber er fand keine. Nirgends war ein Familienbild zu sehen, als hätte es die Familie nie gegeben.

Hat sie ja auch nicht, dachte Rauscher, jedenfalls die letzten dreißig Jahre nicht.

In Gedanken versunken wandelte er weiter. An der rechten Flurwand stand ein großes Regal voller Bücher. Auf den ersten Blick entdeckte er einige historische Schinken, aber auch nicht wenige neuere Romane. Querbeet durch alle Genres.

Als er an der offenen Tür zum Wohnzimmer vorbeikam, erkannte er an der gegenüberliegenden Wand ein weiteres, noch größeres Bücherregal. Es quoll über. Jetzt kannte er also das Hobby seiner Tante, mit dem sie sich offensichtlich die Zeit vertrieben hatte: Lesen.

Zunächst inspizierte er das Schlafzimmer. Die Einrichtung stammte sicher aus der Mitte des vorigen Jahrhunderts. Ein massiver Kleiderschrank. Ein großes Doppelbett. An der Wand darüber hing mittig ein Kruzifix. Eine Bibel fand er in der Nachttischschublade.

Jetzt wurde es intim. Ob er das wirklich wollte? So tief in das geheime Leben seiner – verstorbenen – Tante eindringen? Er war sich nicht sicher. Aber er hoffte immer noch, auf etwas Verwertbares zu stoßen. Etwas, das ihn weiterbringen würde im Fall Bergmann. Auf neue Erkenntnisse bezüglich des Familienzwists. Irgendetwas, das ihm die Möglichkeit bot, daran anzuknüpfen und weitere Recherchen anzustellen.

Gerade wollte er sich dem Wohnzimmer zuwenden, als er ein Geräusch bemerkte. Es hörte sich an wie ein sich drehender Schlüssel in einem Schloss. Kurz darauf das Knarzen einer Tür, dann ein Zuschlagen.

Rauscher eilte in den Flur und blieb abrupt stehen. Ein Schrecken durchfuhr ihn. Keine vier, fünf Meter von ihm entfernt stand Thomas in Jeans und Mantel und sah ihn an wie ein Gespenst. Schien sichtlich geschockt zu sein, weil er offenbar nicht mit Besuch in der Wohnung seiner Mutter gerechnet hatte.

Bei Rauscher lief im Zeitraffer ein Film im Kopf ab. Thomas auf dem Friedhof. Beim Notar. Und jetzt hier, in der Wohnung seiner toten Mutter. Ein merkwürdiges Gefühl beschlich ihn.

„Machst'n du hier?", pöbelte Thomas eine Hundertstelsekunde später los.

„Das Gleiche könnt ich dich fragen."

„Werd ja wohl noch in die Wohnung meiner eigenen Mutter ... Wie bist'n überhaupt reingekommen?" Thomas kam einen Schritt auf ihn zu.

„Den Schlüssel habe ich von Wollenschläger. Und du?" Rauscher trat ebenso ein Stück nach vorne.

„Hab meinen eigenen. Passt auch nach dreißig Jahren noch wie angegossen. Und was suchst du hier?"

„Wie kommst du darauf, dass ich was suche?"

Sie standen sich von Angesicht zu Angesicht gegenüber. Thomas war etwas kleiner. 1,77 Meter, schätzte Rauscher. Aber die Basecap, die er auch heute trug, glich den Höhenunterschied aus.

„Weil du überall rumschnüffelst, Kommissar!"

„Woher weißt du ...?"

„Bin eben gut informiert. Also?"

„Was, also?"

„Wasduhiersuchst?", platzte Thomas heraus, packte die Basecap und warf sie zu Boden. Zum Vorschein kamen lange Stirnfransen, die sich wild ins Gesicht schlängelten.

„Um ehrlich zu sein ..." Rauscher zögerte. „Ich weiß es selbst nicht. Erinnerungen? Vielleicht will ich in die Vergangenheit eintauchen, um ..."

„Schwachsinn! Du kannst deine Griffel nicht stillhalten, das liegt dir im Blut."

„Auch das. Sicher. Der Tod von Tante Adelheid hat viel Staub aufgewirbelt."

„Red nich so'n Stuss!"

„Ich habe erfahren, dass Onkel Karl ... also dein Vater ... ermordet worden ist."

„Wusst ich's doch! Du schnüffelst rum!"

„Ich bin über einige Sachen gestolpert ... Ach, ist ja auch egal jetzt." Er winkte mit der rechten Hand ab.

„Bullshit! Überhaupt nix is egal. Halt dich einfach raus! Du hast dich dreißig Jahre einen Scheißdreck drum geschert, also lass es auch weiterhin bleiben! Kapiert?"

„Äh ..."

Doch bevor Rauscher seine Gedanken ordnen und etwas erwidern konnte, legte Thomas nach: „Und das Erbe kannst du dir abschminken. Komme gerade vom Anwalt. Wir machen dir die Hölle heiß. Verlass dich drauf!"

Rauscher starrte ihn an. „Thomas, ich ..." Ihm versagten die Worte. Sein Kopf gab Kontra, aber sein Bauch übernahm die Regie. Er spürte, dass er keine Lust hatte, sich mit seinem Cousin auseinanderzusetzen. Irgendwie fehlte ihm die Kraft dazu. Und außerdem ahnte er, dass es noch früh genug so weit kommen würde.

„Und jetzt raus hier!", polterte Thomas weiter. „Du hast hier nichts verloren."

Rauscher zögerte. Sollte er es auf eine offene Konfrontation ankommen lassen und ihm mal so richtig die Meinung geigen? Verdient hätte er es längst. Es reizte ihn. Sein Cousin war ein Scheusal schlimmster Prägung, eine Kanaille besonderer Art, ein echtes Ekelpaket. Allerdings wollte sich Rauscher zügeln. Seine impulsiven Ausbrüche, insbesondere gegenüber seinen Kollegen, waren ihm ein Dorn im Auge und stellten inzwischen ein massives Problem für ihn dar, das er in den Griff kriegen wollte.

Er beherrschte sich. Langsam wandte er sich von Thomas ab. Er mochte ihm nicht mehr ins Gesicht sehen. Gemächlich setzte er sich in Bewegung und verzichtete auf die angebrachte Standpauke. Früher oder später würde es ohnehin knallen. So sicher wie das Amen in der Kirche.

Er lief an ihm vorbei. Ohne sich zu verabschieden oder ihn auch nur eines winzigen Blickes zu würdigen, verließ er die Wohnung und zog hinter sich die Tür zu. Er brauchte Abstand. Innerlich kochte er, äußerlich wahrte er die Contenance.

Er stieg die paar Treppenstufen hinab und kam auf dem Boden der Tatsachen an. Während er tief Luft holte, wurde ihm bewusst, dass die nächsten Tage nicht einfach werden würden. Alles, was mit dem Erbe zusammenhing, würde Kämpfe, vielleicht sogar Tumulte auslösen. Das war unvermeidlich. Musste er sich das geben? Sicher nicht.

Er musste eine Strategie finden. Musste sich neu justieren, um mit Thomas' Verhalten und der Gesamtsituation umgehen zu können. Er wollte sich mit Jana beraten, wie er weiter vorgehen sollte. Sie war inzwischen so etwas wie sein Gradmesser, sein Kompass, wenn es schwieriges Terrain zu betreten galt, und er war mehr als glücklich, sie an seiner Seite zu wissen.

15

Es dämmerte bereits, als Rauscher seine Wohnung betrat und nach Jana rief.

„Hier", hörte er ihre Stimme aus dem Wohnzimmer. Keine Minute später nahm er neben ihr auf der Couch Platz. Roch sie. Ihren Körperduft, das dezent aufgetragene Parfum. Eine leicht blumige, frische Note. Dieser Geruch war ihm vertraut. Er hatte ihn lieb gewonnen, sich so sehr daran gewöhnt, dass er ihn nicht mehr missen mochte.

Er griff in Janas raspelkurze Haare und zog ihren Kopf sanft zu sich. Näherte sich ihren Lippen. Sie küssten sich. Leidenschaftlich. Es hatte jedoch auch etwas Verzweifeltes an sich. Keine Minute später wechselten sie ins Schlafzimmer.

Nach dem Liebesspiel lagen sie eng umschlungen auf dem Bett. Streichelten sich. Hielten sich fest umschlungen.

„Wenn du nicht bei mir wärst ...", sagte Rauscher in die Stille.

Jana wandte ihren Kopf zu ihm und schaute ihn eine Weile an. „Was ist denn passiert?"

„Ich fühle mich so einsam. Alleingelassen. Fast schon entfremdet. Mein Job ist weg. Mein Team auch. Und meine Familie ... Mäxchen ist weg. Mit Elke hab ich nur Ärger und meine Eltern dampfen auch gerade ab."

„Hallo! Das wird mir hier zu depressiv gerade ...“

Doch er ließ sie nicht aussprechen. „Auf der anderen Seite lerne ich meine Familie gerade erst kennen. Komisches Gefühl. Vor allem, wenn man kurz vor vierzig ist.“

„Ist doch nur eine Zahl.“

„Sicher, aber wenn du nullst, ist das immer was Besonderes. Irgendwie geht dann ein Lebensabschnitt zu Ende. Ob man es will oder nicht.“

„Und ein neuer beginnt. Sieh es doch mal so.“

„Auch richtig, aber es fühlt sich trotzdem falsch an ...“

„Trotzdem, trotzdem, trotzdem ... Dir fällt doch immer was ein. Ich weiß nicht, was du hast? Dir geht's doch gut.“

„Ich hab meinen Platz verloren, glaub ich.“

„Deinen Platz?“

„Im Leben.“

„Oder du hast ihn noch gar nicht gefunden.“

„Damit könntest du recht haben. Ich glaube, ich entwickle langsam die Tendenz, alles um mich herum negativ zu sehen.“

„Da solltest du schleunigst was gegen unternehmen.“

„Nur was?“

„Ich wüsste da was ...“ Ein süßes Lächeln begleitete ihren Augenaufschlag.

„Oh, oh“, sagte er und warf einen Blick unter die Bettdecke. „Ich denke jetzt mal positiv ...“

„Lass mich nur machen.“ Sie grinste, fuhr mit ihrer Hand langsam Rauschers Bauch hinunter und stieß in tiefere Regionen vor.

„Ich glaube, du hast mich überzeugt.“

Nachdem sie sich zum zweiten Mal an diesem Tag geliebt hatten und sich kaum voneinander trennen konnten, plagte beide Heißhunger. Und Durst. Dass sie gegen diesen misslichen Zustand schleunigst etwas unternehmen mussten, lag auf der Hand. Und so zogen sie sich bequeme Klamotten an und setzten sich in die Küche. Jana zauberte aus Karotten, Paprika, Tomaten, Mais und Eiern einen Salat mit Himbeeressig-Dressing, dazu gab es Frankfurter Würstchen mit Senf. Rauscher war für die Getränke zuständig. Er holte zwei Flaschen Apfel-Secco aus der Wetterau hervor, die er mal geschenkt bekommen hatte und die er die ganze Zeit schon probieren wollte. Er öffnete eine, schenkte ein und stellte Jana ein Glas hin.

„Gibt's was zu feiern?", fragte Jana, als sie die Flaschen sah.

„Eher das Gegenteil." Rauschers Stimme hörte sich mit einem Male nachdenklich an.

„Dein Tonfall klingt immer noch so niedergeschlagen."

„In meinem Kopf spukt Thomas rum. Der verfolgt mich. Ich war heute in Tante Adelheids Wohnung und er ist überraschend aufgetaucht. Wir standen uns urplötzlich Auge in Auge gegenüber. Ich war auf eine Begegnung nicht vorbereitet, das ist echt anstrengend mit ihm. Er hat mir gedroht ..."

„Es ging wieder ums Erbe, stimmt's?"

„Um was sonst? Er hetzt mir seinen Anwalt auf den Hals, hat er jedenfalls angedeutet."

„Wie ich ihn einschätze, wird er keine Ruhe geben."

„Sehe ich genauso. Ich glaube, er meint es bitterernst."

„Und nun?"

„Ich will das nicht."

„Was?"

„Diese Auseinandersetzung mit ihm."

„Hast du schon einen Plan, wie du damit umgehst?"

„Nö. Aber wenn ich das Erbe antrete, komme ich um einen handfesten Streit mit ihm nicht herum. Das steht fest. Er lässt nicht mit sich reden. Ausgeschlossen."

„Also nimmst du es nicht an?"

„Ich schwanke."

„Überleg's dir gut. Und mach nichts, was du später bereuen würdest."

„Danke für den Rat." Er küsste sie. „Aber wenn ich nicht gleich was esse, falle ich um."

„Na, das wollen wir ja nicht." Sie füllte rasch zwei Teller mit Salat und Würstchen. Rauscher fügte je einen Klacks Senf dazu und sie ließen es sich zusammmen mit dem Apfel-Secco schmecken.

Als etwa zehn Minuten nach dem Essen das Telefon klingelte, ging Rauscher ran, ohne sich vorher die Nummer anzuschauen.

Notar Wollenschläger meldete sich. „Herr Rauscher, ich habe recherchiert und bin durchaus auf Ergebnisse gestoßen."

„Äh", Rauscher war gedanklich ganz woanders und musste sich erst finden, „was haben Sie?"

„Das Leben Ihres Cousins in L.A. Sagt Ihnen der Name Tom Bergmann, genannt ‚Speedy', etwas?"

„Speedy? Nie gehört."

„Das ist quasi der amerikanisierte Name Ihres Cousins: Er ist, oder war, Stuntfahrer in Hollywood. Sie wissen schon, Verfolgungsjagden und so weiter. Die meisten Filme, in denen er mitgewirkt hat, waren B- oder C-Movies, aber es waren auch einige Kassenschlager dabei. Allerdings ist seine Karriere ins Schleudern geraten. Er hatte am Set einen Unfall, beziehungsweise er hat ihn wohl verursacht und bekommt seitdem kein Bein mehr auf den Boden, wie man so schön sagt. Und es gibt eine Schadenersatzklage gegen ihn, die ihn sehr viele Dollars kosten könnte."

„Vielleicht schielt er deshalb auf die Kohle seiner Mutter?"

„Ich schätze, da könnte was dran sein ..."

„Herr Wollenschläger, bevor Sie weiterreden, muss ich Ihnen was sagen ..." Rauscher überlegte kurz, wie er es am besten formulieren konnte. „Ich kapituliere." Ein tiefer Seufzer begleitete Rauschers Worte.

„Sie machen was?"

„Ich kapituliere."

„Herr Rauscher, wenn Sie damit andeuten wollen, dass Sie aufs Erbe verzich..."

„So schaut es aus. Ich will es nicht."

„Herr Rauscher. Beruhigen Sie sich bitte! Sie können doch nicht einfach ..."

„Ich bin die Ruhe in Person", fiel Rauscher ihm ins Wort. „Aber Thomas' Eskapaden halte ich nicht mehr aus."

„Was ist denn passiert?"

„Egal. Ich verzichte auf das Erbe um des lieben Friedens willen."

In diesem Moment stürmte Jana ins Zimmer. „Aber das ist doch hirnrissig ..." Sie hatte offensichtlich das Telefonat mitverfolgt. „Bei dir piept's wohl, echt jetzt!"

„Äh, Jana, ich telefoniere ... Moment, Herr Wollenschläger ...", vertröstete er den Notar, hielt die Sprechmuschel mit einer Hand zu und drehte sich zu Jana um.

„Welcher normale Mensch verzichtet auf eine Erbschaft, wenn sie ihm formal zusteht?", platzte sie heraus.

„Wir telefonieren morgen wieder ...", sprach er wieder ins Telefon.

„In Ordnung."

Rauscher legte auf und atmete tief durch. „Jana, ich kann das alles nicht gebrauchen. Das wird mir zu viel."

„Gemeinsam schaffen wir es. Überdenk deine Entscheidung noch mal." Er schaute sie aus traurigen Augen an und wusste nicht, was er sagen sollte. „Bitte!", sagte sie und es hörte sich flehend an. „Schlaf wenigstens noch mal drüber." Eine kleine Träne löste sich aus ihrem rechten Auge und lief die Wange hinunter.

Rauscher ging auf sie zu und nahm sie in den Arm. „Was ist denn auf einmal los mit dir?"

„Ich will, dass du bekommst, was dir zusteht. Nicht mehr und nicht weniger. Und wir sollten verhindern, dass so ein Arschloch kommt und dir nimmt, was dir gehört."

Rauscher streichelte ihr über den Hinterkopf und drückte sie ganz fest an seine Brust. „Noch ist nichts entschieden", sagte er. „Und jetzt lass uns den ganzen Kram vergessen, wenigstens für heute Abend, okay?"

Sie nickte und wischte sich eine weitere Träne ab.

„Komm, wir pflanzen uns vor den Fernseher und machen es uns gemütlich."

„Gibt's noch was zu trinken?"

„Klar. Der Apfel-Secco ist gut, gell?"

Sie lächelte.

Auf der anderen Seite des Zimmers gab es eine kleine Explosion. Im aufsteigenden Schwefeldampf erschien eine Gestalt, die aussah wie der Teufel, der aus der Hölle emporgestiegen war. Er trug Thomas' Gesichtszüge und seine Augen leuchteten glutrot. „Ich habe ihn getötet! Und ich werde euch alle töten, wenn ihr euch mir in den Weg stellt!"

Rauscher schrak aus dem Schlaf hoch. Er war schweißgebadet und lag auf der Wohnzimmercouch. Musste eingeschlafen sein.

Jana saß neben ihm und schaute Fernsehen. Als sie seine erschrockene Miene registrierte, legte sie ihre Hand auf seine Wange. Dann streichelte sie ihm über den Kopf.

„Alles klar?", fragte sie.

„Ja, ja ..."

„Sieht aber nicht danach aus."

„Ich hab geträumt ..."

„Scheint ja ein böser Traum gewesen zu sein."

„Unheimlich. Und doch so real."

Jana schmunzelte. Sie verstand nicht ganz, was er meinte, ließ ihn aber in Ruhe.

„Ich bin kaputt", sagte Rauscher, „und geh ins Bett." Er erhob sich mühsam. Seine Glieder waren lahm.

„Schlaf dich mal aus! Ich schau den Film noch zu Ende. Ist gerade spannend."

Er nahm sie in die Arme und gab ihr einen langen Kuss.

„Gute Nacht."

16

Donnerstag, 17. Dezember, morgens

Nach dem Aufstehen fühlte sich Rauscher mies, aber wenigstens wusste er, warum. Nachts hatte er wieder geträumt. Von Thomas. Eine Art Katz-und-Maus-Spiel. Leider war er die Maus gewesen. Jagd und Flucht, Flucht und Jagd. Immer wieder. Ganz schön zermürbend. Zum Glück war er irgendwann aufgewacht. Die Erbsache setzte ihm mehr zu, als ihm lieb war. Aber er wollte sich nicht von Thomas beirren lassen und – unabhängig davon – an seinem Vorhaben, den Bergmann-Fall aufzuklären, festhalten.

Mit der ersten Tasse Kaffee setzte er sich um kurz nach neun Uhr an den Schreibtisch in seinem Arbeitszimmer und klappte den Laptop auf, während Jana Brötchen holte. Später wollte sie bummeln gehen.

Er stöberte auf einigen Nachrichtenportalen im Netz und stieß auf einen Rundschau-Artikel, in dem Axel Hellmann, Vorstandsmitglied der Eintracht, eine positive Jahresbilanz für den Verein zog. Hellmann ... Er blieb an dem Namen hängen und ihm fiel wieder Frau Hellmann ein. Leni Hellmann, die ehemalige Sekretärin seines Onkels. Gleichzeitig erinnerte sich Rauscher an fundamentale Ermittlungsarbeit, die ihn schon oft weitergebracht hatte. Befragungen der beteiligten Personen gehörten dazu. Nicht selten waren sie die Grundlage von zielführenden Erkenntnissen. Auch wenn der Bergmann-Fall schon über dreißig Jahre zurücklag, konnte es nicht schaden, wenn er sich mit den wichtigen Protagonisten von damals unterhalten würde. An erster Stelle stand für ihn die Sekretärin seines Onkels. Hellmann war zwar ein gängiger Name in der Stadt, aber er setzte die Hoffnung auf ihren Vornamen. Er klickte den Artikel weg und gab Leni Hellmann, Frankfurt, in ein Online-Telefonbuch ein. Ein Treffer. Na also!

Er notierte sich die Nummer und wählte sogleich. Es nahm jemand ab: „Hellmann."

Die Stimme klang mädchenhaft, dabei musste es sich bei Frau Hellmann um eine ältere Dame um die sechzig handeln.

„Spreche ich mit Frau Leni Hellmann?", fragte Rauscher.

„Ach, nein. Das ist meine Großmutter. Moment bitte!"

Etwa eine Minute später sagte eine sanfte Stimme: „Hallo?"

„Hallo Frau Hellmann, mein Name ist Rauscher, Andreas Rauscher. Vielleicht erinnern Sie sich an meinen Onkel ... Karl Bergmann?"

Schweigen am anderen Ende der Leitung. Rauscher wartete eine Weile. Als dann immer noch keine Antwort kam, redete er einfach weiter.

„Seine Frau, also meine Tante, Adelheid Bergmann-Rauscher, ist vor Kurzem gestorben und ich bin über einige Dinge gestolpert. Deshalb würde ich gerne mal mit Ihnen sprechen." Er setzte ab und holte kurz Luft.

Immer noch herrschte Stille in der Leitung. Er konnte nicht einmal ein Atmen vernehmen. „Äh, hallo, Frau Hellmann ... Sind Sie noch da? Warum sagen Sie denn nichts?"

„Ich möchte nicht mit Ihnen reden", hörte er nun wieder ihre zarte Stimme und kurz darauf ein Klicken.

Sie hatte aufgelegt. Na, so was! Er schaute das Telefon in seiner Hand an. Rauscher war nicht nur überrascht, sondern stark verwundert. Er hatte der Frau nichts getan, aber es schien, als wollte sie unter keinen Umständen etwas über die alten Zeiten hören.

Weil er nicht wusste, was er von der Sache halten und wie er weiter vorgehen sollte, tippte er den Namen Leni Hellmann in eine Suchmaschine ein und bekam den Link eines Facebook-Profils angezeigt, den er anklickte. Das Profilbild zeigte eine etwa sechzigjährige Frau. Wohnort Frankfurt. Könnte hinkommen. Ihre letzten Postings lagen etwa zwei Monate zurück. Sie hatte 64 Freunde, deren kleine Bilder links zu sehen waren. Auf einem stand der Name David K. Hellmann. Könnte ihr Sohn sein, dachte Rauscher und klickte es an. Seine Seite öffnete sich, das Bild war nun größer und deutlicher erkennbar. Er betrachtete das Gesicht des Mannes näher und erstarrte im gleichen Moment. Täuschte er sich oder glich er Thomas Rauscher wie ein Ei dem anderen? Ja, nur jünger war er. Was konnte das bedeuten?

Sie war damals im 4. Monat schwanger.

Ecksteins Satz fiel ihm wieder ein. Rauscher zählte eins und eins zusammen. Und schüttelte den Kopf. Unfassbar! Die familiären Abgründe schienen tiefer zu sein, als er geahnt hatte. Dem musste er weiter nachgehen, wollte sich aber zunächst rückversichern, dass er nicht irgendwelchen Hirngespinsten nachjagte. Gelegen kam ihm, dass ein Hauch Brötchenduft in seine Nase schwappte. Jana musste zurückgekehrt sein. Die Tür hatte er nicht wahrgenommen, so sehr vertieft war er in seine Entdeckung gewesen.

„Kommst du mal bitte?", rief er in Richtung Flur.

Keine Minute später stand Jana hinter ihm und blickte über seine Schulter auf den Bildschirm.

„Kennst du den?", fragte Rauscher und deutete auf den Mann im Profilbild.

„Das ist doch …", platzte Jana hervor, geriet ins Stocken und verstummte. Aber nur kurz; dann deutete sie auf die Facebook-Seite. „Da steht David K. Hellmann. Wer soll das sein?"

„Nein, ich meine das Gesicht. Kommt es dir bekannt vor?"

„Es erinnert mich an Thomas. Eindeutig. Hat er ein Fake-Profil bei Facebook oder warum steht da ein anderer Name?"

„Das weiß ich noch nicht genau, aber ich schätze, es ist jemand anderes … nämlich sein Bruder."

Jana fixierte ihn. Sie blickten sich lange und nachdenklich tief in die Augen.

„Na, wenn das mal keine Neuigkeit ist!", sagte Jana schließlich und ein Schmunzeln zeigte sich auf ihrem Gesicht.

17

Nachdem Rauscher von der vermeintlichen Existenz eines Bruders seines Cousins Thomas erfahren hatte, war er zunächst perplex. Es konnte nichts anderes bedeuten, als dass Karl Bergmann eine Affäre mit seiner Sekretärin Leni Hellmann gehabt hatte und daraus ein Kind entstanden war. David K. Hellmann, der, laut Facebook-Profil, dreißig Jahre alt war. Er war Thomas wie aus dem Gesicht geschnitten. In den Zügen trat ganz der Vater hervor. Das hatte Rauscher herausgefunden, indem er alte Fotoalben durchgeblättert hatte und tatsächlich auf ein Foto einer Familienfeier gestoßen war, auf dem er, Tante Adelheid und Onkel Karl drauf waren. Die Ähnlichkeit seines Onkels mit Thomas und David war verblüffend.

Der Zeitpunkt von Davids Geburt machte die Sache prickelnd bis brisant. Wie es aussah, war Leni Hellmann mit ihm schwanger gewesen, als Karl Bergmann ermordet worden war. So musste es gewesen sein. Ob es allerdings einen Zusammenhang zwischen beiden Ereignissen gab, war völlig offen. Es konnte sich auch um einen Zufall handeln.

Solche Zufälle gibt's nicht, dachte Rauscher.

Oder doch?

„Noch mal zum Mitschreiben", sagte Jana und legte das alte Familienfeierbild zur Seite, das Rauscher ihr zum Vergleich gegeben hatte. „Also ist David K. Hellmann der uneheliche Sohn deines Onkels Karl Bergmann." Sie schlug damit in die gleiche Kerbe.

„Scheint so ... Das macht mich irgendwie fertig." Rauscher seufzte.

„Stell dich nicht so an. Kommt in den besten Familien vor", relativierte Jana und grinste wieder.

„Wie meinst du das?"

„Ich habe mal gelesen, dass in Deutschland jedes achte Kind nicht von dem Vater stammt, von dem es zu stammen scheint."

„Mag schon sein, aber bei den Rauschers gab es so was bisher nicht ..."

„Karl Bergmann war ja auch kein Rauscher."

„Auch wieder wahr."

„Und ich schätze mal, dass David auch nicht weiß, wer sein leiblicher Vater war."

„Meinst du wirklich?"

„Das ist für mich offensichtlich. Leni Hellmann hat es ihm nie erzählt ... Sie lebt seitdem mit diesem Geheimnis. Vielleicht ist es sogar so, dass außer ihr niemand Bescheid weiß ... bis auf uns jetzt." Janas Grinsen wollte sich nicht mehr von ihrem Gesicht lösen.

„Je weiter ich recherchiere, desto mehr fördere ich zutage."

„Damit musst du leben. Wer weiß, was noch alles kommen wird. Du kannst aber auch aufhören."

„Kann ich nicht. Und das weißt du sehr gut."

„Klar, ich kenn dich inzwischen." Sie drückte ihm einen Kuss auf den Mund. „Zum Glück!"

Rauscher überging den Spruch. „Das erklärt auch Frau Hellmanns Reaktion bei meinem Anruf. Zu dumm, dass sie kein Wort mit mir sprechen wollte."

„Wer könnte was über das Verhältnis der beiden wissen?"

„Wie meinst du das?"

„Vielleicht hat es in der Firma deines Onkels jemand mitbekommen und Bergmann erpresst."

Rauschers Augenbrauen hoben sich. „Das wäre ja filmreif! Das wird mir gerade etwas zu bunt ... Aber ausgeschlossen ist es nicht."

„Mach dich auf einiges gefasst!", meinte Jana forsch.

„Kommissar Eckstein hat gesagt, dass neben Leni Hellmann Herr Eutin der engste Vertraute meines Onkels in der Firma war."

„Dann frag ihn!"

„Aber wenn er was mitbekommen oder gar was damit zu tun hat, wird er ebenso wenig begeistert sein wie Leni Hellmann, dass ich mit ihm sprechen will."

„Dann erst recht! Darauf musst du es ankommen lassen. Und allein an seiner Reaktion kannst du sicher ablesen, wie die Lage damals war."

Rauscher wandte sich wieder dem Bildschirm zu, um herauszufinden, wo August Eutin wohnte, um mit ihm über seinen Onkel und die damaligen Geschehnisse zu reden. In diesem Moment klingelte das Festnetztelefon. Sauer über die Ablenkung nahm Rauscher den Anruf entgegen.

„Andreas Rauscher, was gibt's denn?"

Jana drehte sich um und verließ das Arbeitszimmer.

„Störe ich?", fragte eine ihm bekannte Stimme.

„Sie doch nicht, Herr Wollenschläger. Immer, wenn Sie sich melden, gibt es Neuigkeiten."

„Manchmal zum Lachen, manchmal zum Weinen, das ist richtig, Herr Rauscher. Tut mir leid, wenn ich Sie von etwas Wichtigem abhalte, aber ich habe tatsächlich neue Nachrichten ... Betrübliche, möchte ich hinzufügen."

„Ein Tiefschlag mehr oder weniger, darauf kommt es auch nicht mehr an", antwortete Rauscher im Brustton der Überzeugung. „Raus mit der Sprache!"

„Thomas Rauschers Anwalt hat mir geschrieben. Sollten Sie Alleinerbe werden, hat Thomas entschieden, das Testament anzufechten mit der Begründung, Adelheid Rauscher sei nicht mehr zurechnungsfähig gewesen. Ihren Neffen – nämlich Sie –, den sie seit über dreißig Jahren nicht gesehen habe, als Alleinerbe einzusetzen, sei der Beleg dafür. Sie beanspruchen das volle Erbe für Thomas Rauscher, niemandem sonst stünde etwas zu. Was sagen Sie dazu?"

„Hmmm ... Sie wissen ja, dass ich schon seit einer Weile mit dem Gedanken spiele, auf das Erbe zu verzichten ..."

„Also haben Sie sich dazu entschieden?"

„Geld war mir nie wichtig."

„Aber Frau Bergmann-Rauscher hat Sie als Erbe eingesetzt. Es entspricht ihrem letzten Willen, den es, meiner Meinung nach, zu respektieren gilt."

„Trotzdem. Ich ..."

„Übereilen Sie nichts!", unterbrach ihn, gegen seine Gewohnheit, der Notar. „Lassen Sie sich Zeit mit Ihrer Entscheidung. Schlafen Sie einige Nächte darüber. Sollte Thomas tatsächlich eine Anfechtung des Testaments veranlassen und das Erbe für sich allein beanspruchen, gibt es in jedem Fall eine Widerspruchsfrist von vier Wochen. Wir haben also alle Zeit der Welt, dagegen vorzugehen."

„Wie schätzen Sie Thomas' Chancen ein, damit durchzukommen?"

„Oh, dazu möchte ich nur ungern eine Prognose abgeben. Es gibt so viele Fallstricke. Sie kennen vielleicht das alte Sprichwort: Vor Gericht und auf hoher See ist man in Gottes Hand."

Kapitel 3

18

Donnerstag, 17. Dezember, mittags

Mit Wollenschlägers Offenbarung am Telefon war das Erbe für Rauscher zunächst abgehakt, aber der Bergmann-Fall hatte sich in seinem Kopf eingenistet wie eine Elster, die permanent neue Informationen und Erkenntnisse stibitzte und sie in ihrem Nest verbarg. Er kam nicht drum herum, sie wieder und wieder zu durchdenken.

Eben deshalb widmete er sich akribisch der unterbrochenen Suche nach August Eutin. Es gab nur einen in Frankfurt, wie Rauscher im Internet feststellte, und der wohnte – glücklicherweise – in Bockenheim. Als er die Adresse las, Appelsgasse 12, beschloss er, ihm einen Besuch abzustatten. Lag nur einen Katzensprung entfernt, maximal zehn Minuten Fußweg.

Rauscher lief ein Stück über die untere Leipziger Straße, Bockenheims bunte und belebte Geschäftsmeile, und bog am Hülya-Platz in die schmale, einspurige Einbahnstraße namens Appelsgasse ein. Rechts und links von ihm ragten vierstöckige Mietshäuser empor. Gepflegte Vorgärten wechselten sich mit Durchgängen zu schmucken Hinterhöfen ab.

Hier war Bockenheim noch Bockenheim geblieben. Keine Neubauten, keine Luxussanierungen und trotzdem nicht heruntergekommen. Der Charme der Jahre hatte sich erhalten. So liebte er seinen Stadtteil.

Rasch fand er die richtige Hausnummer und entdeckte das Klingelschild in einer Reihe neben drei anderen. Aus der Gegensprechanlage hörte er eine weibliche Stimme.

„Ja, bitte?"

„Hallo, Andreas Rauscher, Kripo Frankfurt, ich möchte zu August Eutin."

„Äh ... Moment."

Er hörte einen Summer und drückte die Tür auf. Als er im Erdgeschoss in den Hausgang trat, öffnete sich die erste Tür rechts. Zum Vorschein kam eine junge Frau, die er auf Mitte zwanzig schätzte. Sie sah aus wie das Mädchen von nebenan, stand vor ihm in einer Art Strumpfhose in neon-orange, hellem T-Shirt und Herzohrringen in knallrot. Ihre halblangen, hellbraunen Haare fielen ihr in Wellen bis auf die Schulter.

„Mein Vater ist hier zwar noch gemeldet", sagte sie sogleich, „aber er wohnt hier nicht mehr. Seit etwa zwei Monaten ist er im Pflegeheim."

„Und Sie ...?"

„Karina Eutin", fiel sie ihm ins Wort. „Ich wohne jetzt hier."

„Was hat Ihr Vater?"

„Fortschreitende Demenz."

„Kann ich mit ihm reden?"

„Probieren können Sie es ... Aber ich sage Ihnen lieber gleich, dass es wenig Sinn macht. Seine lichten und klaren Phasen werden immer kürzer. Ansonsten umgibt ihn dunkle Nacht. Seit einer Woche erkennt er selbst mich nicht mehr. Auch sonst niemanden. Er hat auch vergessen, wer er ist und was er früher gemacht hat. Es ist ... nicht schön." Sie schüttelte betrübt den Kopf und wirkte traurig.

„Oh, also dann ..."

„Worum geht's denn, wenn ich fragen darf?"

„Um meinen Onkel, Karl Bergmann, den früheren Chef Ihres Vaters."

„Äh, ja, aber ... soweit ich weiß, ist er seit langem tot."

„Ermordet worden, ja, richtig. Das war 1985."

„Stimmt, vor meiner Zeit. Da war ich noch gar nicht geboren. Aber ich habe als Kind hin und wieder die Erwachsenen darüber sprechen gehört. Und warum interessieren Sie sich jetzt für die alten Geschichten?"

„Leider wurde der Mörder nie gefasst, und ... gewisse Umstände haben ergeben, dass ich mich dem Fall wieder widme."

„Ach so ... Sie rollen also die Vergangenheit neu auf?"

„So kann man es ausdrücken."

„Spannend. Vielleicht kann ich Ihnen ja weiterhelfen? Mein Vater eher nicht. Um was geht es konkret?"

Rauscher überlegte einen Moment, wie weit er sich gegenüber Frau Eutin aus dem Fenster lehnen sollte, bevor er sagte: „Um das Verhältnis von Herrn Bergmann mit seiner damaligen Sekretärin, Frau Hellmann."

„Sie betonen das Wort ‚Verhältnis' so, als ...?"

„Es deutet einiges darauf hin, dass die beiden ..."

„Hatten die etwa eine Affäre?", platzte Karina Eutin dazwischen. „Oh, là, là ... Also, darüber weiß ich nichts. Da kann ich Ihnen leider nicht helfen."

„Aus der Affäre ist offensichtlich ein Kind entstanden. David K. Hellmann."

„Vielleicht sollten Sie ihn fragen?"

„Gute Idee, darauf bin ich noch gar nicht gekommen."

„Können Sie sich noch an irgendetwas erinnern, was Ihr Vater damals von seiner Beschäftigung bei meinem Onkel erzählt hat?"

„Also, bei mir ist eigentlich nur hängengeblieben, dass er sehr positiv über Ihren Onkel und die Firma gesprochen hat. Ich weiß das sehr genau, weil er nach dem Tod Ihres Onkels mehrere Anstellungen annehmen musste, aber nie wieder ähnlich zufrieden mit einem Job war wie bei Ihrem Onkel. Er hat jeden Job danach verglichen mit den guten alten Zeiten. So hat er sich immer ausgedrückt und die Nase gerümpft."

Rauscher grübelte, ob es Sinn machte, hier weiter zu fragen, entschied sich aber dagegen. „Gut, dann belassen wir es dabei. Ich danke Ihnen sehr für Ihre Auskünfte."

„Gern geschehen."

„Vielleicht komme ich noch einmal auf Sie zu, wenn ich weitergekommen bin."

„Okay, ich bin meistens hier. Oben ist mein kleines Grafikatelier." Sie deutete die Treppe hinauf.

„Alles klar und danke sehr." Sie gaben sich zum Abschied die Hand und Rauscher stand Sekunden später wieder auf der Appelsgasse. Er schaute die Hausfassade empor. Das war nicht sehr fruchtbar gewesen. Aber was hatte er auch erwartet? Er glaubte nicht, dass ein Gespräch mit dem dementen Herrn Eutin ergiebiger sein würde und hakte es gedanklich für sich ab.

Kaum hatte er sich in Bewegung gesetzt und den Rückweg über Bockenheims Straßen angetreten, klingelte sein Handy. Eine bekannte Nummer.

„Frau Doktor Heinzmann, was kann ich für Sie tun?"

„Hallo Herr Rauscher. Störe ich?"

„Ganz und gar nicht."

„Mir ist nämlich eine Situation eingefallen, die für Sie vielleicht interessant sein könnte ..."

„Schießen Sie los!"

„Einmal, das war vor einigen Jahren schon, habe ich Ihre Tante untersucht. Sie hatte wochenlang Bauchschmerzen und wir wussten nicht, woher. Um mit ihr irgendwie ins Gespräch zu kommen, was ja gar nicht so einfach war, dachte ich mir, mach doch mal einen kleinen Scherz. Habe ich dann auch, indem ich sie auf ihren Namen angesprochen habe. Sie heißen Rauscher oder so was Ähnliches, habe ich zu ihr gesagt, sind Sie etwa verwandt mit DER Frau Rauscher aus der Klappergass? Und gelächelt habe ich dabei ..."

Da Frau Heinzmann eine Pause einlegte, fragte Rauscher gespannt nach, denn jetzt wurde es interessant für ihn. „Und? Wie hat sie reagiert?"

„Oh, oh, oh! Das hätte ich tunlichst bleibenlassen sollen, denn der Gesichtsausdruck Ihrer Tante wirkte plötzlich wie eingefroren. Als hätte ich gerade das Ende der Welt verkündet. Danach hat sie kaum noch ein Wort über die Lippen gebracht. Also noch weniger geredet als zuvor, meine ich. Ich musste ihr wirklich alles aus der Nase ziehen und hatte das Gefühl, dass es ihr mehr als unangenehm war, dass ich die Frage gestellt hatte."

Rauscher blieb wie erstarrt stehen. „Soso, das klingt in der Tat sehr interessant."

„Dabei sollte es ja mehr als Scherz gedacht sein ..."

„Vielleicht hat sie es nicht so aufgefasst. Haben Sie eine Erklärung dafür?"

„Ich? Nein! Ich dachte eher, Sie könnten was damit anfangen ..."

„Leider nicht. Noch nicht jedenfalls. Aber ich werde dahinterkommen, das verspreche ich Ihnen."

19

Frau Doktor Heinzmanns Anruf hatte Rauscher elektrisiert. Ihm schwebte permanent der Name Rauscher im Kopf herum. Er war ein Begriff in Frankfurt, natürlich. Nicht umsonst war er selbst während seiner Polizeikarriere unendlich viele Male von Kolleginnen und Kollegen darauf angesprochen worden. „Sind Sie verwandt mit de Frau Rauscher aus de Klappergass'?" So oder so ähnlich hatte die Frage gelautet, die der Fragende stets mit einem Schmunzeln auf den Lippen gestellt und die er – natürlich – stets bedauernd verneint hatte.

Als er zu Hause ankam, fiel ihm wieder ein Detail aus der Wohnung ein. Thomas hatte ihn mit seinem plötzlichen Auftauchen so kirre gemacht, dass er die Notiz aus dem Album ganz vergessen hatte, was ihn nun ärgerte. Immerhin war es die einzige Spur, die von seiner Tante selbst stammte.

Christian Merzenich anrufen.

Seine Tante konnte das wohl nicht mehr erledigen, aber er. Vielleicht wartete Herr Merzenich auf einen Anruf von Adelheid Bergmann-Rauscher und konnte sich nicht erklären, warum sie sich nicht meldete. Andererseits konnte der Zettel auch schon älter sein und lange Zeit sein Dasein zwischen den Albumseiten gefristet haben.

Rauscher setzte sich an den Schreibtisch und gab in eine Suchmaschine den Namen Christian Merzenich ein. Er war nicht wenig erstaunt, als er das Wort ‚Genealoge‘ las.

„Ein Ahnenforscher?“, sagte Rauscher vor sich hin. „Das ist ja mysteriös …“ Weshalb wollte Tante Adelheid diesen Merzenich anrufen? Und eine weitere Frage schlich sich sofort hinterher: Was machte ein Ahnenforscher genau? Wieder nutzte er die Suchmaschine, informierte sich über den Beruf und wurde rasch fündig. Ein Informationstext auf Merzenichs Webseite verkündete: „Wer waren die Großeltern von Mama und Papa? Von wem in der Familie könnten die roten Haare stammen? Gibt es vielleicht einen Verbrecher in der Verwandtschaft? Oder jemanden, der berühmt ist? Ahnenforscher suchen nach Antworten auf Fragen wie diese.“

Eigentlich klar, dachte Rauscher. Aber immer noch fehlte ihm der Zusammenhang mit seiner Familie und seiner Tante. Es half alles nichts: Er musste diesen Merzenich kontaktieren.

Gedacht, getan. Nach dem dritten Klingeln nahm der Ahnenforscher ab.

„Merzenich. Was kann ich für Sie tun?“

„Hallo, Herr Merzenich. Ich heiße Andreas Rauscher und …“

„Ich habe die Todesanzeige gelesen“, unterbrach ihn Merzenich, „und bin sehr traurig über den Tod Ihrer … Ihrer …“

„Tante", sprang Rauscher ein. „Adelheid Bergmann-Rauscher war meine Tante."

„Mein Beileid."

„Danke."

„Ich erinnere mich sehr gut an die alte Dame."

„Genau deshalb rufe ich Sie an", nahm Rauscher den Faden auf. „Sie hatten Kontakt zu ihr?"

„Das ist korrekt."

„Ich habe in den Unterlagen meiner Tante einen Zettel gefunden mit einer Notiz: Christian Merzenich anrufen."

„Oh, das muss ein älterer Zettel sein. Ich habe längere Zeit nicht persönlich mit ihr gesprochen."

„Können wir uns treffen?"

„Gerne. Kann ich jederzeit einrichten. Ich wohne im Ostend, in der Brüder-Grimm-Straße 24. Dort ist auch mein Büro."

„Gut. Sagen wir in zwei Stunden, also um 16 Uhr?"

„Fein. Das passt."

„Also bis dahin."

„Auf Wiederhören."

Rauscher legte auf und spürte einen Windhauch. Jana war eingetreten und näherte sich ihm von hinten.

„Du gibst keine Ruhe!", sagte sie, wuschelte durch seine Haare und schlang ihre Arme um seinen Hals.

„Kennst mich doch!"

„An was bist du dran?"

„Verschiedenes. Ich bin in der Wohnung meiner Tante auf einen Namen gestoßen: Merzenich. Und eben hat sich rausgestellt, dass er ein Ahnenforscher ist. Also habe ich gleich einen Termin mit ihm vereinbart."

„Klingt ja fast schon mysteriös."

„Auf jeden Fall spannend. Und ich bin auch sehr neugierig, was er mir erzählen wird und in welchem Verhältnis er zu meiner Tante stand."

„Würde mich auch interessieren."

„Komm doch mit!"

„Wenn du nichts dagegen hast?"

„Im Gegenteil. Ich freu mich. Allerdings hab ich danach noch was vor."

„Und das wäre?"

„Ich werde versuchen, David Hellmann ausfindig zu machen und ihm einen Besuch abstatten. Darauf hat mich Frau Eutin gebracht."

„Du willst David Hellmann befragen?", klang Jana mehr als erstaunt. „Meinst du nicht, dass du damit etwas viel Staub aufwirbeln wirst?"

„Meine Spezialität!" Er weitete die Augen und grinste frech. „Aber mal im Ernst. Es ist doch naheliegend, dass ...."

„Aber es könnte doch sein, dass er nichts von seinem richtigen Vater weiß", unterbrach Jana ihn. „Und wenn er es nach so vielen Jahren erfährt, dürfte er nicht gerade gut auf seine Mutter zu sprechen sein. Vielleicht verzeiht er es ihr nie, dass sie ihn die ganze Zeit belogen ... oder sagen wir ... nicht in Kenntnis gesetzt hat, obwohl sie die Wahrheit wusste."

„Da hast du zwar recht. Aber man könnte es auch umgekehrt betrachten: Ich sorge in der Familie für klare Verhältnisse und gebe der Wahrheit eine Chance."

„Du legst es immer so aus, wie es dir gerade in den Kram passt. Dass du damit aber vielleicht einen großen Keil in die Familie treibst, daran denkst du nicht!"

„Also ehrlich gesagt, ist Frau Hellmann selbst dran schuld, wenn es tatsächlich so sein sollte, dass sie ihren eigenen Sohn im Ungewissen gelassen hat. Sie musste doch damit rechnen, dass das irgendwann rauskommen kann."

„Wahrscheinlich hat sie all die Jahre versucht, es zu verdrängen."

„Das funktioniert aber nicht."

„Bis heute schon ... Und das sind immerhin über dreißig Jahre."

„Okay, ich denk noch mal drüber nach. Kommst du jetzt mit zu dem Ahnenforscher?"

„Willst du mich wirklich dabeihaben?"

„Auf jeden Fall!"

„Also gut, ich zieh mich nur schnell um."

20

Wenn Rauscher über Merzenich dem Familiengeheimnis auf den Grund gehen und darüber hinaus sogar den Bergmann-Fall lösen könnte, würde sich die Erbangelegenheit vielleicht von selbst erledigen. Er spürte Adrenalin in seine Venen schießen. Seine Melancholie verflüchtigte sich im Nu.

Sie machten sich eine halbe Stunde später auf den Weg ins Ostend in die Brüder-Grimm-Straße. Merzenich bewohnte das Erdgeschoss einer alten, etwas heruntergekommenen Stadtvilla, die in vier Wohnungen aufgeteilt war. Nachdem er sie an der Tür empfangen und sie sich gegenseitig vorgestellt hatten, führte er sie in sein geräumiges Arbeitszimmer, das vor Büchern und Ordnern nur so überquoll.

Merzenich trug eine graue Anzughose und ein dunkelblaues Hemd. Rauscher schätzte ihn auf Mitte sechzig. Seine Gesichtszüge kamen ihm bekannt vor. Er erinnerte ihn an den Schriftsteller Max Frisch. Die nach hinten gekämmten, schütteren Haare, die Brille und die Pfeife im Mundwinkel unterstützten diesen Eindruck.

In der Ecke stand ein runder Tisch mit vier Stühlen. Er bot ihnen Platz an. „Ich habe gerade Kaffee gemacht. Möchten Sie eine Tasse?"

„Gerne", sagte Jana.

„Für mich nicht, danke sehr", antwortete Rauscher.

Sie setzten sich, während Merzenich aus dem Zimmer ging und eine Minute später mit einem Tablett wiederkam. Er stellte eine Kanne, zwei Tassen, ein Milchkännchen und eine Zuckerdose auf den Tisch.

„Bedienen Sie sich!"

Jana ließ sich nicht zweimal bitten, schenkte sich ein und schaute sich um. Überall stapelten sich Akten, Notizblätter, Ordner und antiquarische, vergilbte Bücher. Etliche Bilder, alte Schwarz-Weiß-Aufnahmen, lagen dazwischen, hauptsächlich Portraits von Personen, aber auch Gebäude waren zu erkennen. Merzenich schien ein akribischer Arbeiter zu sein, der das Chaos liebte – oder brauchte.

„Sie scheinen viel beschäftigt zu sein", bemerkte Jana.

„Wenn das eine Frage sein soll, kann ich sie mit einem klaren Ja beantworten. Es gibt viele Menschen, die ihre Wurzeln nicht kennen. Die nicht wissen, woher sie kommen oder von wem sie abstammen, denen aber genau das wichtig ist zu erfahren. Selten haben diese Leute selbst die Möglichkeiten, Recherchen zu beginnen. Oder schlicht keine Zeit dafür. In solchen Fällen komme ich ins Spiel ..."

Auch der Ahnenforscher schenkte sich eine Tasse Kaffee ein und nippte daran.

„Dann haben wir einen verwandten Job", sagte Rauscher. „Wir beide arbeiten nämlich bei der Polizei. Wir wühlen auch oft in der Vergangenheit. Oder im Dreck. Oder beidem."

„Könnte man sagen", antwortete Merzenich, wobei er ein eher skeptisches Gesicht machte. „Jedoch geht es bei meinen Fällen nur selten um die kriminalistische Klärung eines Verbrechens. Es geht um eher öde und spröde Dinge wie Stammbäume, Familiengeschlechter und Zugehörigkeiten."

„Genau deshalb bin ich hier. Mich interessiert, warum Sie Kontakt zu meiner Tante Adelheid hatten."

„Ach, das wissen Sie gar nicht?"

„Nein, sollte ich?"

„Nun, eigentlich müsste ich mit einem klaren Ja antworten, aber ich kenne natürlich die Gepflogenheiten Ihrer Familie nicht."

Ich auch nicht, hätte Rauscher gerne geantwortet, beschränkte sich aber darauf, eine andere Bemerkung zu machen. „Der Tod meiner Tante hat einiges durcheinandergewirbelt und zutage gefördert. Dinge, die jetzt erst ans Licht gekommen sind, die uns aber irgendwie im Dunkeln stehen lassen. Teilweise sind wir etwas ratlos, das muss ich zugeben."

„Verstehe. Und jetzt wollen Sie all dem auf den Grund gehen."

„So kann man es ausdrücken."

„Nun, ich kann Ihre Frage ganz einfach beantworten: Ihre Tante hatte mich vor vielen, vielen Jahren engagiert und meine Dienste als Ahnenforscher in Anspruch genommen."

„Das dachte ich mir bereits, aber warum? Worum ging es genau?"

Merzenich sah ihn eine Weile stumm an. „Sie wissen es tatsächlich nicht."

Er stand auf, ging an ein Regal, suchte eine Weile und zog einen Ordner heraus. Als er wieder am Tisch saß und den Ordner aufschlug, blickte er beide abwechselnd tief und bedeutungsschwer an.

„Sie machen es aber ganz schön spannend", meinte Rauscher und rutschte auf dem Stuhl hin und her.

Merzenich zögerte seine Kunstpause hinaus, setzte die Tasse erneut an die Lippen und trank einen Schluck Kaffee, bevor er sie zurück auf den Tisch stellte. „Nun, Sie kennen doch sicher die Geschichten, die man sich in Frankfurt über die Frau Rauscher aus der Klappergass erzählt?"

„Ja, klar. Die Fraa Rauscher aus de Klappergass, die hat e Beul am Ei …", zitierte er den Refrain des bekannten Sachsenhäuser Liedes.

„Richtig. Nun, Ihre Tante hat etwas aufbewahrt, das sie mir unbedingt zeigen wollte. Moment …" Er blätterte im Ordner einige Seiten weiter und entnahm ihm ein vergilbtes Foto, das er in einer durchsichtigen Hülle aufbewahrte. „Sehen Sie! Hier ...“

Rauscher nahm es in die rechte Hand und stutzte. Das Foto war sicher fünfzig bis sechzig Jahre alt oder sogar älter. Es zeigte den Blick in eine Straße. Rechter Hand erkannte er ein Straßenschild. ‚Klappergasse‘ konnte er deutlich lesen. Das war Alt-Sachsenhausen. Daneben ragte ein Gebäude empor.

„Drehen Sie das Foto bitte mal um!“, forderte Merzenich.

Rauscher befolgte Merzenichs Hinweis. Auf der Rückseite stand ein Wort in Sütterlin geschrieben. Er las laut vor: „Geburtshaus.“

Rauscher spürte einen Adrenalinschub, der ihn fast aus den Socken haute.

„Wie darf ich das verstehen?“, platzte er hervor.

Da Jana seine Erregung bemerkte, legte sie eine Hand auf seinen Arm.

„Nun“, hob der Ahnenforscher wieder an. „Bei meinem Engagement ging es Ihrer Tante natürlich um Ihre Familiengeschichte. Genauer gesagt hat sie mich damit beauftragt, herauszufinden, von wem sie abstammt. Um es ganz konkret auszudrücken, wollte sie eine bestimmte Frage beantwortet haben.“

„Nämlich?“

„Sie wollte von mir wissen, ob sie von DER Frau Rauscher aus der Klappergasse abstammte.“

Merzenich hatte das Wort ‚der‘ stark betont, was er gar nicht hätte tun müssen. Rauscher war schon so baff genug. Er lehnte sich auf seinem Stuhl zurück und atmete tief ein.

„Aber ...“ Rauscher blieben für einen Moment die Worte weg, dann besann er sich jedoch wieder. „Also, woher stammt das Foto?“

„Ihre Tante hat mir erzählt, sie habe es als kleines Mädchen erhalten. Von wem, wusste sie nicht mehr genau. Sie mutmaßte, dass sie es von ihrer Großmutter Helene geschenkt bekommen hatte. Jahrzehntelang lag es in einer Schatulle, verborgen wie ein Schatz. Als Ihre Tante älter wurde, hatte sie seine Existenz vollständig vergessen. Erst viel später ist sie wieder darauf gestoßen und es ließ ihr keine Ruhe mehr. Also hat sie sich an mich gewandt."

„Und wieso gerade an Sie?"

„Ich habe mich auf die Historie berühmter Frankfurter Familien spezialisiert."

„Aha. Ein Experte also."

„Könnte man sagen."

„Und können Sie mir erzählen, was Sie herausgefunden haben?"

Die Spannung in Merzenichs Büro stieg. Jana fasste nun Rauschers Hand, die kalt und leicht verschwitzt war, und drückte sie.

„Nun", sagte Merzenich und nahm auf seinem Stuhl eine etwas lockerere Haltung ein, „ich unterliege der Schweigepflicht. Auskünfte darf ich laut Vertrag nur meinen Auftraggebern erteilen. Zudem habe ich Ihrer Tante schriftlich zugesichert und mich verpflichtet, meinen Abschlussbericht, den ich damals verfasst habe, niemandem zu zeigen. Worauf sie größten Wert gelegt hat. Und ich gedenke, mich an diese Abmachung zu halten."

Rauscher war jetzt extrem hibbelig. „In diesem Fall ist aber die Auftraggeberin tot."

„Sehr richtig. Allerdings macht das die Sache nicht einfacher."

„Wieso?"

„Weil ich in einem solchen Fall den Erben verpflichtet bin. Solange aber das Testament noch nicht vollstreckt ist, muss ich Sie um Geduld bitten."

Rauscher schlug mit der flachen Hand auf den Tisch. „Das darf doch nicht wahr sein!"

„So leid es mir tut, aber ... ich darf Ihnen nichts sagen."

„Das gibt's doch nicht!" Am liebsten hätte er ganz andere Flüche losgelassen.

„Ist aber leider so. Mir sind die Hände gebunden. Aber es handelt sich ja sicherlich nur noch um wenige Tage ... oder Wochen ..."

Rauscher starrte ihn wie gebannt an. „Leider hat sich die Erbsache als nicht ganz so einfach herausgestellt. Thomas Rauscher, der Sohn meiner Tante, schickt sich an, mein Erbe anzufechten. Es zieht sich gerade etwas. Könnten Sie nicht eine Ausnahme machen oder wenigstens eine Andeutung?"

„Bedaure." Merzenich faltete die Hände auf dem Tisch. „Ich bin dazu verpflichtet, den letzten Willen Ihrer Tante abzuwarten."

Jana spürte, wie sich Rauscher neben ihr aufbäumte. Er kochte innerlich. Hatte sich kurz vor der Enthüllung eines wichtigen, vielleicht des wichtigsten Familiengeheimnisses überhaupt gesehen, und nun das. Es wurde Zeit, einzugreifen und ihn zu beruhigen. „Lass mal, Andreas!" Sie legte ihren Arm beschwichtigend auf seine Schulter. „Es gibt keinen Grund, ungeduldig zu sein."

„Aber ..."

„Nichts aber", schnitt sie ihm postwendend das Wort ab. „Du hast knapp vierzig Jahre mit diesem Geheimnis gelebt, ohne auch nur die geringste Ahnung davon zu haben, also wirst du es auch noch ein paar Tage schaffen. Wir lassen das jetzt mal sacken und dann sehen wir weiter."

„Eine kluge Entscheidung", bemerkte Merzenich.

Rauscher sah beide eine lange Zeit aus nervösen Augen an, ohne sich zu äußern. Er atmete gleichmäßig ein und aus, ein und aus.

„Du hast recht", kam es ihm dann über die Lippen, worüber er sich selbst am allermeisten wunderte. „Es kommt nach dieser ewigen Zeit tatsächlich nicht auf einige Tage an."

„Am besten, Sie informieren mich, sobald das Testament eröffnet wurde und Klarheit über die Erbfolge herrscht", schlug der Ahnenforscher vor.

„Darauf können Sie Gift nehmen!", sagte Rauscher und erhob sich. Nach dieser Offenbarung – oder war es eher eine Nichtoffenbarung? – brauchte er dringend Frischluft.

Kapitel 4

21

Freitag, 18. Dezember

Rauscher war endgültig infiziert und hatte die Nacht kaum geschlafen. Sehr früh am nächsten Morgen, was sonst gar nicht sein Fall war, schwang er sich aus dem Bett und setzte sich mit einer Tasse Kaffee vor den Laptop. Er wollte herausfinden, was zum Teufel das alles zu bedeuten hatte und recherchierte die Geschichte von Frau Rauscher. Es war ein verwegener Gedanke, dass seine Familie vom alten Rauscher-Geschlecht abstammte. Geradezu vermessen.

Aber nicht undenkbar.

Es dauerte nur wenige Minuten, bis er auf den einschlägigen Internetseiten auf die Geschichte der Frau Rauscher stieß. Jene Frau, die im 19. Jahrhundert in der Klappergasse gelebt und der 1961 in Sachsenhausen ein Denkmal gesetzt wurde, das bis heute Touristen mit Wasser bespuckt, wenn sie nicht aufpassen. Eines Tages im Jahre 1866 wurde Frau Rauscher mit einer Beule am Kopf auf der Straße aufgefunden. War sie betrunken gewesen und gestürzt? Oder was war sonst passiert? Einige Jungs kamen vorbei und lachten sich schief über die am Boden liegende Frau. Ein Polizist konstruierte daraus einen Kriminalfall, der sogar im örtlichen Polizeibericht Erwähnung fand. Er wollte ermitteln, ob eventuell ihr Ehemann hinter der Beule steckte. Der Vorfall sprach sich in Sachsenhausen blitzschnell herum und löste in der Öffentlichkeit Heiterkeit aus. Und so wurde die kleine Frau Rauscher eine große Berühmtheit in der Stadt.

Diese Episode wurde so bekannt, dass viel später, im Jahre 1929, sogar ein Lied entstand, das heute jeder Frankfurter kennt und das bei keiner Faschingssitzung fehlen darf. Es stammt von Kurt Eugen Strouhs, einem Frankfurter Grafiker.

Rauscher klickte auf den Text. Als er auf dem Bildschirm erschien, las er ihn laut vor:

„Am Sonndag warn mer dribb de Bach, was hammer do gelacht,
so warn zwaa Eheleut beschleucht unn hawe Krach gemacht.
Uff aamal duds en dumpfe Schlag, die Fraa lieht uff de Gass
unn alle Kinner singe laut, des mecht en Heidespass:

Die Fraa Rauscher aus de Klappergass, die hat e Beul am Ei,
Ob's vom Rauscher, ob's vom Alde kimmt, des klärt die Bolizei.

En Griene hot den Fall geseh' un kimmt im Laafschritt aa.
Der Ehemann ruft ganz erschreckt, ich hab er nix gedaa!
Mei Alt, die kennt kaa Maß un Ziel, die hot zuviel gebaaft,
drumm hot der liewe Herrgott sie mit aaner Beul gestraft.

Die Fraa Rauscher aus de Klappergass, die hat e Beul am Ei,
Ob's vom Rauscher, ob's vom Alde kimmt, des klärt die Bolizei.

Jetzt gehts uffs Bolizeirevier, die Buwe hinerdrei.
Des is en intressanter Fall, des leucht doch jedem ei.
De Kommissar is ganz empeert un segt, des is doch doll.
Der Griene, wie sich des geheert, der gibt zu Protokoll:

Die Fraa Rauscher aus de Klappergass, die hat e Beul am Ei,
Ob's vom Rauscher, ob's vom Alde kimmt, des klärt die Bolizei.

Jetzt wärs genug, die Rauschern hat sich mit ihrm Mann versöhnt,
des kennt mer schon un is mer aach in solche Fäll gewöhnt,
doch so en beeser Zeitungskerl dut mehr als wie seine Pflicht,
am annern Dag stehts dick un braat im Bolizeibericht:

Die Fraa Rauscher aus de Klappergass, die hat e Beul am Ei,
Ob's vom Rauscher, ob's vom Alde kimmt, des klärt die Bolizei."

Konnte es tatsächlich sein, dass die Frau Rauscher aus der Klappergasse
seine Vorfahrin, und er somit ihr Nachfahre, war? Oder war das alles nur
ein Hirngespinst seiner Tante? Und wieso war sie erst vor Kurzem, nach all
den Jahrzehnten, wieder auf dieses Bild aufmerksam geworden, wenn sie es
seit ihrer Kindheit besessen hatte? Wieso hatte sie plötzlich interessiert, von
welcher Familie sie abstammte? Oder gärte der Verdacht schon länger in ihr
und sie wollte lediglich Klarheit und hat deshalb Merzenich engagiert? Es
gab so viele Fragen, auf die er unbedingt eine Antwort haben musste. Nur:
Momentan sah es mau aus. So wie er Merzenich einschätzte, würde er vor der
Testamentseröffnung kein Sterbenswort über seine Erkenntnisse offenbaren.
Und falls Rauscher nichts erben würde? Die Frage schoss ihm prompt durch
den Kopf. Das würde ja bedeuten, dass er womöglich nie – niemals! – erfahren
würde, ob es tatsächlich wahr war, dass der Zweig seiner Rauscher-Familie
von einer der berühmtesten Frauen der Frankfurter Historie abstammte.
　　Plötzlich fühlte sich Rauscher flau im Magen. Ihm wurde unbehaglich
zumute. In einem solchen Fall war immer noch ein guter Sauergespritzter
die beste Medizin. Aber selbst darauf hatte er keine Lust. Was war bloß mit
ihm los?

Es ging ans Eingemachte, das spürte er deutlich. An seine Identität. Es ging nicht nur darum, von wem er abstammte, vielmehr schwangen bedeutungsschwere Fragen mit: Wer war er? Wie war er? Warum war er so, wie er war? Existenzielle Fragen. Konnte er einfach so weiterleben, ohne klare Antworten darauf zu bekommen? Wie würde der Rest der Familie reagieren, wenn sie es erführen? Seine Eltern. Onkel Bernd. Oder wussten sie es gar schon? Und noch etwas fiel ihm ein: Sein Sohn Mäxchen war vielleicht der bislang letzte Nachfahre von Frau Rauscher aus der Klappergass.

Die Sache nahm an Gewicht zu, gewann eine ganz neue, viel größere Dimension. Diese Einsicht traf ihn wie ein Schlag.

Je mehr er über diese Fragen und die Folgen nachgrübelte, desto deutlichere Bilder schlichen sich in seinen Kopf. Bilder von früher, als er noch ein Kind war. Etwa fünf Jahre alt. Wenn Thomas und seine Kumpels im Unterholz auf dem weitläufigen Grundstück hinterm Haus Star-Wars- oder Indiana-Jones-Filme nachspielten, stand Rauscher dabei und beobachtete sie. All die Sachen, die Spaß machten und bei denen er auch gerne mitgespielt hätte. Aber sein Cousin Thomas und die anderen waren knapp zehn Jahre älter. Rauscher bewunderte sie. Thomas besonders. Er konnte alles. Auf Bäume klettern, einen Fußball jonglieren, eine Zwille bauen, auf Spatzen schießen, Frösche fangen. Ein richtiger Lausejunge.

Rauscher fieberte jedem Familiengeburtstag entgegen, um mit seinem Cousin spielen zu dürfen. Thomas war sein Idol.

Alles blieb gut, bis zu jenem Tag, als Karl, sein Onkel, Thomas, seinem Sohn, ein elektrisches Kindermotorrad schenkte. Schon als Kind hatte Thomas für Evel Knievel und seine Motorradstunts geschwärmt, doch seit diesem Tag hatte Thomas nur noch Augen für das Motorrad, ließ Rauscher und all seine Kumpels links liegen und fuhr die Wiese auf dem Grundstück in Grund und Boden, bis das Gras nur noch Matsch war.

Rauschers Erinnerungen an früher erloschen so schnell, wie sie gekommen waren. Er befand sich wieder im Hier und Jetzt. In seinem Arbeitszimmer vor dem Computer.

Thomas hatte also, laut Wollenschläger, seine Obsession zum Beruf gemacht, dachte Rauscher. Das stimmte überein mit dem Bild, das Rauscher von früher von ihm im Kopf hatte. Während Rauscher noch Kinderreime vor sich hin summte, preschte Thomas mit viel PS durch die Prärie. Der Motorradnarr, der schon immer süchtig nach Pferdestärken war und in seiner Jugend nichts mehr anderes tat, als an Motoren, Getrieben und Karosserien rumzuschrauben. Das passte. Immerhin hatte er es damit bis nach Hollywood geschafft. Das nötigte Rauscher Respekt ab. Auch wenn es wohl, wie der Notar erwähnt hatte, in letzter Zeit nicht mehr ganz so gut gelaufen war.

Vielleicht sollte er ihn mal darauf ansprechen, ihn bei seiner Leidenschaft abholen, um mit ihm ins Gespräch zu kommen. Über etwas anderes als das Erbe.

Das Erbe ...

Ruckzuck war es zurück in seinem Kopf und damit der gesamte Fall Bergmann-Rauscher. Und somit rückte auch der Name David K. Bergmann wieder in den Mittelpunkt. Vielleicht war er so etwas wie der Strohhalm. Oder seine Trumpfkarte. Falls er sie ausspielte, würden vielleicht ganz neue Dinge ans Licht treten und er konnte neue Einsichten gewinnen. War es unfair, David auf seine Herkunft und seinen mutmaßlichen Vater anzusprechen? Würde er einen Keil in die Familie Hellmann treiben? Jana hatte große Bedenken vor solch einem Schritt. Früher hätte er sich davon nicht beirren lassen, aber heute wollte er bedachter, klüger vorgehen. Deshalb musste er die Sache überdenken und durfte nicht unbesonnen handeln. Seine Impulsivität war ihm in den letzten zwei Jahren zu oft in die Quere gekommen. Aber Rauscher spürte auch, dass er wohl nicht drum herum kommen würde, David aufzusuchen. Vielleicht war er, und nur er, Rauschers letzte Möglichkeit, etwas über Bergmann zu erfahren. Andere Personen standen ihm momentan nicht mehr zur Verfügung, um diesen dreißig Jahre zurückliegenden Fall zu lösen.

Kaum war er zu diesem Schluss gekommen, riss ihn das Klingeln seines Handys aus den Gedanken. Er kannte den Namen auf dem Display.

„Hallo, Herr Eckstein", eröffnete Rauscher das Gespräch. „Was kann ich für Sie tun?"

„Mir ist noch was zum Fall Bergmann eingefallen", antwortete der Ex-Kommissar. „Es gab damals eine Ungereimtheit, die uns Kopfzerbrechen bereitet hat."

„Und die wäre?", erkundigte sich Rauscher.

„Es handelte sich um eine Aussage des Sohnes, Thomas Bergmann, Ihres Cousins, die wir uns nicht erklären konnten."

„Aha. Klingt so, als müsste ich die unbedingt erfahren." Er schmunzelte.

„Vielleicht erscheint es in heutigem Licht betrachtet anders als in jener Zeit. Sie kennen das ja sicher auch: Wenn man intensiv an einem Fall dran ist, sieht man manchmal den Wald vor lauter Bäumen nicht." Eckstein lachte.

„Das ist wahrscheinlich jedem Kripobeamten schon so gegangen. Aber Sie haben mich neugierig gemacht, erzählen Sie!"

„Es ging um Thomas Bergmanns Aussage. Wir konnten ihm später nachweisen, dass sie nicht stimmen konnte. Sie findet sich auch in der Akte, aber irgendwo ganz hinten, weil wir ihr keine große Bedeutung beigemessen haben."

„Um was ging es dabei?"

„Er hat in einem Verhör steif und fest behauptet, seinen Vater an jenem Tag gesehen zu haben, als wir ihn aus der Nidda holten."

„Was ist daran so ungewöhnlich?"

„Die Aussage konnte nicht stimmen. Das war unmöglich."

„Warum?"

„Weil Karl Bergmann bereits seit dem Abend oder zumindest der Nacht vorher im Wasser gelegen hat, was wir anhand der Obduktionsergebnisse einwandfrei nachweisen konnten."

„Und was hat Thomas daraufhin gesagt?"

„Er hat behauptet, das könne nicht sein und verlangt, wir sollten ihm schildern, in welchem Zustand wir Karl Bergmann aus der Nidda gezogen haben, und zwar in allen Details."

„In allen Details?"

„Ja, er schien es geradezu zu genießen, von uns zu hören, wie die Wasserleiche ausgesehen hat. Zu diesem Zeitpunkt wussten wir ja noch nicht ... konnten wir noch nicht wissen, dass Karl Bergmann vergiftet worden war."

„Und was ist dann passiert?"

„Ich habe versucht, ihm zu berichten, in welchem Zustand wir seinen Vater aus der Nidda gefischt haben. Als ich fertig war, tja ... da fing Thomas an zu schmunzeln und bedankte sich bei mir."

„Moment! Hab ich das richtig verstanden? Er bedankte sich und lachte?"

„Genau."

„Und da sind Sie nicht stutzig geworden?"

„Doch, schon."

„Aber?"

„Wir haben natürlich nachgefragt. Es hat etwas gedauert, bis er mit der Sprache rausgerückt ist. Aber dann hat er ausgesagt, er wollte nur ganz sichergehen, dass es sich tatsächlich um seinen Vater handelte. Und dass seine Behauptung, er habe ihn an dem Tag gesehen, eine Notlüge gewesen sei."

„Was? Das ist in der Tat merkwürdig ... Aber so, wie ich Thomas kennengelernt habe, auch wieder nicht. Er ist ein komischer Kauz."

„Für uns klang es damals irgendwie plausibel. Wie schon gesagt ... den Wald vor lauter Bäumen ..."

„Hmm, ja, aber was ich mich frage: Kann uns das heute weiterhelfen? Und wenn ja: wie?"

„Das weiß ich auch nicht, aber ich wollte es Ihnen nicht vorenthalten."

„Und dafür bedanke ich mich sehr. Ich weiß zwar noch nicht, ob es was bringen wird, aber das werden wir schon noch sehen."

Die beiden verabschiedeten sich und Eckstein wünschte Rauscher noch viel Glück bei den weiteren Ermittlungen.

Kann ich gebrauchen, dachte Rauscher und legte auf.

22

Als Rauscher in die Küche kam, um Jana auf den neuesten Stand zu bringen und mit ihr sein Vorgehen im Fall David nochmals zu diskutieren, überraschte er sie dabei, wie sie etwas ins Handy tippte. Als sie ihn bemerkte, hörte sie augenblicklich auf, legte es weg und grinste.

Rauscher verengte die Augen. „Hab ich dich bei irgendwas ertappt?"

„Wie kommst du denn darauf?"

„Dein Grinsen spricht Bände."

„Hab nur schnell meine WhatsApps gecheckt", platzte sie raus und versuchte, ihm nicht in die Augen zu schauen. „Magst du noch einen Kaffee?"

Sie hob die Kanne hoch, setzte sie aber bei Rauschers nächsten Worten wieder ab. „Du verheimlichst mir doch was", beharrte er.

„Was du immer gleich denkst!"

„Als ich reingekommen bin, hast du schnell das Handy beiseitegelegt. Hast du etwa Geheimnisse vor mir?"

„Eine Frau hat immer Geheimnisse. Das solltest du wissen!"

„Komm schon! Was ist es?"

„Rauscher, du nervst!"

„Noch viel mehr, wenn du es mir nicht gleich erzählst."

„Ist nix Schlimmes."

„Dann zeig mir, was du geschrieben hast."

„Du bist eine echte Nervensäge. Weißt du das eigentlich?"

„Sicher. Also?"

„Na gut." Sie nahm ihr Handy und zeigte ihm die letzte WhatsApp. Er machte große Augen. „Du schreibst dir mit Elke?", fragte er rasiermesserscharf nach.

„Na und?"

„Aber ich wusste nicht, dass du noch mit ihr Kontakt hast."

„Du musst ja auch nicht alles wissen ... Sie ist nur deine Ex. Halb so wild."

„Aber ... du hättest mir das doch sagen können." Er wollte lächeln, aber es gelang ihm nicht.

„Mach bitte kein Drama draus! Du hast ja mitbekommen, dass wir uns gut verstanden haben, als sie mit Mäxchen hier war. Beim Bulle & Bär-Fall, als sie aus Kuba zurückgekommen ist."

„Ja, sicher. Aber ich hätte nicht gedacht, dass du hinter meinem Rücken ..."

„Papperlapapp! Du redest dir gerade was ein. Ich verheimliche dir gar nix. Von mir aus kannst du alle Nachrichten lesen. Pillepalle."

„Es geht mir aber nicht darum, was, sondern dass du mit Elke überhaupt schreibst."

„Willst du es mir verbieten?"

„Natürlich nicht. Aber ich will es wissen, wenn ihr euch ... austauscht."

„Keine Angst. Du bist selten Thema."

„Es ist nur ... Ich hatte mit ihr eine Abmachung, dass sie mir Bilder von Mäxchen schickt. Macht sie aber nicht mehr. Sie meldet sich gar nicht bei mir. Stattdessen schreibt ihr euch."

„Du hörst dich an wie eine beleidigte Leberwurst."

Jetzt schaute Rauscher weg. Sein Blick wanderte aus dem Fenster hinaus in den grauen Himmel. Die Spitze des Fernsehturmes ragte über den Dächern empor. Er seufzte.

„Vielleicht sollten wir das lassen", meinte Rauscher.

„Was meinst du?"

„Wir sollten uns nicht streiten, sondern zusammenhalten."

„Einverstanden. Außerdem streite ich mich nicht. Du hast angefangen. Ich wusste nicht, dass du so empfindlich bist, was Elke angeht."

„Meine wunde Stelle", antwortete er nachdenklich. Jana hob die Augenbrauen. „Also nicht, dass du jetzt denkst, ich will noch was von ihr, aber ... es geht um Mäxchen. Einzig und allein."

„Ich weiß." Sie legte ihren Arm um ihn und streichelte ihm über die Wange, als er sie wieder anblickte. „Die Situation ist beschissen. Aber sieh es mal so: Deine Ex und ich verstehen sich gut. Wer weiß, ob das nicht für die Zukunft hilfreich sein kann."

„Führst du was im Schilde?"

„Lass mich nur machen ...", erwiderte sie geheimnisvoll. „Und jetzt reden wir über was anderes."

„Okay. Ich wollte dir gerade erzählen, was ich Neues erfahren habe."

„Dann schieß los!"

Rauscher berichtete Jana von dem Telefonat mit Eckstein und von seinen Plänen, was David betraf.

„Du willst also tatsächlich David besuchen?"

„Ja, und?"

„Wir hatten es schon davon. Ich bin nicht gerade begeistert."

„Es geht schließlich um unsere Familie."

„Aber dieser Teil deiner Familie hat dich doch die letzten Jahre und Jahrzehnte auch nicht interessiert."

„Das Erbe hat alles verändert. Der Fall lässt mir keine Ruhe."

„Du hast dich da in was reinziehen lassen ..."

„Richtig", fiel ihr Rauscher ins Wort. „Und ohne Antworten komm ich auch nicht wieder raus. Aber mir ist wichtig, dass du das verstehst."

„Was denn?"

„Warum ich so handle, wie ich handle."

„Weil du ein Rauscher bist!"

„Wenn das so einfach wäre."

„So einfach ist das! Es steckt in dir drin. Du hast diese Flausen im Kopf. Dagegen ist kein Kraut gewachsen."

„Dagegen hilft noch nicht mal ein gutes Stöffche."

Janas Gelassenheit beruhigte ihn. Im Vergleich zu ihm war sie die Ruhe in Person. Trotz der Diskussion eben fühlte er sich in ihrer Gegenwart immer noch wohl. Oder gerade deshalb. Sie konnten über alles reden und streiten. Er hoffte, dass dies auch in Zukunft so bleiben würde.

Er erinnerte sich an ihr erstes Treffen. Damals im Gemalten Haus. Es ging um den Abgerippt-Fall. Jana hatte ihn angerufen und um einen Termin gebeten, weil die Kripo Königstein wichtige Informationen zur Sachsenhäuser Hausbesitzerin besaß. Im Laufe des Gespräches hatte er einiges über Jana erfahren. Sie liebte Ebbelwoi und die Eintracht. Eine Traumkombination. Eins ergab das andere und sie waren zusammengekommen. Seitdem gab es kaum einen Tag, an dem sie sich nicht gesehen hatten.

Abgelenkt wurde er von seinem Handyton, der einen neuen Anruf meldete. Auf dem Display erkannte er Ingo Thalers Namen.

„Hey Ingo, alles klar?", begann er das Gespräch.

„Hi Andi."

„Und wie läuft's bei euch im Präsidium?"

„Immer so weiter."

„Was macht unser Hanseate?"

„Krause?"

„Wer sonst?"

„Dem geht's blendend. Spielt sich als Chef auf, seit du weg bist."

Rauscher wollte es ungern zugeben, aber es versetzte ihm einen Stich in die Brust, als er diese Information zum ersten Mal hörte. „Immerhin ist er jetzt Teamleiter", sagte er lahm.

„Schon, aber das muss er ja nicht ausnutzen", kommentierte Thaler. „Macht er aber. Er weiß, dass er von Markowsky volle Rückendeckung kriegt."

„Er und Markowsky also ..."

„Wie zwei ziemlich beste Freunde. Ich sag dir! Das kann nicht gut gehen. Aber mich fragt ja niemand. Ich mach meinen Job und das war's!"

„Du schaffst das schon. Niemand recherchiert so gut wie du. Das weißt du hoffentlich."

Rauscher nahm sich vor, Krause zu kontaktieren. Dieser Pakt mit dem Chef passte ihm überhaupt nicht. In seinen Augen war es eine Anbiederung an die Macht. Kollaboration mit dem Feind. Unwürdig.

„Und warum rufst du an?", fragte Rauscher. „Wolltest du was Bestimmtes?"

„Hab einen Rüffel gekriegt."

„Von wem?"

„Scheinbar hat dich neulich nachmittags jemand im Präsidium gesehen und derjenige hatte nichts Besseres zu tun, als es dem Chef zu stecken. Und der hat nicht lange gezögert und ist direkt zu mir gelatscht und hat sich erkundigt, was um Himmels willen du im heiligen Präsidium wolltest.

Ich muss wohl ein ziemlich dummes Gesicht gemacht haben, so perplex war ich. Da wusste er sofort Bescheid und hat mich verwarnt. Falls er mitkriegen würde, dass du an irgendwas dran bist, hat er gesagt, würden die Fetzen fliegen."

„Oh, là, là!"

„So hat er sich ausgedrückt. Ich wollte dich nur warnen."

„Warnen? Also, auf die Fetzen bin ich jetzt schon gespannt. Mach dir mal keine Sorgen! Trotzdem danke."

„Ich hätte nie gedacht, dass mir das mal über die Lippen kommt, aber ..." Thaler druckste herum. „Ich vermiss dich."

„Wie bitte?"

„Echt jetzt. Du fehlst hier. Es ist alles so öde und ... Ach, vergiss es!"

„Danke, Ingo. Weiß ich zu schätzen."

„Rauscher, du weißt gar nix. Wo immer man dir begegnet, lauern Schwierigkeiten. DAS solltest du wissen. Und trotzdem wär's toll, wenn du wieder zurückkommen würdest. Denk mal drüber nach!"

Er klickte das Gespräch weg, noch bevor Rauscher auch nur eine Silbe erwidern konnte.

Rauscher legte das Handy beiseite. Eine Weile starrte er Jana nur an.

„Wer war das?", fragte sie, als Rauscher keinen Pieps von sich gab.

„Ingo."

„Und was wollte er? Sag mal, muss ich dir alles aus der Nase ziehen?"

„Nein, nein ... Es ist nur, also, ich bin etwas ... Ingo hat gesagt, er vermisst mich und will, dass ich zurückkomme."

„Na, schau mal einer an! Das ist doch ein gutes Zeichen." Sie umarmte ihn.

„Als ob ich das allein in der Hand hätte!"

„Sie scheinen ohne dich nicht zurechtzukommen."

„Wunschdenken. Die kommen prächtig klar. Und Thaler ... Vielleicht sitzt ihm ein Furz quer. Ich weiß nicht, was mit ihm los ist auf einmal. Früher war er nicht so drauf ... so emotional, meine ich."

„Ich sage dir, da braut sich was zusammen. Wart's nur ab!"

„Mach ich. Aber jetzt gibt's Wichtigeres zu tun. Kommst du mit zu David Hellmann?"

„Jetzt?"

„Ja. Vielleicht treffen wir ihn ja an."

„Wo wohnt der denn?"

„In Hausen. Ich will mich da mal umschauen."

„Liegt ja um die Ecke."

„Also los!"

23

Rauscher und Jana waren um die Mittagszeit am schneebedeckten Sportplatz des VfR Bockenheim vorbei und durch den winterlichen Niddapark geschlendert, was ihn an den Fall des Joggermörders und seinen Kumpel Torben denken ließ, den er seit Jahren nicht mehr gesehen hatte. Es war ein klirrend kalter Nachmittag. Ein paar Sonnenstrahlen fielen durch die kahlen Wipfel der Eichen. Die Luft war klar. Sie waren dick eingemummelt und ihr Atem hinterließ weiße Fahnen. Auf dem Rückweg würden sie die U-Bahn ab Große Nelkenstraße nehmen, hatten sie sich vorgenommen.

Kurz vorm Praunheimer Wäldchen und dem Ausgang in Richtung des Stadtteils Hausen sahen sie etwa fünfzig Meter vor sich einen Mann, der mit seinem Schäferhund, der permanent bellte, auf einer schneeweißen Wiese herumtollte. Der Hund wollte den Stock, doch sein Herrchen gab ihn nicht her. Das ging minutenlang so. Die beiden schienen sichtlich Spaß miteinander zu haben.

Je näher sie kamen, desto sicherer wurde Rauscher. Er kannte den Mann. Er trug zwar eine Wollmütze, aber sein Gesicht war gut zu erkennen.

„Schau mal!", sagte er zu Jana und deutete auf Herr und Hund.

„Was denn?", fragte sie nach.

„Ich meine den Mann."

„Das ist doch ..."

„Ganz genau."

Sie gingen eilig weiter und kamen kurz darauf bei den beiden Spielenden an.

„Sie sind doch David Hellmann?", fragte Rauscher und stellte sich vor den Mann. „Ich wollte gerade zu Ihnen."

Er betrachtete den Mann näher, der dick eingepackt war: Daunenjacke, Jeans, feste Winterstiefel und Lederhandschuhe. Seine Größe schätzte Rauscher auf 1,85 Meter. Er wirkte athletisch.

„Zu mir?", fragte der Mann.

„Ja. Ich bin Andreas Rauscher." Als er seinen Nachnamen nannte, machte David ein Gesicht, als sei gerade der Nordpol bis aufs letzte Eiskristall weggeschmolzen. Er sah ihn stumm und mit großen Augen an.

„Was ist los?", fragte Rauscher.

„Nichts. Ich ... ich hatte nur nicht damit gerechnet, Sie mal zu treffen."

Der Hund sprang an ihm hoch und wollte den Stock packen, doch David hielt ihn auf Kopfhöhe.

„Sie wissen, wer ich bin?"

„Ihr Onkel war früher der Chef meiner Mutter."

„Richtig. Hinzufügen müsste man, mein Onkel, der vor über dreißig Jahren ermordet worden ist."

David griff in seine Jackentasche und warf seinem Hund einen Knochen zu. „Bergmann, hier, fass!"

„Bergmann? So heißt Ihr Hund?"

„Ja, ich habe ihn nach meinem Vater benannt."

„Sie wissen also ...?"

„Meine Mutter war damals schwanger von ihm, als er ..."

„Hat sie es Ihnen erzählt?" Rauscher war mächtig erstaunt. Nicht nur die Luft klirrte. Das spürte er.

Und auch Jana schien mit allem gerechnet zu haben, bloß damit nicht. Das Gespräch verlief deutlich entspannter, als sie es sich ausgemalt hatten.

„Was wollen Sie eigentlich von mir?" David wandte sich wieder Rauscher zu.

„Herausfinden, was damals passiert ist."

„Der Mord an Karl Bergmann wurde nie aufgeklärt, richtig?"

„Exakt. Und ich gedenke, das nachzuholen."

Aus den Augenwinkeln beobachtete er Bergmann, der im fünf Zentimeter hohen Schnee lag und sich den Knochen einverleibte.

David wirkte mit einem Male nachdenklich. „Ich ...", begann er, setzte aber wieder ab. „Ich weiß nicht, ob ..."

Er zögerte.

Rauscher glaubte, dass er etwas wusste, sich aber nicht sicher war, ob er es ihm sagen sollte. Feinfühlig wollte er ihn darauf hinweisen, dass es allen dienen würde, wenn endlich die Wahrheit ans Licht käme.

„Darf ich David sagen?", fragte er. „Wir gehören ja schließlich zu einer Familie."

„Klar", meinte sein Gegenüber.

„Okay, ich bin Andreas. Und das ist Jana ... Jana Kern."

„Hallo." David begrüßte nun auch Rauschers Freundin.

„Ich denke, wir sollten uns mal in Ruhe unterhalten. Aber es ist verdammt kalt heute."

„Meine Wohnung ist keine drei Minuten von hier entfernt. Ich könnte euch einen heißen Tee machen."

„Oh ja!", rief Jana erfreut aus.

„Bergmann!" Davids Stimme hob sich, als er seinen Hund rief, der keine zwei Sekunden später mit dem Restknochen im Maul neben ihm herlief. Sie setzten sich in Bewegung.

Die Dinge kommen ins Laufen, dachte Rauscher, schenkte Jana ein Lächeln, nahm ihre Hand und drückte sie.

Etwa fünfzehn Minuten später erfüllte ein zarter Duft nach Vanille, Zimt, gebrannten Mandeln, Orangen und Spekulatius Davids Küche. Sie war spartanisch eingerichtet mit zwei antiken Schränken, einem Holztisch und drei Stühlen. Es gab keine spiegelglatten Metallflächen und auch keine Arbeitsplatte. Rauscher fühlte sich wohl. Das Ambiente strahlte eine behagliche Atmosphäre aus. Es erinnerte ihn an früher. Und der leckere Tee wärmte sie auf.

Als die drei am Tisch Platz genommen hatten, begann David zaghaft mit seiner Erklärung. „Weißt du, mein Vater und meine Mutter sind beide blond."

Rauscher blickte auf Davids kurze, schwarze Haare und nickte. „Was willst du damit sagen? Dass es schon früh einen Verdacht gab?"

„Er lag immer in der Luft", schnitt ihm David das Wort ab. „Es war offensichtlich, dass ich nicht Vaters Sohn war. Ab und zu wurde ich als Kind darauf angesprochen, dass ich so anders aussah. Auch Scherze wurden gemacht."

„In Wirklichkeit war es bitterer Ernst."

„Richtig. Meine Mutter nahm mich eines Tages zur Seite und wollte mit mir reden." David starrte die gegenüberliegende weiße Wand an, als durchlebe er diese Szene gerade noch einmal. Sie hatte sich in sein Gedächtnis eingebrannt.

„Wie alt warst du da?"

„Ich weiß es gar nicht mehr genau, ich schätze mal zwölf."

„Und was hat sie gesagt?"

„Sie hat mir erklärt, dass sie Karl Bergmann geliebt hat, dass sie schwanger von ihm geworden und er dann ganz schrecklich ermordet worden ist. Und natürlich, dass ich nicht Jens Hellmanns Sohn bin. Das war ziemlich viel auf einmal, wie du dir denken kannst."

Rauscher nippte am Tee, um etwas Zeit zu gewinnen. „Und dann?"

„Wie meinst du das?"

„Was war mit dem Mann deiner Mutter, also deinem Stiefvater?"

„Sie konnte es nicht auf ewig vor ihm verheimlichen und hat es ihm irgendwann gestanden."

„Und wie hat er reagiert?"

„Das war der endgültige Bruch in der Ehe. Später hat er sie, also uns, sitzen gelassen. Das Zerwürfnis war zu groß."

„Kann es sein, dass dein Stiefvater von Anfang an den Verdacht hatte?"

„Du meinst, als sie schwanger wurde?"

„Genau."

„Das kann nicht nur sein, das war so. Ich weiß es. Aus Erzählungen meiner Großeltern. Er war immer misstrauisch und hat bezweifelt, dass ich von ihm stamme."

„Könnte es auch sein, dass er wusste, wer dein leiblicher Vater war?"

„Ich denke, er hat immer vermutet, dass meine Mutter ein Verhältnis mit ihrem Chef, also meinem Vater, hatte."

„Spekulierst du nur oder hast du dafür Anhaltspunkte?"

„Ich weiß noch, als Kind ... Es lag immer eine gewisse Spannung in der Luft, wenn meine Eltern in einem Raum waren. Das lief nie harmonisch ab. Sie wollten es zwar vor uns Kindern verbergen, aber unsere Antennen waren sehr ausgeprägt, wenn es um die zwischenmenschlichen Schwingungen innerhalb der Familie ging. Wir haben immer gecheckt, wenn etwas nicht stimmte."

„Woran hast du das gemerkt?"

„Der Umgang der beiden war nicht liebevoll. Die Gesten, die Mimik in den Gesichtern, wie sie miteinander redeten ... Nicht wie ein Ehepaar, das sich liebt. Die wissen, dass sie zusammengehören. Da war immer etwas, das sie trennte."

„Und das warst du."

„So kann man es sagen."

„Das muss ein echter Schock für dich gewesen sein."

„Wenn ich daran zurückdenke, war es gar nicht so schlimm für mich. Erstens mochte ich meinen Stiefvater nie besonders: Er hat mich immer spüren lassen, dass ich nicht sein Kind war."

„Und zweitens?"

„Wahrscheinlich habe ich es auch immer geahnt. Als es mir meine Mutter erzählt hat, war das nur die Bestätigung dessen, was ich schon immer gewusst hatte."

Jana hatte dem Gespräch gelauscht, sich bisher aber zurückgehalten. Sie trank ihren Tee aus und stellte dann eine interessante Frage: „Blutsverwandt seid ihr also nicht. Aber ihr seid doch so etwas wie Cousins. Cousins zweiten Grades oder Großcousins, oder wie sagt man da?"

Rauscher und David blickten sich lange an und zuckten mit den Achseln.

„Okay", ergänzte Jana. „Die Verwandtschaftsverhältnisse müssen noch geklärt werden."

Alle fingen gemeinsam an zu lächeln.

Der U-Bahnwagen, in dem Rauscher und Jana saßen, ratterte von der Großen Nelkenstraße Richtung Industriehof. Rauscher hatte nun keine Ruhe mehr. Der Polizist in ihm erwachte wieder.

„Täusche ich mich", fragte er, „oder hat David gerade den Verdacht auf seinen Stiefvater gelenkt?"

Jana brauchte nicht lange zu überlegen. „Scheint so. Aber ich frage mich: Hat er das bewusst gemacht?"

Kurz vor der Haltestelle Kirchplatz, schon in Bockenheim, antwortete Rauscher: „Er weiß doch bestimmt, dass ich bei der Kripo bin ... also war, meine ich."

„Vielleicht hat er das gezielt gestreut, um den Verdacht von jemand anderem abzulenken."

„Und von wem?"

„Seiner Mutter?"

„Du hältst es für möglich, dass seine schwangere Mutter die Mörderin von Karl Bergmann gewesen ist?" Rauscher konnte es kaum glauben, dass er eben diese Frage gestellt hatte. Sie stiegen in der Leipziger Straße aus und fuhren die Rolltreppe hoch.

„Warum nicht? Weil sie eine Frau ist?"

„Weil sie ihn geliebt hat. Weil sie seine Sekretärin war. Weil sie ..."

„Vielleicht", unterbrach sie ihn, „hat dein Onkel ihr unmissverständlich klargemacht, dass er nicht für das Kind geradestehen würde."

„Da kennst du meinen Onkel aber schlecht."

„Ich kenne ihn gar nicht. Hilf mir! Wie war er drauf?"

„Weiß ich auch nicht, aber ich denke, er hätte sich seiner Verantwortung gestellt."

„Okay, die abgeschwächte Variante: Vielleicht hat er Leni Hellmann gesagt, dass er seine Frau, also deine Tante, nicht verlassen würde für sie."

„Wir werden es wohl nie endgültig klären. Es sei denn, sie redet mit uns." Rauscher starrte missmutig in die Luft.

„Und denk an das Gift als Tatwaffe. Sie wäre die zweite Frau, die als Täterin in Betracht käme."

„Neben meiner Tante."

„Richtig. Somit hätten wir an einem Nachmittag nicht nur einen, sondern gleich zwei Verdächtige für den Mord an deinem Onkel dazubekommen", antwortete Jana nachdenklich.

„Leni und Jens Hellmann. Ich fasse es nicht." Rauscher wirkte deprimiert. Die Lösung des Falles lag in weiter Ferne. Trotzdem musste er sich der Herausforderung stellen. Eine unschöne, aber unvermeidbare Aufgabe, dachte er.

24

Irgendetwas widerstrebte Rauscher. Etwas, das sich anfühlte wie ein alter, zäher Kaugummi, der festklebte und den man kaum abbekam. Es war dieses Gefühl, tiefer wühlen zu müssen, aber gar keine Lust mehr darauf zu haben. Spätestens seit dem Gespräch mit David war Rauscher endgültig in die Sache involviert. Der Familienzwist breitete sich unaufhaltsam aus. So kam es ihm jedenfalls vor.

Zum Glück klingelte in diesem Moment das Telefon und riss Rauscher aus seinen trübseligen Gedanken. Eine ihm unbekannte Nummer erschien auf dem Display. Als er den Anruf annahm, traute er seinen Ohren kaum.

„Hallo, Andreas."

Rauscher wäre fast das Handy aus der Hand gefallen, denn er kannte diese Stimme. Sie war eine jener Stimmen, die er am wenigsten gerne hörte, weil er sie nur mit Wut, Krawall und Ärger in Verbindung brachte.

„Nette Überraschung, Cousin", brachte er gerade so über die Lippen.

„Kommt noch besser."

„Wie meinst du das?" Rauscher klang perplex.

„Lust auf ein kleines Stelldichein?", fiel ihm Thomas ins Wort.

„Wie jetzt? Ich versteh nicht ..."

„Lass uns reden bei ein paar Schoppen ..."

Stille. Was war in Thomas gefahren? Wie kam dieser Geistesumschwung zustande? Konnte Rauscher der Sache trauen? Diese und weitere Fragen kamen wie aus dem Nichts angeschossen und belagerten jene Gehirnregion, die normalerweise prächtig funktionierte. Jetzt aber versagte sie.

„Du sagst ja gar nichts ...", fügte Thomas hinzu. „Es wird aber Zeit."

„Ich muss drüber nachdenken", schnitt Rauscher ihm das Wort ab.

„Tu das! Aber denk nicht zu lange nach, gell? Sagen wir um 17 Uhr bei mir?"

„Du hörst von mir."

„Okay, die Nummer siehst du ja auf dem Display."

Rauscher klickte das Gespräch weg. Musste es erst mal verdauen. Er hatte keine Wahl: Er musste Jana einweihen.

Als er kurz darauf vor ihr stand und sie lange wortlos anblickte, wusste sie augenblicklich, dass etwas geschehen war.

„Raus mit der Sprache!", forderte sie ihn auf. „Irgendwas passiert?"

„Noch nichts ...", antwortete Rauscher geheimnisvoll. „Aber es könnte. Thomas hat mich eingeladen. Er will mit mir ein paar Schoppen trinken."

„Er will was?" Sie starrte ihn ungläubig an.

„Du hast mich ganz richtig verstanden."

„Und was soll das? Klingt nach Kriegsbeil begraben und Friedenspfeife rauchen", echauffierte sich Jana.

„Sieht jedenfalls danach aus."

„Und wie gedenkst du darauf zu reagieren?"

„Weiß ich noch nicht. Ich wollte es mit dir besprechen."

Jana hob die Augenbrauen. „Entschuldige, dass ich das jetzt sage, aber du hast dein Leben lang das gemacht, was DU für richtig hältst."

„Ich bin dabei, mich zu ändern ... und ich schätze deine Meinung. Ich hoffe, das weißt du. Insbesondere in diesem Fall. Ich habe nämlich das Gefühl, dass ich zu tief drin hänge in dem ganzen Familiensumpf, um noch halbwegs objektiv sein und eine kluge Entscheidung treffen zu können." Er schwieg einen Moment, bevor er ergänzte: „Du hast eine andere Perspektive auf alles. Es ist mir wichtig zu wissen, was du denkst."

Sie schlang ihre Arme um seinen Hals und drückte ihre Lippen fest auf seine.

Als sie sich nach einigen Sekunden wieder von ihm löste und ihn warmherzig anschaute, hatte er das Gefühl, ihre Verbindung sei noch nie so stark gewesen wie in diesem Augenblick.

„So was hat noch nie jemand zu mir gesagt. Ich ... ich bin ein bisschen verlegen", meinte sie.

„Brauchst du nicht. Wir kennen uns zwar noch nicht so lange, aber du bist das Beste, was mir seit langer Zeit passiert ist."

„Du hast Mäxchen vergessen."

„Okay, du und Mäxchen. Aber du hast mir geholfen, mich wieder in den Griff zu kriegen. Ich weiß nicht, ob ich das allein geschafft hätte. Und das werd ich dir nie vergessen."

„Hatte ich schon erwähnt, dass du manchmal etwas übertreibst?"

„Hattest du!" Er grinste. „Aber auch wenn es schmalzig klingt, es ist so, wie ich es sage. Ohne dich wäre ich versackt, da bin ich sicher. Und dafür bin ich dir dankbar ... Aber jetzt will ich endlich wissen, was du zu Thomas' Einladung sagst."

„Ganz ehrlich?"

„Und ob!"

„Ich bin skeptisch."

„Dachte ich mir. Warum?"

„Ich trau dem nicht übern Weg. Keinen Millimeter. Du hast ihn selbst erlebt."

„Mehrfach."

„Er ist zu allem fähig."

„Auch zu einem Mord?"

Sie zögerte. „Auch das ... Ich würde es ihm zutrauen."

Rauscher blickte sie starr an. „Womit wir den Personenkreis der Verdächtigen um einen erweitert hätten ..."

„Thomas? Aber der hat doch ein Alibi von seiner Mutter."

„Ich weiß auch nicht. Je länger ich über den Fall nachdenke, desto wirrer wird alles."

„Und dann noch das Erbe ..."

Rauscher seufzte. „Erben ist auf keinen Fall so leicht, wie es klingt", fabulierte er weiter.

„Weil es immer um die Familie geht."

„Wie ist das eigentlich mit deiner?" Rauscher schaute sie mit interessierten Augen an.

Mit diesem Schwenk hatte Jana nicht gerechnet und fühlte sich etwas überrumpelt. „Meiner was?", rief sie.

„Na, deiner Familie. Wir haben noch nie richtig darüber geredet."

„Oh, oh, super Bilderbuchfamilie! Vater, Mutter, Kind, Haus und Hund ... Was dachtest du denn?" Sie grinste.

„Nee, mal ernsthaft."

„Mehr ist da nicht und alle lieben sich. Ich schwöre." Sie hob die Hand. „Meine Großeltern sind gestorben. Onkel oder Tanten hab ich keine. Klingt ganz schön langweilig. Ich weiß."

„Hat auch seine Vorteile ..." Auch Rauscher musste jetzt grinsen.

„Du musst es wissen!"

„Und ob! Besser langweilig, als unliebsame Überraschungen am laufenden Band."

„Rudi Carrell ... Das waren noch schöne Zeiten!" Jetzt musste Jana lachen. Und Rauscher stimmte mit ein.

25

Es waren noch keine zehn Minuten vergangen, dass Rauscher sich auf den Weg zur Wohnung seiner Tante gemacht hatte, um sich dort mit Thomas zu treffen. Jana war mit einem mulmigen Gefühl zu Hause geblieben. Sie hielt es nach wie vor für keine gute Idee, dass sich die beiden Cousins trafen. Andererseits war eine Aussprache dringend notwendig. Sie hatte noch einige Minuten mit Rauscher diskutiert, dann aber eingesehen, dass ein Treffen der beiden unvermeidlich sein würde.

Während sie ihre widersprüchlichen Gefühle gegeneinander abwog, klingelte es an der Wohnungstür. Jana schreckte auf. Hatte Rauscher es sich anders überlegt und war zurückgekommen? Aber warum klingelte er dann?

Jana eilte zur Tür. Als sie öffnete, war sie mehr als überrascht, denn sie blickte in die Gesichter von Rauschers Eltern.

„Oh!", rief sie aus.

„Hallo Jana, ist Andreas nicht da?"

„Nein, er ist ... Also, er ist ... unterwegs." Sie wusste nicht, ob sie die Eltern einweihen sollte.

„Wir machen uns große Sorgen um unseren Sohn."

Ich auch, hätte sie am liebsten geantwortet, aber das war jetzt nicht angebracht. Daher antwortete sie: „Wird schon wieder werden. Möchtet ihr vielleicht reinkommen?"

Eine Geste ins Innere der Wohnung deutete an, dass ihr die Rauscher-Eltern herzlich willkommen waren. Gabriele Rauscher hatte Jana vor einer Weile das Du angeboten, worüber sie sich sehr gefreut hatte.

Die Rauschers traten ein. Auf dem Weg ins Wohnzimmer sagte Frau Rauscher: „Mit dir hat er einen tollen Fang gemacht. Das ist aber auch das einzig Positive, was man über unseren Sohn in den letzten Monaten sagen kann."

„Das klingt aber arg pessimistisch …"

„Ist doch wahr!", entgegnete Gabriele Rauscher etwas schroffer als gewollt. Nichts hätte ihre Gemütslage besser widerspiegeln können.

„Setzt euch doch. Ich kann schnell einen Kaffee machen."

„Um Gottes willen. Ich kann jetzt schon kaum noch schlafen."

Oh, oh, dachte Jana. Die Familiensache! Sie beschäftigte also auch Rauschers Eltern.

„Einen Tee vielleicht?"

„Gerne."

„Für mich auch", bemerkte Karl-Heinz Rauscher.

Jana ging in die Küche, um einen Tee aufzusetzen und atmete zweimal tief durch. Die Situation war anstrengend. Besonders für den Kopf. Sie wusste nicht, was sie Rauschers Eltern erzählen durfte und was nicht. Rauscher wäre es sicher nicht recht, wenn sie alle Entdeckungen der letzten Tage ausplaudern würde. Deshalb würde sie sich erst einmal zurückhalten. Auch wenn sie spürte, wie die Sache den beiden im Magen lag, wie sie sie bedrückte und sie nicht mehr froh werden ließ.

Als sie den Tee im Wohnzimmer serviert und die Tassen verteilt hatte, setzte sie sich ebenfalls und blickte die beiden fragend an. Sie erkannte, wie schwer es ihnen fiel, mit der Sprache rauszurücken.

„Weshalb seid ihr eigentlich gekommen?"

„Wir … wir wollten mit ihm reden", sagte Frau Rauscher.

„Das halte ich für die beste Idee seit langem", kommentierte Jana spontan.

„Ich weiß ja nicht, was er dir erzählt hat."

„Ich bin im Bilde. Er erzählt mir alles."

Gabriele Rauscher nickte. „So, so. Freut mich, dass ihr so eng ..."

„Auch wenn es noch so schwer fällt", unterbrach Jana. „Reden ist immer das Beste."

„Das Ganze ist ein Drama ersten Ranges ... Es hat unsere Familie zerstört ... Wir wollten Andreas schützen, deshalb haben wir ihm nichts gesagt."

„Von was?", hakte Jana sofort nach, denn, wenn sie ehrlich war, verstand sie nur Bahnhof.

„Vom Mord an seinem Onkel. Als Andreas noch klein war, wollten wir es von ihm fernhalten. Später war es kein Thema mehr."

„Wir wussten ja genau", schaltete sich Herr Rauscher ein, „wenn er es irgendwann herausbekäme, würde er nicht eher ruhen, bis er allem auf den Grund gegangen war."

So ist er halt, dachte Jana und nickte. „Kann ich gut verstehen. Aber ihr müsst auch ihn verstehen. Es ist wie ein inneres Bedürfnis, ein Zwang. Mit dieser Ungewissheit – dieser Ungerechtigkeit – kann er nicht leben ..."

„Die Sache hat uns überrollt, das ist mir längst klar", brachte Frau Rauscher über die Lippen, seufzte und nippte an ihrer Teetasse.

„Welche ‚Sache'?" Jana zeichnete zwei Anführungsstriche in die Luft.

„Adelheids Tod ... Er kam so überraschend. Die Familiengeschichte war jahrzehntelang so weit weg, und plötzlich steht sie zwischen uns."

„Also gilt es nun, für Aufklärung zu sorgen. Könnt ihr dazu beitragen?", fragte Jana nicht nur aus Neugier, sondern auch, um Rauscher zu unterstützen. Ihr Verhältnis zu seinen Eltern war unbelastet. Sie verstanden sich gut und hatten sich im Laufe der Monate immer mehr angenähert.

Vielleicht konnte das dazu beitragen, dass sie sich ihr öffneten, was sie ihm gegenüber offensichtlich nicht zustande brachten.

Gabriele Rauscher schaute ihren Mann lange und eindringlich an, bevor sie sich wieder an Jana wandte.

„Wir hegen die Befürchtung, dass Adelheid und Thomas damals etwas wussten ...", begann sie für Janas Geschmack etwas zu zögerlich. Sie hätte gerne mehr gehört.

„Worüber?", platzte sie heraus, weil sie ihre Gefühle nicht länger im Zaum halten konnte. „Worüber haben die beiden etwas gewusst?"

„Über den Mord an Karl. Wir denken ... Also, wir sind uns fast sicher, dass sie die Identität des Täters kannten, aber geschwiegen haben."

Das war mal eine echt neue Information. Und verstörend zudem. „Schau mal einer an!" Jana konnte ihre Verwunderung nicht verheimlichen. „Und wie kommt ihr darauf?"

„Ja, weißt du, als der Mord geschehen war ..."

„Im Mai 1985", schaltete sich Herr Rauscher ein.

„Ja, genau, also in den Tagen danach sind einige Dinge vorgefallen, die wir nicht einordnen konnten."

„Zum Beispiel?" Jana spürte, wie sie nervös wurde. Stand sie kurz davor, das Rauschersche Familiengeheimnis zu lüften?

„Tante Adelheid hatte sich damals zurückgezogen wie eine Schnecke in ihr Haus. Sie hat nach Karls Beerdigung quasi kein Wort mehr gesprochen. Mit uns nicht und mit niemandem sonst. Selbst der Polizei gegenüber ist sie quasi verstummt. Sie war wie verhext, wie ausgetauscht. Sie hat uns nicht mehr ins Haus gelassen, wir haben überhaupt nie mehr nur einen einzigen Satz über die Ereignisse, die mit dem Mord zu tun hatten, gesprochen."

„In der Tat", grübelte Jana, „das ist höchst seltsam."

„Und es kommt noch schlimmer. Etwa zwei Wochen, nachdem die Polizei Thomas verhört hatte, war er plötzlich verschwunden. Wie wir später erfuhren, ist er in einer Nacht- und Nebelaktion aus Deutschland abgehauen."

„In die USA, soweit ich informiert bin."

„Richtig, aber auch das mussten wir erst mühsam in Erfahrung bringen, indem wir uns mit der Polizei in Verbindung gesetzt haben. Von Tante Adelheid haben wir nichts erfahren."

„Wir haben sie überhaupt nur noch ein einziges Mal gesehen", erklärte Karl-Heinz Rauscher.

„Wann war das?"

„Auf Karls Testamentseröffnung. Die gesamte Zeremonie ging innerhalb von zehn Minuten über die Bühne. Es gab keinen Streit, aber auch kein Gespräch oder gar eine Annäherung."

Jana nickte, als hätte sie sich das denken können.

„Genau", stimmte Frau Rauscher zu. „Wir haben noch etliche Wochen und Monate versucht, wieder Kontakt zu Tante Adelheid aufzunehmen. Vergeblich. Sie wollte nicht mit uns reden."

„Da seht ihr mal, wie schlimm das sein kann", konnte sich Jana nicht verkneifen zu sagen. „Aber das lässt den Fall natürlich in einem düsteren Licht erscheinen."

„Da hast du recht. Für uns war es sehr schlimm, weil wir ja davon ausgehen mussten, dass die beiden etwas mit dem Mord zu tun hatten. Oder zumindest etwas darüber wussten, obwohl sie gegenüber der Polizei geschwiegen haben."

„Habt ihr mit der Polizei über diese Sache gesprochen?"

„Nein", sagte Frau Rauscher.

„Wir konnten doch nicht die eigene Familie verraten", ergänzte Herr Rauscher.

„Und seitdem leben wir mit einem schlechten Gewissen."

„Und mit dem Gefühl, dass damals nicht alles mit rechten Dingen zugegangen ist."

„Und genau deshalb wollten wir auch nie mehr etwas davon hören, geschweige denn mit Andreas darüber reden, denn wir konnten uns denken, was passieren würde, wenn er mehr darüber erfährt."

„Dass er auf eigene Faust Ermittlungen aufnimmt", schlussfolgerte Jana. „So ist es ja auch gekommen."

„Wir dachten halt, dass sich die Lage wieder beruhigt und die dürftigen Spuren sich im Sande verlaufen", meinte Frau Rauscher mit banger Stimme. „So ist es ja auch Jahrzehnte lang gewesen."

„Da kennt ihr euren Sprössling aber schlecht!", kommentierte Jana.

Herr Rauscher seufzte. „Wir haben uns getäuscht und die Lage falsch eingeschätzt."

Frau Rauscher nahm seine Hand und drückte sie. „Warum muss alles immer eskalieren, sobald er seine Finger im Spiel hat?" Sie klang ernsthaft besorgt.

„Na, na, so ist es ja auch nicht", antwortete Jana. „Er trägt auch oft zur Lösung von Fällen und Konflikten bei."

Die beiden sahen Jana an, als hätte gerade ein Geist gesprochen. Als wollte Frau Rauscher schnell damit abschließen, wechselte sie das Thema: „Apropos, uns ist da eine Frage in den Kopf gekommen ..."

„Dir, um genau zu sein", verbesserte sie Herr Rauscher postwendend.

„Ja, ja, mir! Ich beschäftige mich eben mit diesen Dingen."

„Worum geht's denn?", erkundigte sich Jana.

„Um Tante Adelheids Tod."

„Gibt's da was Neues?", fragte Jana.

„Genau das wissen wir ja nicht. Ich habe mich aber gefragt, ob das alles astrein abgelaufen ist."

„Worauf spielst du an?", bemerkte Jana und hob die Augenbrauen.

„Soweit ich weiß, ist sie eines natürlichen Todes gestorben."

„Eben. Soweit wir wissen. Aber wissen wir wirklich alles?"

„Du denkst, jemand könnte sie ...?"

„Umgebracht haben", ergänzte Gabriele Rauscher Janas unvollendeten Gedankengang. „So weit hergeholt ist das nicht. Immerhin hätte der Erbe ja gewisse materielle Vorteile."

„Du glaubst doch nicht etwa, dass Andreas ...?" Janas Empörung drückte sich nicht nur in ihrer hohen Stimmlage aus, sondern sie plusterte ihren gesamten Oberkörper auf.

„Nein, nein. Natürlich nicht! Dass Andreas der Alleinerbe ist, war ja weder jemandem bekannt noch in irgendeiner Form absehbar."

„Na also! Und woran denkst du dann?"

„Überleg doch mal: Der Hauptprofiteur sollte doch wohl der einzige Hinterbliebene ersten Grades sein."

„Du redest von Thomas?"

„Richtig."

„Wie kommst du auf ihn?"

„Ich weiß nicht, aber mir ging das alles etwas plötzlich. Der Tod, das Alleinerbe an Andreas, der Notartermin, die Beerdigung ... und schwuppdiwupp ist Thomas hier und greift Andreas an ... Übrigens: Wo treibt er sich eigentlich herum, unser Sohn?"

Jana bekam eine Gänsehaut. „Er ist ... Also, er wollte ..." Sie überlegte einen Moment, ob sie den Eltern die Wahrheit sagen durfte, entschied sich dann aber dafür. „Er ist zu Thomas gefahren."

„Zu Thomas?" Gabriele Rauscher stand der Schreck ins Gesicht geschrieben.

„Thomas hat ihn eingeladen. Zum Reden."

„Das hört sich ... Also, das hört sich wirklich nicht gut an", gab Frau Rauscher zu bedenken. Die ohnehin nicht gerade prickelnde Stimmung im Raum kippte vollends.

Die drei sahen sich ratlos an.

26

Klaus Markowsky, Leiter der Frankfurter Mordkommission und Rauschers Vorgesetzter, mit dem der Kommissar in den letzten Monaten einige Male heftig aneinandergerasselt war, saß kurz vor Feierabend in seinem Büro im Präsidium an seinem Schreibtisch. Er hielt zwei Schreiben in der Hand und starrte sie an. Das, was er gerade gelesen hatte, trieb ihm Schweißperlen auf die Stirn.

Er war so konsterniert, dass er mit den Zähnen knirschte und die beiden Schreiben ein zweites Mal las. Sie waren auf seinem Schreibtisch gelandet und stammten vom Disziplinarausschuss.

Markowsky fuhr sich mit der rechten Hand durch den Vollbart, den er sich in den letzten Wochen – wie schon so oft – hatte stehen lassen. Er fand nicht, dass er ihn attraktiver machte oder gar männlicher. Für ihn war er eher eine Art Schutzwall gegen die Unbill, die ihn in seinem Polizistenalltag ständig zu überschwemmen drohte. Mindestens drei Viertel seiner Zeit musste er sich mit Personalfragen, disziplinarischen Aussetzern seiner Untergebenen oder der Presse beschäftigen. Alle drei Dinge hasste er.

Zu seinem eigentlichen Job – zumindest so, wie er seinen Job verstand –, nämlich der Lösung von Kapitalverbrechen, kam er kaum noch, weil er sich nur noch mit ebendiesem Kram herumschlagen musste. Was ihm offen gestanden schon das eine oder andere Magengeschwür eingebracht hatte. Er nahm es mit einer gewissen Gleichgültigkeit hin, wusste er doch, dass er sich ohne dies alles keinen Millimeter auf der Karriereleiter nach oben bewegen würde. Denn genau dahin wollte er: nach oben. Damit er mit solchem Scheiß, den er gerade in den Händen hielt, nicht mehr konfrontiert werden würde.

Eine böse Vorahnung durchzuckte ihn beim Anblick der beiden Schreiben.

Das erste Schreiben war eine Notiz zum Fall Jana Kern. Der Disziplinarausschuss informierte ihn darüber, weil er der Hauptzeuge in dem Fall gewesen war. Im Schreiben stand, dass Frau Kern bis auf Weiteres degradiert und in eine andere Abteilung versetzt werden würde.

Als Markowsky jetzt zum dritten Mal den Namen der Abteilung las, schwante ihm, dass dies ein mittelschweres Erdbeben auslösen würde. Sie war künftig der Frankfurter Wasserschutzpolizei zugeteilt im Wasserschutzpolizeirevier Osthafen. Bildlich konnte er sich vorstellen, wie sein ehemals bester Mann Rauscher abgehen würde, wenn er diese Nachricht in die Hände bekam.

Der wird komplett aus der Haut fahren, dachte Markowsky bei sich.

Er legte den ersten Brief zur Seite und widmete sich dem zweiten. Dieser war an ihn persönlich gerichtet. Es ging in ihm um genau jenen Polizisten, der ihm eben gerade vor seinem inneren Auge erschienen war: Andreas Rauscher. Es handelte sich um das Urteil in Rauschers eigenem Fall des tätlichen Übergriffs gegen einen Kollegen, plus diverser Aussetzer und der anschließenden Nichtbefolgung klarer Dienstanweisungen. Für Markowsky lag die Sache auf der Hand: Auf einen solchen Kripobeamten war kein Verlass mehr. Er gehörte somit aussortiert. Und zwar für immer. Er hatte ihn Wochen, wenn nicht Monate an der langen Leine laufen lassen, viel zu lange, wie er nun feststellen musste. Das war gründlich schiefgegangen. Nicht jeder konnte mit Freiheit umgehen. Und Rauscher schon gar nicht.

Doch als er nun auch diese Zeilen zum dritten Mal studierte, biss er sich versehentlich auf die Zunge. Die wenigen Worte taten aber mindestens genauso weh.

Sinngemäß stand da: Andreas Rauschers Suspendierung – aufgrund des tätlichen Angriffs gegen Jan Krause und diverser weiterer Vergehen in minderschwerem Fall – wurde aufgehoben. Begründet wurde diese Entscheidung mit den außerordentlich großen Verdiensten, die sich der Kriminalbeamte Rauscher im Laufe seiner Polizeikarriere ans Revers geheftet hatte. Allerdings wurde er verdonnert zu einem psychologischen Test mit anschließender Therapie bei einem eigens zu bestimmenden Polizeipsychologen mit dem Ziel, seine Impulsivität, seine fehlende Disziplin und seine Alleingänge in den Griff zu bekommen.

Die Therapie würde Rauscher sicher auf die Palme bringen, dachte Markowsky und musste schmunzeln. Er fing sich aber gleich wieder, denn das Datum – der 2.1. des kommenden Jahres – sprang ihm erneut ins Auge. An diesem Tag würde Rauscher seinen Dienst wieder antreten müssen. Bis dahin waren es keine vierzehn Tage mehr. Vorbei mit der ruhigen Zeit und der Harmonie in der Truppe, dachte Markowsky. Er litt Qualen allein beim Gedanken, Rauscher wieder im Präsidium zu begegnen.

Auch dieses Schreiben legte er beiseite. Er seufzte dreimal tief.

Na, halleluja! Die Kern versetzt, Rauscher rehabilitiert. Ein Schlag ins Kontor. Diese Entscheidungen passten ihm ganz und gar nicht. Er hätte gern beide gefeuert. Zudem: Andersherum wäre es ihm deutlich lieber gewesen.

Trotz allem musste er diese Situation meistern, komme was wolle. Er setzte ein wenig Hoffnung darauf, dass Rauscher durch seine Rehabilitierung etwas versöhnlich gestimmt sein würde. Wobei er diesen Gedanken gleich wieder beerdigte. Nein, selbst darauf wagte er nicht zu hoffen.

Schweren Herzens stempelte er die beiden Schreiben als gelesen ab und beförderte sie in die Ablage.

Die nächsten Wochen versprachen zumindest nicht langweilig zu werden. Das sicher nicht.

27

Auf dem Weg zur Wohnung seiner Tante breitete sich ein ungutes Gefühl in Rauschers Magengegend aus. Er wusste, dass es in den kommenden Minuten oder Stunden nur zwei Möglichkeiten geben würde: Entweder sie würden auf einen Nenner kommen und ihren Zwist beilegen oder es gäbe das endgültige Zerwürfnis, das nicht mehr zu kitten war. Die erste Option erschien Rauscher zwar charmanter, jedoch illusorisch. Wie um alles in der Welt sollte er das hinkriegen?

Diese Gedanken beschäftigten Rauscher, als er auf die Klingel drückte. Er hörte den Summer, öffnete die Haustür und trat ein.

Jede Stufe nach oben in die erste Etage führte ihm vor Augen, dass es ein schwieriger Gang werden würde. Eine Gratwanderung.

Als er die Wohnungstür endlich erreichte, fand er sie halb offen.

Er klopfte. „Thomas?"

Er machte zwei, drei Schritte hinein und rief wieder. „Thomas? Ich bin's!"

Keinerlei Reaktion. Er ging weiter. Blickte sich um. „Hallo?"

Rechterhand lag die Küche, die er vor einigen Tagen inspiziert hatte. Etwas strömte ihm in die Nase. Ein betörender Geruch, ein saurer Duft, eine olfaktorische Explosion. Rauscher schnupperte immer intensiver. Auf dem Küchentisch erkannte er Getränke und Essen. Es gab Handkäs mit Musik, Brot und Butter. Daneben ein Bembel mit Ebbelwoi und zwei leere Gerippte.

Traumwandlerisch überschritt er die Schwelle zur Küche und wurde gewahr, dass dieses kleine Mahl offensichtlich für ihn bereitet worden war und nun wohl darauf wartete, vertilgt und getrunken zu werden.

In diesem Moment kam Thomas aus dem hinteren Teil der Wohnung in die Küche. Er schrak zurück, als er Rauscher erblickte.

„Da bist du ja schon", rief sein Cousin.

In der rechten Hand hielt er ein Fläschchen, das aussah wie ein Nasenspray. Als er vor Rauscher zu stehen kam, steckte er es in die Hosentasche.

Der Kommissar schaute ihn gebannt an. „Und was soll das alles hier?"

„Setz dich doch erst mal, bevor du ..."

Rauscher fiel ihm ins Wort. „Nimm's mir nicht übel, aber so holterdiepolter auf Friede, Freude, Eierkuchen zu machen, ist nicht mein Ding."

„Lass uns wenigstens versuchen, miteinander zu reden." Das klang fast schon besänftigend.

Rauscher schaute sich um. „Wohnst du nicht mehr im Hotel?"

„Nein. Ich werde mich hier einrichten. Gehört ja sowieso bald mir, die Wohnung." Thomas deutete auf den Küchentisch. „Schau, was ich vorbereitet hab. Handkäs. Weißt du eigentlich, wie lange ich darauf verzichten musste?"

„Du meinst, weil du in den Saaten warst?"

„Ja, klar. Da drüben gibt es nicht mal annähernd was Vergleichbares. Du weißt ja: Das Geheimnis ist, dass ein Schluck Ebbelwoi in der Marinade sein muss. Ich bin gespannt, wie es dir schmecken wird."

„Und wie kommt dieser Sinneswandel zustande?"

„Was meinst du?"

„Wieso willst du plötzlich mit mir reden?"

„Ich esse und trinke hier zum Gedenken an meinen alten Herrn. Ich dachte, du wärst gerne mit dabei."

Rauscher fiel das Wort Henkersmahlzeit ein. Sein Onkel Karl erschien ihm vor seinem geistigen Auge. Er hätte so gerne einen Schluck von dem

Schoppen genommen und den Handkäs probiert. Er hielt sich jedoch zurück, weil sich ein komisches Gefühl in seinem Inneren breitmachte.

„Dein Vater ist seit über dreißig Jahren tot, aber deine Mutter ...“

„Ich mochte sie nicht.“

„Ist doch egal jetzt, sie ist noch nicht lange unter der Erde.“

„Wegen ihr musste ich damals ...“

„In die USA gehen?“

„Genau.“

„Hast du auch Kaffee?“, fragte Rauscher plötzlich.

„Keinen Äppler? Rauscher, was ist los mit dir?“

„Ja oder nein?“

„Klar. Soll ich einen aufsetzen?“

„Gerne.“

Irgendetwas widerstrebte Rauscher. War es Thomas' bloße Anwesenheit? Oder dass er plötzlich auf gut Kumpel mit ihm machen wollte? Er wusste es nicht. War auch egal. Er würde sich zurückhalten, zumindest zunächst.

Thomas ging zu einer Kaffeemaschine, die sich auf einer Arbeitsplatte neben dem Kühlschrank befand. Sie sah aus, als sei sie noch aus der Zeit vor dem Krieg.

Während er die Filter und eine Kaffeedose aus dem Küchenschrank holte und an der Maschine hantierte, fragte Rauscher: „Wieso bist du eigentlich in die Staaten gegangen?“

Thomas blickte Rauscher über die Schulter an, verengte kurz die Augen und antwortete dann ruhig: „Ich wollte richtig leben da drüben. So mit Sex, Drugs and Rock ‚n' Roll. Hab ich auch. Aber irgendwie hat mich die Vergangenheit immer wieder eingeholt.“

„Und was hast du dort die ganze Zeit gemacht?“

„Dies und das.“

„Und wie hast du dich über Wasser gehalten?"

„Am Anfang mit Gelegenheitsjobs in Autowerkstätten. Du weißt ja, an Motoren rumschrauben war schon immer genau meins." Er grinste über beide Backen. „Dann kam Onkel Zufall ins Spiel."

„Inwiefern?"

„Eines Tages stand ein Typ in der Werkstatt. Er suchte Jungs wie mich, die Autos überführen sollten. Von L.A. an die Ostküste, ach, was sag ich? In die ganze USA. Texas, Chicago, Miami. Ich hab den Job gekriegt und bin viel rumgekommen. War ne schöne Zeit." Seine Stimme klang wehmütig.

„Auf den Highways?"

„Sicher. Genau mein Ding." Er grinste wieder. „Das ging zwei, drei Jahre so. Bis ein anderer Typ meine Fahrkünste entdeckte. Ich drehte ein paar Runden in Indianapolis, du weißt ja, die legendäre Rennstrecke. War schon immer ein Traum von mir gewesen. Der Typ hat mich fahren sehn und meinte, ob ich nicht nen Job in Hollywood haben wollte. Hollywood?, hab ich nachgefragt. Ja, Hollywood, antwortet der. Als was?, frag ich. Stuntfahrer, meint er. Sind gesucht. Und du hast es drauf ... Tja, so bin ich beim Film gelandet. War ne schöne Zeit."

„Na also, warum beschwerst du dich dann?"

Die ersten Kaffeetropfen plumpsten auf den Boden der Glaskanne und bildeten eine schwarze Brühe. Thomas wandte sich um und starrte Rauscher an.

„Weil ..." Er brach ab. Stattdessen nahm er ein Päckchen Kippen, das auf der Anrichte lag, fischte eine heraus und wollte sie anzünden.

„Mach wenigstens das Fenster auf, wenn du hier drinnen rauchen musst", sagte Rauscher.

Thomas zögerte und schaute ihn an. Drehte sich um. Marschierte zum Fenster und kippte es. Ein eiskalter Luftzug wehte herein.

Zurück am Tisch nahm er einen Kaugummi aus dem Mund und legte ihn in den Aschenbecher, bevor er die Zigarette anzündete und genüsslich daran zog.

Rauscher beobachtete ihn dabei. Im Nu umschwirrte ihn der Rauch, doch er wollte sich nicht die Blöße geben, nochmals darauf hinzuweisen, wie sehr ihn das störte. Auch weil ihm ein anderer Gedanke in den Kopf schoss. Der Kaugummi! Er musste versuchen, ihn mitzunehmen. Er überlegte, wie er seinen Cousin ablenken konnte und entschied sich für ein neues Thema.

„Sieht übrigens so aus, als seist du nicht der einzige Sprössling deines Vaters." Ein bisschen Provokation konnte nicht schaden.

„Hast du wieder rumgeschnüffelt, oder was?"

„Er heißt David." Die Worte hingen im Raum, vermischten sich mit dem Zigarettenrauch und verdampften.

Thomas blickte ihn lange an. „Erzähl hier nicht so eine Scheiße, Mann!"

„Reg dich ab! Ist ja nicht der Weltuntergang, wenn man erfährt, dass man einen Bruder hat."

„Von was redest du überhaupt?"

„Von David K. Hellmann. Unehelicher Sohn deines Vaters und somit dein Bruder."

„Wie zum Teufel bist du drauf gekommen? Ich dachte ..."

„Denken ist schon mal ein guter Anfang."

„Was willst du eigentlich, Rauscher?"

„Wir sind eine Familie. Wir sollten es schaffen, uns nicht bei jedem Pups an die Gurgel zu gehen. Das wäre mal eine Basis, um halbwegs vernünftig miteinander reden zu können."

„Toller Vorschlag! Nach allem, was du hier auftischst? Ich geb dir jetzt mal einen Rat. Lass die Vergangenheit Vergangenheit sein! Hör auf, nach dem Mörder meines Vaters zu suchen! Schlag dir das Erbe aus dem Kopf und verschwinde aus meinem Leben. Hast du das kapiert?" Während sich Thomas zu Beginn des Gesprächs noch im Zaum gehalten hatte, schien nun wieder die gewohnt zornige Note durchzukommen. Wessen Herz klopfte dort unter der Brust?, fragte sich Rauscher. Das eines harmlosen Großmauls? Eines wütenden Halunken? Oder gar eines Mörders?

„Willst du nicht doch mal probieren?", fragte Thomas und deutete auf den Handkäs und den Ebbelwoi.

Rauscher schüttelte den Kopf. „Keinen Appetit!"

Wieder blickte Thomas ihn an. Während er seine Kippe ausdrückte, sprach er langsam und betont. „Ich werde dich fertigmachen, wenn du dein Erbe nicht ausschlägst. Du wirst keinen Tag in deinem Scheißleben mehr froh sein. Ich werde immer da sein, dich so lange belästigen, bis du dir wünschst, freiwillig ..."

Er wandte sich ab, ging zur Anrichte und kippte aus dem Bembel einen Ebbelwoi in eines der Gerippten. Das volle Glas setzte er an, trank es auf ex und schenkte sich sofort nach.

Rauscher war gewiss nicht zimperlich, aber was zu viel war, war zu viel.

„Schon gut, schon gut", sagte er beschwichtigend. „Ich höre, das bringt nichts." Er nutzte die Gelegenheit, griff in den Aschenbecher nach dem Kaugummi, packte die von Asche umhüllte Masse und ließ sie in seiner Hosentasche verschwinden. Dann fuhr er fort: „Wir können an dieser Stelle abbrechen. Ich bin ein Idiot, weil ich dachte, du wärst zur Vernunft gekommen. Aber da hab ich mich offensichtlich getäuscht."

Er wollte weg, raus aus der Wohnung. Ohne Thomas ein weiteres Mal anzusehen, drehte er sich um und eilte schnurstracks zur Wohnungstür.

Es wirkte ein wenig wie Flucht.

Doch in diesem Moment klingelte es Sturm.

28

Jana und Rauschers Eltern hatten minutenlang geschwiegen. Sie waren unentschlossen, was jetzt zu tun war. Schließlich waren sie übereingekommen, dass es nur eine Möglichkeit gab: nämlich ins Holzhausenviertel zu Tante Adelheids Wohnung zu fahren und nach dem Rechten zu sehen. Keine Minute später hatten sie sich auf den Weg gemacht.

Nun fanden sie sich auf dem Bürgersteig vor dem Haus wieder und blickten nach oben. Jana hämmerte auf die Klingel. Sie war hibbelig. Es war wohl keine kluge Entscheidung gewesen, Rauscher allein zu Thomas fahren zu lassen, wie sie im Nachhinein feststellen musste.

Zum Glück erklang keine Sekunde später schon der Türöffner. Sie betraten das Haus und nahmen mit schnellen Schritten die Treppe in Angriff. Aber bereits nach wenigen Schritten kam ihnen Rauscher entgegengeeilt, der die Wohnung stürmischen Schrittes verlassen hatte.

Als er sie erkannte, stoppte er. Wie um alles in der Welt kamen seine Eltern hierher? Er war so perplex, dass er wie erstarrt dastand und sich keinen Millimeter mehr rühren konnte.

Gabriele Rauscher blieb drei oder vier Stufen unterhalb ihres Sohnes stehen. „Was ist da drinnen passiert?"

„Nichts!", sagte Rauscher spontan und schaute zurück zur Wohnung. „Wir haben uns nur unterhalten."

„Und warum rennst du dann weg?"

„Ich renne nicht! Ich wollte gerade gehen."

In diesem Moment trat Thomas oben aus der Wohnungstür.

„Was wird das hier?", blökte er das Treppenhaus hinunter. „Ein Familientreffen nach dreißig Jahren? Oder wie soll ich das verstehen?"

Die vier starrten nach oben und schauten Thomas sprachlos an, der locker jeden Wettbewerb „Wie ich am schnellsten aus der Haut fahre" gewonnen hätte.

Selbst Gabriele Rauscher, sonst immer eine Erwiderung auf den Lippen, blieb stumm, nicht fähig, etwas auf Thomas' Gekeife zu antworten.

Rauscher berappelte sich als Erster. „Lasst uns hier verschwinden!"

„Ja, Abmarsch!", brüllte Thomas. „Raus mit euch! Ich will euch nicht mehr sehen."

Gabriele und Karl-Heinz Rauscher reagierten nicht auf die Worte ihres Sohnes. Sie starrten stattdessen immer noch wie gebannt Thomas an, hatten sie ihn doch jahrzehntelang nicht gesehen.

„Los jetzt!", legte Rauscher nach. „Worauf wartet ihr?"

Endlich lösten sich auch die Eltern Rauscher von dem Bild, das sich ihnen bot. Zusammen mit Jana wandten sie sich um und liefen die letzten Stufen hinunter. Oben knallte die Wohnungstür ins Schloss.

Draußen angekommen mussten sie sich erst einmal sammeln. Sie standen noch eine Weile vor dem Haus.

Gabriele Rauscher fasste sich als Erste. „Also, das war ja ..."

„Keine Bange, Mutter!", antwortete Rauscher. „Mir ging es genauso, als ich ihn auf dem Friedhof bei der Beerdigung zum ersten Mal nach der langen Zeit gesehen hab."

Gabriele Rauscher war immer noch bass erstaunt und brachte kaum etwas über die Lippen. Auch sein Vater blieb ungewöhnlich ruhig.

„Ich parke da drüben", sagte Rauscher und zeigte auf die gegenüberliegende Straßenseite.

„Ich fahr mit dir", bemerkte Jana.

„Sollen wir noch mit nach Bockenheim?", fragte Frau Rauscher.

„Tut mir leid", antwortete Rauscher. „Ich hab jetzt keine Zeit. Ich muss ... Ach, egal. Wir sehen uns später."

Er schnappte Janas Hand und zog sie mit sich. Sie ließen zwei Autos vorüberfahren und überquerten die Straße.

29

Rauscher war nach seinem Besuch bei Thomas entschlossener denn je, Karl Bergmanns Mörder zu finden und eine für alle Seiten akzeptable Lösung im Erbstreit herbeizuführen.

Sein Manko war seine Ungeduld. Am liebsten hätte er hier und jetzt einen Schlussstrich gezogen und die Sache ad acta gelegt. Doch davon war er noch ein ganzes Stück entfernt. Es gab zu viele lose Enden, zu viele offene Fragen. Wo sollte er ansetzen?

Als Rauscher mit Jana gegen 19 Uhr in seiner Bockenheimer Altbauwohnung ankam, blieb er stehen, drehte sich zu ihr und hielt sie an den Schultern fest.

„Ich muss dir was sagen", begann er. Seine Stimme klang ungewohnt theatralisch.

Jana blieb ruhig und sagte: „Alles, was du auf dem Herzen hast."

„Da drüben bei Thomas eben, da hatte ich eine Vision." Jana sah ihn skeptisch an. Da sie schwieg, fuhr er fort: „Eine Vision von einer Henkersmahlzeit. Als ich den Handkäs und den Ebbelwoi gesehen hab, ploppte bei mir im Kopf ein Bild von meinem Onkel auf, wie er damals vergiftet wurde ... mit Ebbelwoi und Handkäs ..."

„Du meinst, dass Thomas ...? Wollte er dich etwa auch ...?" Jana fehlten plötzlich die Worte.

„Vielleicht ist er der Mörder seines eigenen Vaters." Rauscher ließ Janas Schultern los und wandte sich ab.

„Das gibt's doch gar nicht", platzte Jana hervor.

„Es gibt alles!"

„Sicher, ja, schon richtig. Aber ..."

„Nichts aber! Du hast selbst festgestellt, dass bei den Rauschers alles möglich ist."

„Aber so hab ich das nicht gemeint."

„Dann wird es Zeit, dass du deine Meinung änderst."

„Du glaubst wirklich, dass Thomas ...?"

„Er hat mir gedroht, dass er mir die Hölle heiß macht, wenn ich das Erbe nicht ausschlage und endlich die Ermittlungen stoppe. Richtig ausgeflippt ist er. Puhhhh, das war mir echt zu heftig. Ich bin dann einfach gegangen. Und dann habt ihr auch schon geklingelt."

„Der übertrifft sogar dich!", bemerkte Jana.

„Wie bitte?"

„Thomas ist noch impulsiver als du, wollte ich sagen."

„Vorsicht!"

„Liegt wohl in der Familie." Sie grinste.

„Ich hab übrigens noch was", lenkte er das Gespräch auf ein weiteres Thema. „Schau mal hier!"

Rauscher holte Thomas' Kaugummi aus der Hosentasche und hielt ihn Jana vor die Nase.

„Was ist das?"

„Wonach sieht es denn aus?"

„Ich sehe schon, dass das ein Kaugummi ist", sagte sie genervt, „aber ..." In diesem Moment schien es bei ihr klick zu machen. „Ist der von Thomas?"

„Exakt. Ich hab ihn aus seinem Aschenbecher stibitzt. Jetzt muss ich Thaler anrufen und ihn bitten, eine DNA-Analyse vornehmen zu lassen. Wenn wir dann auch noch die DNA des Kaugummis von 1985 ..."

„Ach herrje", äußerte Jana. „Das sind mir zu viele Wenns und Danns und so weiter. Ehrlich gesagt glaube ich nicht daran."

„Lass mich nur machen! Selbst wenn wir keine Übereinstimmung bekommen, wissen wir zumindest, dass Thomas nichts damit zu tun haben kann. Das wäre viel wert, denn dann könnten wir in andere Richtungen denken."

Jana zögerte. Ein Lächeln zeigte sich auf ihrem Gesicht. „Du sagst immer ‚wir‘.“

„Na, was denn sonst?“

„Du könntest auch ‚ich‘ sagen.“

„Wir machen es gemeinsam.“ Rauscher ließ sie stehen. „Ich geh telefonieren.“ In seinem Arbeitszimmer steckte er den Kaugummi in eine kleine Plastikhülle und wählte Thalers Nummer.

Kollege Thaler war zwar manchmal ein Umstandskrämer und oft stand ihm seine Gewissenhaftigkeit im Wege, fand Rauscher. Es kam auch vor, dass ihn sein Hang zum Perfektionismus in einen Schmollwinkel beförderte, aus dem man ihn erst wieder hinausmanövrieren musste, bevor man vernünftig mit ihm reden konnte. Aber Thaler spielte keine Spielchen. Im Großen und Ganzen war auf ihn Verlass. Und Rauscher vertraute seinen Recherchen und Ergebnissen voll und ganz.

Umgekehrt war es nicht immer so glatt gelaufen. Denn Rauscher stand gewissermaßen in der Kreide bei Thaler für Mäxchens Rettung im Ebbelwoijunkie-Fall. Wofür sich Rauscher nun am liebsten in den Hintern gebissen hätte, denn es bedeutete, dass er wiederum mit leeren Händen bei Thaler vorsprechen und ihn um den nächsten Gefallen bitten musste, ohne dass vorher eine Gegenleistung erfolgt wäre.

Diese ließ sich aber auf die Schnelle nicht mehr nachholen. Rauscher musste da jetzt durch, ob er wollte oder nicht. Der Wille, den Fall zu lösen, nahm wieder Besitz von ihm. Und zwar stärker denn je. Um dieses Ziel zu erreichen, führte kein Weg an Ingo Thaler vorbei. Er brauchte ihn, seine Kenntnisse, seinen Zugriff auf polizeiliche Ermittlungsverfahren. Und genau deshalb wählte er nun seine Handynummer.

30

Nachdem Rauscher mit Ingo Thaler telefoniert hatte, kam er in die Küche, wo Jana an der Anrichte hantierte.

„Gibt's was zu essen?"

„Klar, oder machst du Diät?" Sie schmunzelte.

„Sehr witzig." Er schaute etwas irritiert.

„Hast du großen Hunger? Ich bin den ganzen Tag noch nicht zum Essen gekommen."

„Ich brauch jetzt wenigstens einen Ebbelwoi."

„Ich kenne eine Stelle in deiner Wohnung, da steht ein ganzer Kasten." Sie grinste frech und blickte ihn an. „Wie ist es gelaufen mit Ingo? Deinem Gesichtsausdruck nach hast du bei ihm auf Granit gebissen."

„Griff ins Klo."

„Und das heißt?"

„Ingo weigert sich strikt, eine DNA-Analyse durchführen zu lassen."

„Warum?"

„Erstens ist es mehr als zweifelhaft, ob wir in dem dreißig Jahre alten Kaugummi noch was finden. Zweitens wissen wir ja nicht, ob der auch von Thomas stammt. Und drittens könnte ihn die Aktion den Job kosten."

„Ich muss ihm in allen drei Punkten recht geben." Jana rührte in einer Pfanne.

„Was gibt's denn?", wollte Rauscher wissen.

„Also doch keine Diät?" Sie grinste wieder.

„Verschoben!"

„Penne mit Gemüse."

„Klingt ja ..."

„Sag jetzt nichts Falsches!" Sie hob die Augenbrauen, nahm den Kochlöffel aus der Pfanne, leckte ihn ab und nickte sich selbst zu.

„Super, wollte ich sagen", bekam Rauscher elegant die Kurve, „und so ... gesund."

„Darauf kannst du wetten!" Jana wandte sich ihm zu, lachte und schaute ihn eindringlich an. „Ich muss dir übrigens auch was erzählen. Von deinen Eltern. Sie haben mich auf eine Idee gebracht."

„Erzähl's mir beim Essen, okay?"

„Prima. Deckst du den Tisch?"

Während Rauscher Teller, Besteck und Gläser aus den Schränken holte, herrschte Schweigen in der Küche. Rauscher war neugierig, klar, aber er wollte Jana auch nicht nerven mit seiner Wissbegier.

Als sie kurz darauf am Tisch saßen und Jana die ersten Bissen Pasta gegessen hatte, hielt er es nicht länger aus.

„So, nun raus damit!"

„Kannst es ja kaum erwarten, Mister Neugier."

„Kennst mich doch."

„Also gut. Deine Eltern haben mich, wie gesagt, auf eine Idee gebracht. Was weißt du über den Tod von Tante Adelheid?"

Rauscher blieb fast eine Penne im Halse stecken. „Wie meinst du das? Also, du glaubst doch nicht etwa ...?"

„Dass sie ebenfalls ermordet wurde? Könnte doch sein. Oder hältst du das für ausgeschlossen?"

Rauscher blickte sie lange an. „Nach allem, was ich von Doktor Heinzmann weiß, ja." Er dachte an sein Gespräch mit ihr. Es lag schon einige Tage zurück.

„Was hat der Doktor gesagt?"

„Doktor Heinzmann ist eine Ärztin und sie hat mir sinngemäß gesagt, Tante Adelheid sei friedlich eingeschlafen, so wirkte zumindest ihre Gesichtsmimik. Jedenfalls gab es, laut Doktor Heinzmann, keinerlei Zweifel an einer natürlichen Todesursache."

„Aber niemand ist dem bisher nachgegangen?"

„Es bestand kein Grund dazu. Und ich sehe, ehrlich gesagt, immer noch keinen."

„Nur mal angenommen: Für wen kam der Tod deiner Tante zu einem recht günstigen Zeitpunkt?"

„Für den Erben?", riet er.

„Richtig."

„Moment mal! Also beschuldigst du mich des Mordes an meiner Tante?"

„Natürlich nicht. Mit dem Erbe hast ja weder du noch jemand anderes rechnen können. Außer Thomas. Er schon. Er konnte sich ausmalen, Alleinerbe zu werden."

„Hmmm", machte Rauscher und kaute weiter.

„Schau mal: War er nicht verdammt schnell hier zur Beerdigung? Das ging doch ratzfatz."

„Willst du damit andeuten, er sei schon früher in Deutschland gewesen?"

„Wäre doch möglich, oder?"

„Aber Wollenschläger hat mit ihm in den USA telefoniert."

„Dass er mit ihm telefoniert hat, steht fest. Aber woher weißt du, dass Thomas währenddessen in den USA gewesen ist? Er könnte ihn ja auch auf dem Handy angerufen haben, da kann man alles Mögliche behaupten, wo man sich gerade aufhält."

„Das lässt sich leicht klären. Dazu muss ich nur Wollenschläger anrufen."

„Tu das!" Nach einer kurzen Pause hängte sie eine Frage an: „Sag mal, weißt du eigentlich inzwischen, um wie viel es bei dem Erbe geht?"

„Nein." Er hob den Kopf und schaute sie neugierig an.

„Wundert mich, dass du dich nicht dafür zu interessieren scheinst."

„Und mich wundert, dass du dich dafür interessierst."

„Na ja, ist doch spannend, wie viel es sein wird."

„Eben. Ich will kein Spielverderber sein und die Spannung möglichst lange auskosten." Er setzte ein gewinnendes Lächeln auf und aß die letzten Penne mit Genuss.

31

Nach dem Essen hatte Rauscher den Tisch abgeräumt und die Spülmaschine angestellt. Danach hatte er sich verzogen, um mit Wollenschläger zu telefonieren. Etwa dreißig Minuten später kam er wieder ins Wohnzimmer.

Jana stand am Fenster und schaute hinaus. Schneeregen hatte eingesetzt. Es war dicht bewölkt und wärmer geworden als in den letzten Tagen. Die vorbeifliegenden Schneeflocken sahen im Licht der Straßenlaterne aus wie Funken. Rauscher stellte sich hinter Jana, umarmte sie und küsste ihren Nacken.

„Das kribbelt", sagte sie.

„Ist doch schön."

„Ja, aber wenn du so weitermachst ..." Sie wandte ihren Kopf und weitete die Augen. Ihr Gesicht verzog sich zu einem lüsternen Grinsen.

„Das muss noch warten", kommentierte er.

„Wieso? Was hat denn der Notar gesagt?"

„Er hat Thomas auf dem Handy erreicht. Laut Wollenschläger gibt es keinen Anhaltspunkt, wo er sich während der beiden Gespräche aufgehalten hat. Er könnte also theoretisch auch schon in Deutschland gewesen sein."

„Siehste!"

„Ich hab ja nie bezweifelt, dass deine Theorie durchaus zutreffen könnte, aber ..."

„Deine Eltern hatten vielleicht den richtigen Riecher."

„‚Vielleicht' hilft uns aber nicht weiter."

„Was willst du jetzt tun?"

„Keine Ahnung. Wir können ja schlecht Tante Adelheid wieder ausbuddeln und eine Obduktion vornehmen lassen."

„Im Notfall geht alles. Und hier liegt wohl einer vor."

„Um das genehmigt zu bekommen, brauche ich handfeste Indizien, dass mit ihrem Tod etwas nicht gestimmt hat."

„Ich weiß", sagte Jana nachdenklich. „Und die haben wir nicht."

„Es ist eine Mutmaßung. Bislang zumindest, aber ich gehe der Sache weiter nach."

Eine Weile herrschte Schweigen. Es war jedoch nicht unangenehm und rührte auch nicht von Mutlosigkeit. Beide dachten intensiv nach.

Als die Stille zu kippen drohte, nahm Jana den Faden wieder auf.

„Wenigstens war ich gerade einigermaßen erfolgreich. Ich hab nämlich was recherchiert, das mich stutzig gemacht hat. Beim Namen Hellmann bin ich über was gestolpert ..."

Sie wand sich aus seiner Umarmung und ging zur Couch. Auf dem tiefen Tisch stand ihr aufgeklappter Laptop.

„Worum geht's?"

„Komm her! Ich will dir was zeigen." Sie klopfte neben sich.

Rauscher pflanzte sich neben sie und legte seinen Arm um ihre Schultern.

„Davids Vater, also ich meine den Mann von Leni Hellmann ..."

„Was ist mit ihm?"

„Er heißt doch Jens mit Vornamen?"

„Soweit ich weiß, ja."

„Es gibt einen Jens Hellmann, dem eine Apotheke gehört. Und zwar die Rennbahn-Apotheke in Niederrad."

„Du meinst, er konnte ...?" Rauscher geriet ins Nachdenken.

„Hier, schau mal!" Sie tippte zwei, drei Worte in eine Internetsuchma-
schine, bis sich eine neue Seite öffnete. „Die Apotheke gibt es seit 1980."
Rauscher las und nickte. „Wenn er 1985 schon dort gearbeitet hat", fuhr
Jana fort, „konnte er spielend an das Gift, dieses Kaliumcyanid, kommen. Oder es sogar selbst herstellen ... Das geht nämlich ganz easy in
einer Apotheke, wo die richtigen Zutaten zu finden sind, wie ich gerade
gelesen habe."

„Und ein Motiv hätte er allemal gehabt", bestätigte Rauscher Janas
Mutmaßung.

„Es gibt kaum ein stärkeres: Eifersucht." Rauscher nickte zustimmend.
„Hellmann konnte es nicht ertragen, dass seine Frau mit Karl Bergmann
ein Kind gezeugt hat."

„Wer könnte das schon?" Nach einer Weile fügte Rauscher hinzu: „Mein
lieber Scholli! Statt dass sich die Zahl der Verdächtigen verringert, werden
es quasi täglich mehr. Ich verliere langsam den Überblick."

„Und doch kann es nur einer gewesen sein."

„Oder sie haben im Team gearbeitet."

„Wen meinst du?"

„Na entweder die Hellmanns, also Leni und Jens, oder Tante Adelheid
und Thomas."

„Krasse Vorstellung. Und was gedenkst du jetzt zu tun?"

„Ich wollte dir mal danken." Er küsste sie auf die Schläfe.

„Wofür?"

„Dass du in dieser Sache zu mir hältst."

„Quatsch! Ich sollte dir danken."

Rauscher war erstaunt. „Versteh ich nicht."

„Dafür, dass du mir vertraust."

„Du bist süß. Ich glaube, wir sind ein Mörder-Team."

„Nur dass wir noch niemanden um die Ecke gebracht haben."

32

Samstag, 19. Dezember

Rauscher fand keine Nachtruhe. Unruhig wälzte er sich hin und her. Es war inzwischen weit nach Mitternacht.

Jana wachte einige Male auf und war irgendwann sauer.

„Wenn du nicht schlafen kannst, verzieh dich ins Wohnzimmer", grummelte sie schlaftrunken. „Ich brauch meinen Schönheitsschlaf."

Sie hatten bis spät in die Nacht ferngesehen und waren dann hundemüde ins Bett gefallen.

Obwohl er nicht schlafen konnte, blieb er liegen und versuchte, sich nicht zu bewegen, um Jana nicht zu stören.

Gedanken an den Fall Bergmann und das Erbe kamen ihm in den Sinn. Bilder von früher erschienen in seinem Kopf und drifteten wieder ab. Er erinnerte sich plötzlich an einen Ausflug mit seinen Eltern. Als Kind war er mit ihnen an den Gederner See gefahren. Tante Adelheid und Onkel Karl, der gerne angelte, waren auch dabei. Ob Thomas mit von der Partie war, wusste er nicht mehr. Jedenfalls war zu dieser Zeit noch alles eitel Sonnenschein zwischen den Erwachsenen gewesen. Sie scherzten, wenn Onkel Karl einen Minifisch aus dem Wasser zog. Sie schäkerten fröhlich und ausgelassen herum, wie verliebte Paare es machen, und genossen die gemeinsame Zeit. Kurz bevor sie aufbrechen wollten, hatte Karl plötzlich einen mordsmäßigen Fisch an der Angel. Er war knapp siebzig Zentimeter lang und hatte Glupschaugen. Rauscher stand mit wachen Augen neben ihm und beobachtete gebannt, wie der Fisch auf dem Boden zappelte. Onkel Karl nahm seine Faszination wahr, griff sich einen Holzhammer und legte ihn in Rauschers Hand, der große Augen machte.

„Wir machen's gemeinsam, ja?", fragte er.

Er umfasste mit seiner großen die kleine Hand mit dem Hammer, holte aus und zack! Ein Schlag auf den Kopf tötete den Fisch sofort.

Der kleine Rauscher erschrak. Es war so schnell gegangen und er hatte nicht geahnt, was der Onkel vorhatte. Als der Fisch tot vor ihm lag und nicht mehr zappelte, fühlte er eine tiefe Traurigkeit in sich. Seit diesem Zeitpunkt mochte er keinen Fisch mehr essen. Heute noch gehörte Fisch nicht zu seinen bevorzugten Speisen, wenngleich er ab und zu einige Sushi mit Jana aß.

Die Bilder in Rauschers Kopf verblassten. Im Nu war er wieder in der Gegenwart.

Was war in den Wochen, Monaten, Jahren nach dem Angelausflug geschehen, das die Familienidylle zerstört hat? Er war sich inzwischen ziemlich sicher, dass es mit Onkel Karls außerehelichen Ausschweifungen zu tun hatte.

Irgendwann war Rauscher doch eingeschlafen und wachte morgens bematscht auf. Es dauerte drei Tassen Kaffee lang, bis er die Müdigkeit aus den Gliedern hatte. Erst am späten Vormittag war er wieder klar im Kopf.

Es klingelte an der Tür.

„Hallo?"

„Die Post. Ein Einschreiben für Sie."

Rauscher öffnete und nahm kurz darauf den Brief entgegen.

Im Flur beobachtete ihn Jana dabei, wie er ihn ausriss.

„Von wem?", erkundigte sie sich. „Sieht so offiziell aus."

„Dienstaufsicht", sagte er leise. Sein Gesicht verzog sich dabei.

„Mehr Spannung geht nicht", erwiderte Jana und versuchte ihm über die Schulter zu schauen, während er las. Doch Rauscher entzog den Brief ihren neugierigen Blicken, wollte ihn erst einmal selbst lesen.

„Halt doch mal still", rief sie. „Was steht denn drin?"

„Du bist ja gar nicht neugierig."

„Deine Neugier scheint auf mich abzufärben." Sie schmunzelte. „Also?"

„Das Verfahren gegen mich ist eingestellt worden. Ich muss am 2. Januar den Dienst wieder antreten." Er seufzte und verzog das Gesicht noch mehr.

„Das ist doch ... prima!", platzte sie heraus und sah ihn an. „Warum schaust du so?"

„Wie schaue ich denn?"

„Als hätten sie dich rausgeschmissen!"

„Da steht noch was."

„Und was?"

„Ich muss zu einem Polizeipsychologen. Verpflichtend."

„Na und?"

„Denken die etwa, ich hab einen an der Klatsche?"

„Blödsinn! Das ist Routine in so einem Fall", versuchte sie ihn zu beruhigen. „Das wird immer so gemacht."

„Und was bezwecken die damit?"

„Sie wollen, dass du nicht wieder ..." Sie zögerte.

„Ausrastest, wolltest du sagen. Stimmt's?"

„Äh, ja, also, nein ..."

„Kannst es ruhig sagen. So war es ja auch. Ich hab es eingesehen. Aber genau deshalb brauch ich doch nicht ..."

„Wie oft musst du denn überhaupt hin?", unterbrach sie ihn.

„Hier steht was von vorerst sechs Sitzungen."

„Na also. Die sitzt du doch auf einer Arschbacke ab. Alles halb so wild." An Rauschers Mimik erkannte sie, dass er nach wie vor misstrauisch war. Er schaute verdrießlich, zweifelte am Nutzen einer psychologischen Beratung. Um ihn auf andere Gedanken zu bringen, warf sie ein: „Vielleicht hab ich auch einen Brief gekriegt?" Jana konnte plötzlich nicht mehr stillstehen, nachdem sie realisiert hatte, dass diese Möglichkeit gar nicht so unwahrscheinlich war. In ihrem Blick lag Hoffnung, aber insgesamt machte sie einen zappeligen Eindruck.

Rauscher sah sie besorgt an. „Vielleicht solltest du zu dir fahren und nachschauen. Was meinst du?"

„Du denkst, ich halte es sonst nicht aus." Ihr gestresster Blick sprach Bände.

„Würde ich auch nicht", versuchte er die Situation zu entspannen.

„Vielleicht hast du recht. Es ist das Beste. Irgendwann werde ich es sowieso erfahren." Sie drückte ihm einen Schmatzer auf die Wange und wandte sich zum Gehen.

Er hielt sie am Arm fest. „Soll ich mitfahren?"

„Schon gut. Ich schaff das allein. Du hast bestimmt viel vor heute. Aber danke, dass du fragst."

„Bist du sicher?"

„Wird schon schiefgehen." Ihr Grinsen wirkte gezwungen, als hätte sie eine düstere Vorahnung.

33

Kaum war Jana zur Tür raus, setzte sich Rauscher an den Schreibtisch. Etwas in seinem Inneren hatte sich wieder zu Wort gemeldet. Es war wie ein Motor, der immer lief. Er musste Schritt für Schritt weiterkommen. Leerlauf war abscheulich. Lag wohl in seinem Charakter verankert. Er konnte nichts dagegen tun.

Mit den Gedanken bei Jana und welches Ergebnis sie wohl erhalten würde, startete er den Laptop und hielt augenblicklich inne. Es klingelte schon wieder. Wer wollte denn nun schon wieder etwas von ihm?

Als er die Tür öffnete, blieb er wie angewurzelt stehen. Er schaute jenem Mann in die Augen, der seinen Hund nach seinem ermordeten Vater benannt hatte.

„Hallo!", sagte David. „Darf ich?"

„Äh ... klar. Ich bin nur ..."

„Keine Sorge, ich bleibe nicht lange." Er streckte Rauscher die Hand entgegen, der sie ergriff und einen Schritt zur Seite ging, um David eintreten zu lassen.

Im Wohnzimmer nahmen beide am Tisch Platz.

„Was hast du auf dem Herzen?", erkundigte sich Rauscher.

„Ich ..." David setzte wieder ab. Er fand keinen Anfang, es schien ihm nicht leicht zu fallen, mit Rauscher zu sprechen.

„Worüber willst du mit mir reden?"

„Die Ermittlungen", antwortete er plötzlich. „Bist du schon weitergekommen?"

David hatte also Interesse an dem Fall entwickelt, dachte Rauscher und schaute ihn eine Weile an. Hier saß er nun, David K. Hellmann, das uneheliche Kind seines Onkels, und hielt den Kopf gesenkt. Er schien in sich versunken zu sein. Als er den Kopf wieder hob, wirkte sein Blick traurig.

„Nicht wirklich. Es gibt zu viele offene Fragen. Uns fehlen handfeste Indizien. Ist dir noch etwas eingefallen?"

„Nein", sagte David und hob den Kopf. „Es ist nur ..." Wieder vollendete er den Satz nicht und starrte Rauscher an, dem Davids Besuch zunehmend merkwürdig vorkam. Warum war er wirklich zu ihm gekommen?

„Ist was passiert?", bohrte Rauscher nach. „Raus mit der Sprache!"

David schüttelte den Kopf. „Nein, es ist nichts."

„Du weißt doch etwas, das ich auch wissen sollte."

Kaum hatte er den Satz beendet, klingelte das Telefon. Rauscher erkannte Wollenschlägers Nummer und nahm den Anruf an.

„Guten Tag, Herr Rauscher. Ich wollte Sie darüber informieren, dass ich ein weiteres Schreiben von Thomas Rauschers Anwalt erhalten habe. Sie fechten Ihr Erbe an, aber die Begründung ist mehr als dünn."

„Na ja, immerhin hatte ich dreißig Jahre lang keinen Kontakt zu der Verstorbenen."

„Das ist zwar richtig", meinte Wollenschläger. „Bei Thomas verhält es sich jedoch genauso."

„Da haben Sie allerdings recht."

„Das Argument zieht also nicht. Ihre Tante hatte somit Entscheidungsfreiheit."

„Daran hatte ich gar nicht gedacht."

„Ist mir zum Glück noch eingefallen. Ich werde ein Antwortschreiben aufsetzen, in dem ich die Anfechtung detailliert zerpflücke. Bis auf den Pflichtanteil steht Thomas Rauscher nichts zu."

„Das klingt ..."

Noch bevor Rauscher den Satz vollenden konnte, fiel ihm der Notar ins Wort: „Außerdem wollte ich Sie warnen."

„Vor wem?"

„Thomas Rauscher."

„Inwiefern?"

„Sobald er realisiert, dass er gegen Sie als Haupterben nichts mehr ausrichten kann, also auch nicht auf juristischem Wege, traue ich ihm alles zu."

„Wie meinen Sie das?"

„Leute, die mit dem Rücken zur Wand stehen, pflegen um sich zu schlagen. Thomas könnte unangenehm werden."

„Sie meinen, noch unangenehmer als bisher schon?"

„In der Tat! Wollte Sie nur darüber informiert haben. Ich empfehle mich und wünsche noch einen guten Tag."

Ein guter Tag sah anders aus, dachte Rauscher und überlegte, ob er Wollenschläger spontan von Davids Existenz erzählen sollte. Auswirkungen auf das Erbe konnte das jedoch nicht haben, also ließ er es bleiben und sagte: „Auf Wiederhören!"

Nachdem er das Gespräch weggeklickt hatte, wandte er sich wieder David zu und sagte: „Nichts als Ärger mit Thomas."

„Meinem Halbbruder?"

„Genau."

„Wegen dem Erbe?"

„So sieht es aus. Aber jetzt wieder zu dir und deinem ..."

Bevor Rauscher zu Ende reden konnte, schnitt ihm David das Wort ab.

„Deswegen bin ich ja hier. Ich ... ich fühle mich verantwortlich. Also, ich bin ja der Grund dafür, dass die Familie auseinandergebrochen ist. Meine Geburt, oder soll ich sagen, meine Existenz, hat ja wahrscheinlich alles ausgelöst. Den Mord, die Streitereien ... Ich weiß nicht, wie ich es anders sagen soll."

„Aber das ist doch Quatsch!", brauste Rauscher auf. „Schuld ist niemand. Außer vielleicht Karl Bergmann. Und der hat bitter für seinen Fehltritt büßen müssen."

„Trotzdem", meinte David. „Kann ich dir irgendwie helfen? Ich fühle mich dazu verpflichtet."

Rauscher schaute ihn mit großen Augen an. Hatte David tatsächlich so etwas wie ein schlechtes Gewissen? „Du willst mir helfen, den Fall zu klären, oder habe ich das jetzt falsch verstanden?"

„Liegt mir irgendwie im Magen. Wir könnten zum Beispiel meinem Stiefvater einen Besuch abstatten und uns seine Sicht der Dinge anhören. Vielleicht weiß er ja mehr?"

Wollte David den Verdacht etwa schon wieder, wie beim ersten Treffen, auf seinen Stiefvater lenken?, überlegte Rauscher. Ihm fiel nur ein plausibler Grund dafür ein: Jemand anderes sollte weniger verdächtig erscheinen. Da gab es eigentlich nur eine Person, um die es ihm gehen konnte: seine Mutter Leni. Wollte er sie schützen? Wusste David mehr, als er erzählte oder zugeben wollte? Er könnte eine Hilfe sein.

„Vielleicht hast du recht", sagte Rauscher. „Jens Hellmann hatte ich noch nicht auf dem Zettel, es wäre aber sicher interessant zu erfahren, wie er die damaligen Ereignisse wahrgenommen hat." Rauscher hielt inne. Das musste er zunächst einmal sacken lassen. „Heute hat die Apotheke sicher schon zu ..."

„Ich wüsste, wo wir ihn morgen Vormittag treffen könnten."

Rauscher wurde hellhörig. „Aha, und wo?"

„In der Dornbuschkirche. Da geht er jeden Sonntag hin."

„Ist er gläubig?"

„Warum geht man sonst dorthin?"

„Um sich von seinen Sünden zu befreien?"

„Also glaubst du, dass er ein Sünder ist. Hast du ihn etwa in Verdacht?"

„Ich habe das nicht unmittelbar auf den Mordfall bezogen."

„Wie auch immer. Bist du dabei?"

Rauscher zögerte, bevor er weitersprach. „Holst du mich ab?"

„Morgen um 10 Uhr?"

„Okay."

David verabschiedete sich von Rauscher und war im nächsten Moment aus dem Wohnzimmer verschwunden. Rauscher blieb sitzen und hörte kurz darauf die Wohnungstür ins Schloss fallen. Ein Überraschungsbesuch, der ihn durcheinander brachte. Welche Rolle spielte David? Den Beschützer seiner Mutter oder den Kämpfer für Gerechtigkeit und Wahrheit?

Rauscher wusste es nicht und er fürchtete, es auch nicht einschätzen zu können. Denn hartnäckig hielt sich ein diffuses Gedankenchaos in seinem Kopf, das er nicht entwirren konnte. Das Erbe, der Mord, die Familiengeschichte, seine Begnadigung. Und nun auch noch zwei hochgradig Verdächtige: Thomas Bergmann und Jens Hellmann. David hatte Hellmann wieder ins Spiel gebracht.

Rauscher fasste sich an den Kopf. Es war nicht einfach, sich dieser Situation zu stellen. Er spürte die Sorge, sich selbst damit zu überfordern und der gesamten Sache nicht mehr gewachsen zu sein.

Aber es musste auf jeden Fall eine Lösung geben. Und er wollte sie finden, bevor noch mehr zerstört werden würde.

Heute kam er gedanklich nicht zur Ruhe. Keine Minute, nachdem David gegangen war, klingelte schon wieder das Telefon.

Als Rauscher abhob, erklang eine vertraute tiefe Stimme. „Merzenich. Hallo, Herr Rauscher."

„Der Ahnenforscher."

„Sie erinnern sich an mich."

„Wie könnte ich Sie vergessen? Ich freue mich, von Ihnen zu hören. Was kann ich für Sie tun?"

„Sie nichts für mich, aber ich eventuell etwas für Sie."

„Sie sprechen in Rätseln, aber es klingt spannend. Worum geht es?"

„Nach unserem Gespräch sind mir Ihre Andeutungen bezüglich des umstrittenen Erbes nicht mehr aus dem Kopf gegangen. Daraufhin habe ich mit Notar Wollenschläger telefoniert, wie denn der Stand der Dinge ist. Thomas Rauscher scheint ja alles daranzusetzen, Ihnen Ihr Erbe streitig zu machen."

„Danach sieht es aus. Leider. Aber ich verstehe nicht recht ...?"

„Nur noch einen Moment, dann werden Sie den Zusammenhang erkennen können", luchste Merzenich ihm wieder das Wort ab. „Ihre Tante hatte mir vor vielen Jahren für meine Nachforschungen umfangreiche Materialien der Familie, also Dokumente, alte Briefe, Fotos, Urkunden und vieles mehr zur Verfügung gestellt, die ich sämtlich gesichtet habe. Und gestern ist mir wieder ein Brief eingefallen, der zwar für mich als Ahnenforscher eher unergiebig war, der aber für Sie interessant sein könnte."

„Von wem ist er?"

„Von Thomas. Er hat ihn 1989 geschrieben, als er in den USA war. Ich glaube, damals war er schon in Hollywood in irgendwelchen zweitklassigen B-Movies beschäftigt."

„Und was steht drin?"

„Vordergründig geht es um seine Zeit in den USA. Wie es ihm ergangen ist, welchen Job er macht, also ganz normale Informationen für die Verwandtschaft in Frankfurt."

„Klingt zwar interessant, aber hilft uns das weiter?"

„Moment, jetzt kommt es ja erst. Er schreibt auch einige Absätze zu seiner Zeit in Deutschland. Das klingt so, als sei etwas passiert, das ihn veranlasst hat, in die USA zu gehen."

„Jetzt wird's schon spannender."

„Ja. Hören Sie sich das an. Zitat: ‚Ich fühle mich hier zwar wohl, aber ich habe nichts zu bereuen. Ich werde zurückkehren nach Frankfurt, sobald Gras über die Sache gewachsen ist.'" Und nach einer kurzen Pause fuhr Merzenich fort: „Später heißt es weiter: ‚Mein alter Herr hat ins Gras gebissen. Ich kann es immer noch nicht glauben, wie alles gekommen ist'."

Rauscher lauschte aufmerksam. „Das könnte man so auslegen, dass er ..." Er stockte. Wusste nicht recht, wie er es formulieren sollte. Doch eine Frage schoss ihm in den Kopf: „Aber das hat er doch nicht seiner Mutter geschrieben, oder etwa doch? Damals hat er sie wahrscheinlich schon gehasst."

„Nein, nein", antwortete Merzenich. „Der Brief ist an Katharina Rauscher adressiert."

Rauscher grübelte. „Der Name sagt mir was, aber ich weiß nicht mehr ...“

„Das ist die Tochter von Helene Rauscher und die Mutter von Adelheid Bergmann-Rauscher und Ihrem Vater Karl-Heinz Rauscher, also Thomas' und Ihre Großmutter mütterlicherseits, die 1990 im Alter von zweiundachtzig Jahren gestorben ist. Da kommt der Ahnenforscher in mir zum Vorschein, denn ich habe auch das recherchiert. Von der ganzen Familie hatte Thomas zu ihr den besten Draht.“

„Ist das eine Vermutung?“

„Nein, eine Tatsache. Sie war seine Bezugsperson. Als er noch kleiner war, hat sie oft auf ihn aufgepasst, das geht eindeutig aus diversen Briefen hervor.“

Eine Sache wollte Rauscher jedoch nicht in den Kopf. „Und wieso war dieser Brief in den Unterlagen, die Sie von meiner Tante bekommen haben?“

„Ich nehme an, Ihre Tante hat ihn bei den Sachen gefunden, die Katharina Rauscher hinterlassen hat.“

„Klingt plausibel.“ Rauscher ließ sich die Worte noch einmal auf der Zunge zergehen.

‚Ich fühle mich hier zwar wohl, aber ich habe nichts zu bereuen. Ich werde zurückkehren nach Frankfurt, sobald Gras über die Sache gewachsen ist.‘

War das eine Anspielung auf den Mord? Etwas dünn, aber möglich war es.

„Dürfte ich mir den Brief mal ausleihen?“

„Das nicht, aber da es kein offizielles Dokument ist, sondern ein persönlicher Brief, kann ich Ihnen eine Kopie machen. Die können Sie gerne haben.“

„Prima. Hole ich später ab.“ Sie verabschiedeten sich und legten auf.

In Rauscher rumorte es. Wie immer, wenn er auf seiner Spurensuche auf ein vielleicht entscheidendes Element gestoßen war. Er wollte gerade über eine vernünftige Strategie nachdenken, wie er mit den Informationen von Merzenich umgehen sollte, als er erneut gestört wurde.

„Hallo", sagte eine Stimme, die er bestens kannte.

Was war denn heute los? Er kam nicht mal zum Durchatmen.

Rauscher drehte sich herum. Jana stand im Türrahmen. Er blickte sie fragend an. „Du bist schon wieder da?"

„Ich wollte bei dir sein."

Ihre Worte klangen rätselhaft, doch Rauscher hatte keine Zeit, darüber nachzudenken. Jana setzte sich blitzartig in Bewegung, rannte auf ihn zu und sprang ihm an die Brust. Er hielt sie ganz fest in seinen Armen, während sie ihr Gesicht an seiner Schulter versteckte.

„Was ist los?", wagte er schließlich zaghaft zu fragen. „Hast du den Brief bekommen?"

Jetzt konnte er sehen, dass ein paar Tränen Janas Wangen hinabliefen. Wortlos griff sie in ihre Gesäßtasche und überreichte ihm ein Schreiben.

„Ich war gar nicht drin bei mir, nur am Briefkasten. Dann bin ich direkt wieder zurückgefahren."

Rauscher konnte sich schon ausmalen, welchen Inhalt der Brief in etwa enthielt. Jedenfalls waren es keine guten Nachrichten. Das Urteil der Dienstaufsicht war sicher nicht positiv ausgefallen. Anders war Janas Auftritt hier nicht zu erklären.

Jana umklammerte ihn weiterhin. Nachdem er den Brief gelesen hatte, herrschte eine Weile Stille.

Irgendwann löste sich Jana von ihm und schaute ihn trotzig an.

„Das ist so ungerecht!", rief sie. Es klang verzweifelt. Sie machte ein Gesicht wie sieben Tage Regenwetter.

„Da ist das letzte Wort noch nicht gesprochen", reagierte er prompt, denn er wusste, dass sie daran lange zu knapsen haben würde. „Wir legen Widerspruch ein. Das Recht dazu haben wir auf jeden Fall. Ich kann Wollenschläger fragen, ob er dich vertritt. Er ist ja auch Anwalt und ich denke, er ist mir gewogen."

„Danke, dass du mir hilfst."

„Wir stehen das gemeinsam durch. Wasserschutzpolizei?" Rauscher schüttelte den Kopf. „Tse! Auf was für Ideen die kommen!"

34

Rauscher wollte die Gedanken an die Aufklärung des Mordes abschütteln und sich jetzt voll und ganz Jana widmen. Er wollte ihr in dieser schweren Stunde beistehen und sie unterstützen, aber er merkte, dass er es nicht zulassen konnte, alles andere auszublenden. Zumal er es auch nicht für klug hielt, sich nur noch mit Janas Versetzung zu beschäftigen. Er wollte den Alltag weiterleben, Jana noch stärker einbinden, ihr eine Aufgabe geben, damit sie gar nicht erst in Versuchung geriet, nur noch über ihren neuen Job – falls sie ihn überhaupt würde annehmen müssen – nachzugrübeln. Noch hatte sie sich nicht geäußert. Er hielt es auch für denkbar, dass sie den Dienst quittieren würde.

Rauscher hatte ihr erzählt, was in der Zwischenzeit alles passiert war. Jana war sehr erstaunt.

„Da bin ich mal eine Stunde weg ... Was hast du nun vor?"

„Ich fahre zu Merzenich und hole den Brief. Und du begleitest mich."

„Lieber nicht. Ich glaube, ich werde krank."

„Was hast du denn?"

„So ein Kratzen im Hals, die Nase ist zu – da zieht ne schöne Erkältung auf."

Rauscher fühlte ihre Stirn. „Ganz schön heiß. Hast du etwa schon Temperatur? Soll ich dir einen heißen Ebbelwoi machen? Beste Medizin."

Jana schaute ihn schief an. „Du willst doch bestimmt selbst einen trinken."

„Klar – aber nur präventiv." Er schmunzelte.

„Kannst du nicht morgen zu Merzenich fahren?"

„Aber es ist wichtig."

„Ich weiß", antwortete Jana und klang enttäuscht. „Es geht um deinen Seelenfrieden. Stimmt's?"

Rauscher schaute sie an, als habe sie soeben eine unumstößliche Wahrheit ausgesprochen, die ihm just in diesem Moment erst klargeworden war. Jana hatte recht. Er sah plötzlich ein, dass es ihm nie nur um Gerechtigkeit gegangen war. Es ging ihm immer in erster Linie um seinen Seelenfrieden. Diese Erkenntnis tat weh. Er spürte, wie ihm heiß wurde.

„Schon irgendwie, ja. Ich habe das Gefühl, mit dem Brief habe ich endlich was in der Hand, womit ich wirklich was ausrichten kann."

Er wollte nicht nur tun, was er sich vorgenommen hatte, er musste es tun. Unabdingbar.

„Ich krieg Bronchitis und du hast Rauscheritis", meinte Jana.

„Hört sich lustig an. Und was soll das sein?"

„Du bist auf Entzug, wenn du nicht ermitteln kannst. Überleg dir gut, nie wieder als Polizist arbeiten zu wollen. Ich denke, dir wird was fehlen im Leben, was du so nirgends anders bekommen kannst."

„Wahrscheinlich hast du recht", sagte Rauscher. Ein Hauch Melancholie schwang mit, doch im nächsten Moment hatte er schon wieder einen anderen Gedanken. „Ich mach mich jetzt auf die Socken zu Merzenich und bin bald wieder hier."

„Okay, und ich hau mich aufs Ohr."

„Guck doch mal, irgendwo im Bad stehen auch die Propolistropfen von Eckstein. Ich weiß allerdings nicht, wie man die einnehmen muss. Kannst du bestimmt im Internet nachlesen."

„Okay", sagte Jana mit kläglicher Stimme.

„Und wenn du wieder wach bist, hab ich dir den Zaubertrank schon gebraut!", schob Rauscher schnell noch hinterher. Dann küsste er Jana und verließ die Wohnung.

Kapitel 5

35

Sonntag, 20. Dezember

Am nächsten Morgen fühlte sich Jana viel besser.

„So ein heißer Ebbelwoi wirkt immer", sagte Rauscher am Frühstückstisch.

Sie schüttelte mit einem Lächeln auf den Lippen den Kopf.

„Du glaubst mir nicht?"

„Ich glaube dir alles."

„Soweit muss es nicht kommen, aber hier ... Lies mal!" Rauscher reichte ihr die Kopie des Briefes. Gestern Abend hatte er ihn ihr nicht mehr zeigen wollen, um ihre Bettruhe nicht zu stören. „Und sag mir deine Meinung dazu."

Jana nahm den Brief und las ihn in Ruhe. Als sie fertig war, legte sie ihn auf den Tisch und sah Rauscher eine Weile an.

„Und? Sag schon!" Er konnte seine Neugier nicht bremsen.

„Das ist für mich kein Beweis", begann Jana.

„Aber auf was spielt er an? Was könnte er sonst nicht bereuen?"

„Alles Mögliche. Aber es gibt etwas anderes, wozu dir der Brief verhelfen könnte."

Rauscher runzelte die Stirn. „Wovon sprichst du?"

„Zeig ihn Ingo! Der Brief könnte ihn dazu bewegen, endlich aktiv zu werden."

„Du meinst ...?"

„Ja, sicher. Verdächtig wird Thomas damit allemal. Also müsste auch die Kripo Interesse daran haben, den Fall eventuell nochmals neu aufzurollen. Es ist ja quasi ein neues Beweisstück, oder zumindest ein Indiz, das nun aufgetaucht ist. Das können die nicht einfach ignorieren. Ich bin gespannt, was Thaler dazu sagen wird."

„Gute Idee", sagte Rauscher anerkennend. „Darauf wäre ich nicht gekommen."

„Wir entwickeln uns immer mehr zu einem guten Team."

„So soll es ja auch sein."

In diesem Moment klingelte es an der Wohnungstür.

„Das ist David. Er holt mich ab."

„Du gehst also tatsächlich in die Kirche."

„Wer weiß, vielleicht werde ich ja noch gläubig. Bei allem, was auf der Welt passiert, ist es nicht verkehrt, etwas zu haben, woran man glauben kann."

„Eine Art Ventil?"

„So kannst du es auch ausdrücken. Ich muss los." Er steckte den Rest vom Brötchen in seinen Mund, stand auf und küsste Jana auf die Wange.

Zwei Minuten später empfing ihn David unten auf dem Bürgersteig. Sie machten sich auf den Weg in den Dornbusch. Der Frankfurter Stadtteil lag nur etwa fünf Autominuten von Bockenheim entfernt. Unweit des modernen, kubischen Kirchenbaus aus den sechziger Jahren, auf der anderen Seite des Marbachwegs, war auch der Hessische Rundfunk beheimatet. Sie fanden rasch einen Parkplatz und setzten sich in den Gottesdienst in eine der hinteren Reihen. Außer ihnen hatten sich nur etwa zwanzig weitere Schäfchen, die andächtig auf ihren Plätzen saßen, in dem Saal vor dem riesigen Buntglasfenster eingefunden.

Rauscher schaute sich um. Als David das mitbekam, deutete er schräg versetzt nach vorne. In der dritten Reihe, unmittelbar vor dem Altar, saß ein Mann im dunklen, grobkarierten Sakko mit schütterem Haar. Er mochte an die siebzig Jahre alt sein. Das musste Jens Hellmann sein. Er war allein, saß aufrecht mit geradem Rücken und schaute nach vorne. Die Gesichtszüge konnte Rauscher nicht erkennen. Trotzdem überlegte er, ob er den Mann vielleicht schon einmal gesehen hatte, konnte sich aber nicht erinnern.

In diesem Moment setzte die Orgel ein. Rauscher fragte sich, ob das Spiel schon immer so laut gewesen war. Ein Kirchgänger war er nicht und an seinen letzten Termin in der Kirche, mit Elke vorm Traualtar, dachte er mit Grausen zurück. Er hatte ihn ordentlich verpatzt, weil er Elke stehengelassen hatte, um eine potenzielle Selbstmörderin zu retten. Das hatten ihm bis heute etliche Leute nicht verziehen. Er selbst war mit sich auch nicht ganz im Reinen, denn dieses Ereignis hatte dafür gesorgt, dass Elke mitsamt Mäxchen nach Hamburg zurückgegangen war, sodass sein Sohn ohne ihn aufwachsen musste.

Während der Pfarrer vor den Altar trat und mit dem Gottesdienst begann, lief dieser Tag wie ein Film vor Rauschers Augen ab und verhinderte, dass er sich auf die Worte des Pfarrers konzentrieren konnte. Dieses Trauma würde er nie mehr loswerden, das war ihm bewusst. Es hatte vieles in seinem Leben nachhaltig verändert. Und nicht gerade zum Positiven. Einzig Jana bildete eine Ausnahme. Sie hätte er wohl nie kennengelernt, wenn er damals vorm Traualtar nicht versagt hätte.

Versunken in Gedanken bekam Rauscher vom Gottesdienst wenig mit, zumal sich der Pfarrer bei der Predigt und seinen abschließenden Worten kurzfasste.

David saß während dieser Zeit neben ihm und schien seine Augen nicht von Jens Hellmann lösen zu können.

Rauscher und David standen als Erste auf und verließen vor allen anderen die Kirche. Es war immer noch bitterkalt. Die Temperatur lag wieder einige Grad unter dem Gefrierpunkt.

Sie postierten sich vor dem Eingang so, dass sie Hellmann nicht verpassen konnten. Kaum dass er den Kirchenbau verlassen hatte, fingen sie ihn ab und stellten sich ihm in den Weg.

„Nanu", sagte Hellmann und seiner Mimik war anzumerken, dass er nicht wenig erstaunt war, David zu sehen. „Was verschlägt dich denn hierher? Bist du nicht schon vor längerer Zeit ausgetreten?"

„Hallo Jens", sagte David. „Du hast ein gutes Gedächtnis. Übrigens habe ich auch nicht vor, wieder einzutreten." Er deutete auf den Mann neben sich. „Kennst du Andreas Rauscher?"

Beim Nachnamen zuckte es in Hellmanns Augen. „Nein", sagte er. „Aber ich freue mich, Ihre Bekanntschaft zu machen. Was verschafft mir die Ehre? Ich ahne es, ich ahne es ..." Hellmann knöpfte sich seinen braunen Wintermantel zu, den er beim Verlassen der Kirche übergezogen haben musste.

„Worauf wollen Sie hinaus?", erkundigte sich Rauscher, der auf die Antwort sehr gespannt war.

„Ist nicht Ihre Tante Adelheid vor kurzer Zeit gestorben?"

Weiße Atemwolken entwichen beim Sprechen den Lippen und verflüchtigten sich wie ein sich auflösender Nebel in der klirrenden Luft.

„Richtig."

„Und nun tauchen Sie hier auf. Wenn es da mal keinen Zusammenhang gibt."

„Nicht direkt", erklärte Rauscher. „Aber aufgrund der Erbsituation bin ich auf den Mord an meinem Onkel Karl Bergmann gestoßen ..."

Als Hellmann diesen Namen vernahm, starrte er Rauscher wie gebannt an.

„... der nie aufgeklärt werden konnte", fuhr Rauscher fort. „Dadurch haben sich einige Fragen ergeben. Und da Sie in die Sache involviert waren ..."

„Das haben Sie aber schön ausgedrückt: in-vol-viert!" Er zog das Wort in die Länge und betonte jede einzelne Silbe. „Ja, ja, der tadellose Herr Bergmann. Nach außen stellte er sich exakt so dar."

„Wie denn?"

„Als Ehrenmann, der sich in Frankfurts besserer Gesellschaft tummelte wie ein Fisch im Wasser. Als seriöser Unternehmer, der die Geschicke der Firma grundsolide leitete und sich um seine Mitarbeiter kümmerte ... Das hat er allerdings etwas zu wörtlich genommen."

„Sie meinen ..."

„Er hat seiner Sekretärin, die dummerweise meine Frau war, ein Kind gemacht. Was glauben Sie, wenn das an die Öffentlichkeit gekommen wäre?"

„Das wäre ein – sagen wir – Skandal gewesen."

„Dann wäre vor allem sein spießiges Kartenhaus zusammengebrochen. Der Hans Dampf, den alle mochten. Das Oberhaupt der Familie, der die Zügel stets in der Hand hielt. Pustekuchen! In Wirklichkeit war er nur einer jener Ehemänner, die ihre Frau betrügen und die Familie hintergehen."

„Das klingt ja nicht sehr betrübt ..."

„Wissen Sie", unterbrach ihn Hellmann, „ich habe unter Ihrem Onkel gelitten wie ein Hund und Sie werden entschuldigen, aber ..." Hellmann drehte sich um zur Kirche, schaute in den wolkenlosen, blauen Himmel und bekreuzigte sich, als wollte er sich für seine folgenden Worte beim Herrn entschuldigen, „aber ich war mordsmäßig froh, dass es ihn erwischt hat." Er setzte ab und fing an zu grinsen. „Bergmann hat unsere Familie zerstört. So ist es und das lässt sich auch nicht wegdiskutieren. Sein Tod kam mir irgendwie ... zupass."

Wow! Rauscher war fassungslos. Eine solche Offenheit in Bezug auf den Tod eines Menschen hatte er in seiner gesamten Polizeikarriere selten zu hören bekommen. Hellmanns Offenbarung rückte ihn definitiv in den Fokus des Mordfalles. Die Frage war nur: Machte sich Hellmann damit nur tatverdächtig oder war das schon ein halbes Geständnis?

Doch schon Hellmanns nächster Satz ließ die vorigen in neuem Licht erscheinen. „Heute denke ich übrigens anders darüber." Sein Ton nahm etwas Melancholisches an. „Ich habe meinen Frieden mit allem gemacht. Auch mit Bergmann. Ich bin meinen eigenen Weg gegangen und habe die Liebe woanders gefunden." Wieder wandte er sich um und ließ seinen Blick über die Kirche und einen Teil des Himmels schweifen. „Vielleicht sollte es so kommen, wie es gekommen ist. Vielleicht war alles vorherbestimmt ..." Er zögerte.

Was Hellmann von sich gab, klang glaubhaft. Trotzdem wollte Rauscher nicht kapitulieren und noch mehr von ihm erfahren. Und ihn auch ein wenig kitzeln, vielleicht konnte er ihm weitere Informationen entlocken. Er entschied sich für die direkte Variante: „Wann haben Sie eigentlich davon erfahren, dass Ihre Frau von meinem Onkel mit David schwanger war?"

David, der bislang ruhig neben ihm ausgeharrt hatte, entglitt ein kurzes Seufzen, als sei ihm diese Frage unangenehm. Oder fürchtete er sich insgeheim vor der Antwort?

Hellmann schaute Rauscher an, als verberge er eine Wahrheit tief in seinem Inneren, die nur darauf wartete, ans Licht zu kommen. „Was wollen Sie eigentlich von mir?"

Die Spannung im Schatten der Kirche war nun greifbar. Es ging ans Eingemachte. Intime Details, die Hellmann womöglich bisher noch nie ausgesprochen hatte, konnten offenbar werden. Aber der Beantwortung von Rauschers Frage war er geschickt ausgewichen.

„Mich interessiert der Zeitpunkt. Ich setze alle Informationen zum Mordfall und zur Schwangerschaft wie ein Mosaik zusammen, um mir ein Bild machen zu können. Also: Wann haben Sie etwas mitbekommen? Ich will es aus Ihrem Munde hören."

„Sie graben also alles wieder aus, nur weil Ihre Tante gestorben ist." Er schüttelte den Kopf. „Hmmmm. Sie können es nicht ruhen lassen. Hab ich recht?"

„Sieht so aus." Obwohl Rauscher lange Unterhosen trug, spürte er, wie die Kälte von unten seine Beine hinaufzog. Auch David schien zu frieren; er versuchte, seine Hände durch Reiben zu wärmen und trippelte mit den Füßen.

„Also gut", begann Hellmann verhalten. „Dann will ich Ihnen mal auf die Sprünge helfen. Das war schon eine merkwürdige Zeit damals. Alles ging so schnell." Er vermittelte den Eindruck, als hätte er sich soeben auf eine Zeitreise in die Vergangenheit begeben und denke scharf darüber nach, was im Jahre 1985 abgelaufen war.

„Wie meinen Sie das, schnell?", hakte Rauscher nach, weil sich ihm der letzte Satz überhaupt nicht erschloss.

„Na ja, die Schwangerschaft, der Mord, die Ermittlungen. Niemand war darauf vorbereitet. Die Polizei wusste ja nicht einmal, dass Leni schwanger war."

„Woher wissen Sie das?"

„Niemand hat sich dafür interessiert."

„Irrtum! Herr Eckstein, der leitende Kommissar, hat mir nämlich erzählt, dass er Frau Hellmann sogar einmal im Krankenhaus besucht hat. Angeblich war sie wegen Komplikationen eingeliefert worden."

„Ich erinnere mich. Ja, das stimmt. Aber niemand hat eine Verbindung hergestellt."

„Zum Mord?"

„Genau."

„Und warum Sie nicht? Warum haben Sie sich gegenüber der Polizei bedeckt gehalten?"

„Da gab es gleich mehrere Gründe. Die Affäre zwischen meiner Frau und Bergmann war ja nicht öffentlich. Bis auf wenige Eingeweihte wusste niemand Bescheid. Auch ich war anfangs wie selbstverständlich davon ausgegangen, dass ich der Vater bin. Ja, so war das." Er schloss kurz die Augen, als wollte er in sich gehen.

„Sie wussten also nichts von der Affäre zwischen Ihrer Frau und meinem Onkel?"

„Geahnt habe ich es. Auch gespürt, dass etwas nicht richtig läuft. Unterschwellig. Aber ich wollte es ihr nicht zutrauen. Deshalb war mir später der Täter sogar ein Stück weit sympathisch. Dass mir das einmal über die Lippen kommt ... Möge der Herr mir verzeihen." Er bekreuzigte sich und blickte gen Himmel. „Aber immerhin hat er meinen Konkurrenten ums Eck gebracht. Ich habe geschwiegen, wollte natürlich nicht in die Schusslinie geraten. Ruckzuck wäre ich der Verdächtige gewesen. Bergmann war ja immerhin so etwas wie mein Intimfeind." Er wollte nicht schmunzeln, tat es aber doch.

„Genau das ist der Punkt. Sie haben Karl Bergmann vergiftet, als Sie realisiert haben, dass das Kind von ihm war."

„Sie fantasieren!"

„Sie hatten ein glasklares Motiv: Eifersucht. Sie hatten Angst, dass Ihre Frau Sie verlassen und zu Bergmann gehen würde."

„Sehr amüsant, Ihre Theorie", sagte Hellmann. „Das müssen Sie aber erst mal beweisen."

„Es gibt noch einen wichtigen Faktor: In dem ganzen Puzzle sind Sie die einzige Person, die über die Kenntnisse und Mittel verfügte, das

Gift selber herzustellen. In Ihrer Apotheke waren alle Zutaten reichlich vorhanden. Der Rest war wahrscheinlich ein Kinderspiel für Sie."

Im Hintergrund schlug die Kirchturmuhr die elfte Stunde an. Hellmann ließ sich davon aber nicht irritieren. „Und führe uns nicht in Versuchung, wie der Herr sagt ... Ja, das ist richtig. Es gab Momente, da habe ich mir nichts sehnlicher gewünscht als Bergmanns Tod. Aber Sie vergessen dabei etwas ganz Entscheidendes: Offensichtlich wurde der Ehebruch ja erst, als David schon geboren war und immer klarer wurde, dass er nicht von mir stammen konnte. Die ganze Zeit über wollte ich den vermeintlichen Ehebruch nicht wahrhaben. Ich hatte immer die Hoffnung, das alles sei ein Hirngespinst und nicht real passiert. Ich habe Leni sehr geliebt, trotz allem... Ich liebe sie noch heute", hängte er an und machte dabei ein verzweifeltes Gesicht.

„Aber haben Sie sie nicht sitzen gelassen?"

„Die Situation wurde irgendwann unerträglich. Nicht nur für mich, für sie auch. Aber wir sollten diese alten Kamellen nicht ..."

„Für dich sind das vielleicht alte Kamellen", echauffierte sich David plötzlich, der bis dahin still gelauscht hatte.

Hellmann legte ihm eine Hand auf die Schulter. „Ich verstehe, dass du wütend bist. Bis heute. Das kann ich gut nachvollziehen, aber das Leben ... Manchmal läuft es nicht so, wie man es sich wünscht. Auch wenn man einen guten Plan verfolgt." Er wandte sich wieder an Rauscher. „Bevor Sie hier weiter bohren, sollten Sie sich mal Thomas Bergmann vorknöpfen!"

„Wieso ihn?"

„Mir kam es schon immer komisch vor, dass Thomas so kurz nach der Tat in die USA gegangen ist. Wirkte wie eine Flucht. Aber mich hat nie jemand danach gefragt."

„Und welchen Schluss haben Sie daraus gezogen?"

„Er hat was mit dem Mord zu tun. Sonnenklar."

Rauscher verstummte zunächst, als habe ihn Hellmanns Einsicht überrascht. Wobei sie ihm in den letzten Tagen stets präsent gewesen war. Aber sie aus Hellmanns Mund zu hören, war etwas anderes. Es wirkte tiefer.

„Und wie kommen Sie zu dieser Mutmaßung?"

„Es ist reine Spekulation." Hellmann sah aus, als sinniere er über die Vergangenheit. „Und doch, mein Gefühl sagt mir, dass er mit drinhängt. Die Auswanderung kam so plötzlich. Und soweit ich mitbekommen habe, hat er sich ja vollständig von seiner Mutter entfernt. Dabei hätte sie ihn vielleicht gebraucht in dieser schweren Zeit."

36

Hellmanns Worte verfolgten Rauscher noch eine Weile, genaugenommen bis zu seiner Wohnungstür.

Dabei hätte sie ihn vielleicht gebraucht in dieser schweren Zeit.

Rauscher und David hatten sich kurze Zeit später von Hellmann verabschiedet, weil von dem Apotheker nichts Hilfreiches mehr gekommen war.

Nachdem Rauscher David bei sich zu Hause abgesetzt hatte, fuhr er heim zu Jana und berichtete ihr von dem Gespräch mit Hellmann.

Sie hielt einen Moment inne, schien mit ihren Gedanken woanders.

„Was ist los?", fragte er.

„Willst du nicht lieber aufhören mit den Ermittlungen?" Jana sah ihn an.

Rauscher starrte sie an. „Wie kommst du jetzt darauf?"

„Vielleicht förderst du etwas zutage, was du gar nicht zutage fördern willst ... Ich habe so ein ungutes Gefühl bei der Sache."

„Ach, komm schon. Wir machen doch Fortschritte", wehrte er Janas Unmutsäußerungen ab.

„Du wirkst wie ferngesteuert", legte sie jedoch nach. „Als ob du nicht du bist, wenn du ermittelst."

„Jetzt übertreibst du aber. Ich hänge persönlich drin, das ist mir klar, der familiäre Hintergrund, also sind es keine – in Anführungszeichen – normalen Ermittlungen. Aber mich deshalb als Roboter zu bezeichnen, der nicht weiß, was er tut und fremdgesteuert handelt ... Geht das nicht etwas zu weit?"

Jana zuckte die Achseln. „Du musst nicht gleich mürrisch sein, nur weil ich mir Sorgen mache."

„Bin ich nicht, nur nachdenklich. Und wenn ich gezwungen werde, über mich nachzudenken, dann ... Ach, vergessen wir das." Er winkte ab. „Und Sorgen brauchst du dir erst recht keine zu machen. Wir werden das schon mit heiler Haut überstehen. Ob dann noch etwas von der Familie Rauscher übrig ist oder nicht, steht allerdings auf einem anderen Blatt."

„Du scheinst das ja ganz locker zu nehmen. Das kaufe ich dir nicht ab. Aber wenn du meinst ... Ich jedenfalls pflanze mich jetzt vor den Fernseher. Mir ist noch etwas schwummrig. Ich muss mich berieseln lassen, zu mehr bin ich heute nicht in der Lage ... Kannst ja später zu mir kommen ..."

„Gerne ..."

Rauscher sah ihr nach, wie sie die Küche in Richtung Wohnzimmer verließ. Janas Befürchtungen setzten ihm zu. Vielleicht sollte er die Suche nach dem Mörder seines Onkels aufgeben, auf das Erbe verzichten, wieder in den Polizeidienst eintreten, als sei nichts gewesen, und irgendwann ... Jana heiraten.

Der Gedanke war plötzlich da. Hatte sich Zutritt verschafft zu seinem Kopf. Hielt sich hartnäckig, aber nur für ein paar Sekunden. Dann versuchte Rauscher, seine Gedanken neu zu ordnen. Er war inzwischen zu

einer Erkenntnis gelangt. Jana verstand, dass er den Mord nicht aufklären wollte. Nein, er musste ihn aufklären. Aber es gab zwei unmittelbar
Hauptverdächtige: Der eine, Hellmann, war gläubig geworden, der andere,
Thomas, widerborstig. Hellmann konnte oder wollte die Vorwürfe gegen
ihn nicht entkräften. Es schien vielmehr so, als hätte er Spaß an der Vorstellung gehabt, der Mörder Karl Bergmanns zu sein.

Und Thomas rückte immer mehr ins Zentrum der Ermittlungen.
Obwohl er ein Mitglied seiner Familie war, traute er ihm einen Mord
zu. Dass er so etwas jemals denken würde! War er etwa nicht mehr loyal
genug gegenüber der Familie?

Merzenichs Brief fiel Rauscher wieder ein. Es wurde Zeit, seinen Cousin
damit zu konfrontieren.

Aber vorher wählte er Ingos Nummer.

„Ich brauche deine Hilfe“, entfuhr es Rauscher, noch bevor Ingo sich
meldete.

„Auch dir ein wunderschönes Wochenende“, antwortete der Kollege
spöttisch. „Ach, was rede ich? Das Wort Wochenende ist ja ein Fremdwort
für dich. Aber es gibt auch normale Menschen auf diesem Planeten.“

„Ingo, es ist verdammt wichtig.“

„Erzähl doch mal was Neues!“ Thaler zögerte. „Warum diesmal?“ Die
Frage kam wenig emotional rüber.

„Weil es vielleicht die letzte Möglichkeit ist, den Mörder meines Onkels doch noch zu überführen. Und es ist ein reiner Recherchejob. Völlig
harmlos.“

„Aha.“ Thalers Interesse schien geweckt. „Worum geht’s?“

„Thomas, also mein Cousin, hat ausgesagt, am Freitagabend vor der
Beerdigung meiner Tante in Frankfurt gelandet zu sein. Kannst du raus-
finden, ob das stimmt und in welcher Maschine er saß?“

„Nichts leichter als das. Aber wobei soll dir das helfen?“

„Na ja, falls er schon früher in Frankfurt gelandet wäre, hätte er erstens gelogen und zweitens ...“

„Ich weiß, worauf du hinauswillst“, redete Thaler ihm hinein. „Vergiss es!“

„Aber es wäre doch sinnvoll, zu schauen, ob meine Tante tatsächlich eines natürlichen Todes gestorben ist.“

„Dazu müssten wir sie exhumieren.“

„Schnelldenker!“

„Niemals!“

„Ingo!“ Den Namen brüllte Rauscher ins Handy.

„Du tickst wohl nicht mehr richtig. Es gibt noch nicht mal einen Fall oder gar offizielle Ermittlungen! Wie stellst du dir das vor? Kein Staatsanwalt dieser Welt würde dem zustimmen. Und wenn ich Markowsky damit komme, dann ... dann ... Ach, ich will's mir gar nicht ausmalen. Er erklärt mich mindestens für verrückt!“

„Bitte!“ Rauschers Stimme klang so charmant wie noch nie. „Ingo, du bist meine letzte Hoffnung.“

„Und du bist ein Idiot!“

Thaler klickte das Gespräch weg. Rauscher starrte das Handy an. Thomas' Brief hatte er gar nicht zur Sprache bringen können. Aber das musste nun noch etwas warten, bis sich Thaler wieder gefangen hatte. Bis dahin würde sich Rauscher eine neue Strategie zurechtgelegt haben.

Zunächst war ein erneuter Besuch in der Wohnung seiner Tante angesagt. Jetzt aber hurtig, war die Devise. Rauscher zog sich eine Winterjacke an, rannte das Treppenhaus hinunter und minderte erst wieder sein Tempo, als er draußen angekommen war. Er nahm den Wagen, der bei diesen Eistemperaturen beim Anspringen leicht muckte. Aber schließlich knatterte der Motor vor sich hin und er konnte losfahren.

Im Holzhausenviertel parkte er unmittelbar vor dem Haus, in dem seine Tante gewohnt hatte. Zum ersten Mal wurde ihm gewahr, dass es allem Anschein nach bald seine eigene Wohnung sein würde. Und wieder ertappte er sich dabei, wie seine Gedanken abschweiften. Denn wie automatisch pendelte sich Jana ein und er fragte sich, ob das nicht genau die richtige Wohnung war, um dort zu zweit einzuziehen. Sie war deutlich größer als seine Altbauwohnung in Bockenheim und nach einer Komplettrenovierung könnten sie es sich dort richtig schön machen. Zudem lag der Park mit dem Schlösschen ganz in der Nähe. Eine wirklich nette Gegend.

Er schüttelte den Gedanken ab, stieg aus und klingelte. Keine Reaktion. Er klingelte so lange, bis er es aufgab, weil Thomas nicht öffnete. Schien nicht da zu sein. Aber er wollte auch nicht mit seinem Schlüssel die Tür öffnen und einfach hineingehen. Überraschend von Angesicht zu Angesicht Thomas gegenüberzustehen war beim letzten Mal schon gründlich schiefgegangen.

Rauscher zückte das Handy und wählte Thomas' Handynummer. Wenn er schon nicht die Tür öffnete, würde er vielleicht rangehen. Und in der Tat: Nach drei Sekunden nahm dieser den Anruf entgegen.

„Ja?"

„Hallo Thomas. Wo bist du?"

„Wieso?"

„Weil ich gerade bei meiner Tante geklingelt habe."

„Im Park", antwortete Thomas, ohne auf die vorherige Bemerkung einzugehen.

„Was zum Teufel machst du da? Es ist gleich dunkel."

Er hörte ein Klicken. Das Gespräch war beendet.

Was tun?

Rauscher setzte sich in Bewegung. Der südwestliche Eingang, von der Fürstenbergerstraße aus, lag nur etwa hundert Meter entfernt. Er erreichte ihn nach nicht einmal drei Minuten.

Als Rauscher die ersten Schritte im Holzhausenpark zurückgelegt hatte, bot sich ihm ein gespenstisches Bild. Dunkelheit hatte die kahlen Äste umschlungen und es war diesig.

Rauscher konnte kaum fünf Schritte weit sehen, aber er kannte sich hier aus, denn er war schon des Öfteren in diesem Park gewesen. Einmal hatte er gelesen, dass der Park früher viel größer gewesen war, damals, als er noch der Patrizierfamilie Holzhausen gehört hatte. Später, als er längst im Besitz der Stadt Frankfurt war, war er als englischer Landschaftsgarten angelegt worden. Früher hatte im Burgweiher sogar eine Wasserburg gestanden, die in der Mitte des 16. Jahrhunderts während einer Belagerung zerstört wurde. Später war dort das Holzhausenschlösschen, ein barockes Wasserschloss, erbaut worden.

Er schaute sich um, doch das war kaum möglich. Die Sicht war begrenzt. Lediglich ein paar Straßenlaternen lieferten ihm noch einen winzigen Lichtschein. Er zückte sein Handy und schaltete die Taschenlampe ein, konnte aber trotzdem kaum etwas erkennen. Der Park war zwar nicht sehr groß, aber weitläufig genug, um sich nachts gut verstecken zu können. Wie sollte er den Cousin hier jemals finden?

„Thomas", rief er und horchte in die Dunkelheit. Keine Antwort.

Vorsichtig ging er Schritt für Schritt weiter, nahm den Weg geradeaus, der ihn mit einem kleinen Linksschlenker direkt zum Weiher führen würde. Auf der anderen Seite lag der Ausgang Richtung Oeder Weg über die Kastanienallee.

„Thomas!", rief er wieder, doch eine Antwort blieb ihm sein Cousin auch jetzt wieder schuldig. Rauscher seufzte. Was machte er eigentlich hier?

Nach fünfzig weiteren Metern nahm er linkerhand den Weiher wahr. Auf dem Wasser spiegelte sich das zarte Mondlicht.

Da hatte er eine Idee. Er wählte auf seinem Handy Thomas' Nummer. Und tatsächlich: Die kalte Luft trug ein gedämpftes Klingeln an sein Ohr, kaum vernehmbar. Es kam von der anderen Seite des Weihers. Nach dreimal Klingeln brach es ab.

Es reichte aus, um Thomas' Verfolgung aufzunehmen.

Rauscher beschleunigte seine Schritte in die Richtung, die er nur erahnen konnte. Jedoch verbesserte sich die Sicht langsam. Einige Strahler beleuchteten das Holzhausenschlösschen und warfen Licht bis auf die Parkwege.

Dreißig bis vierzig Meter weiter nahm Rauscher eine schemenhafte Gestalt wahr. Sie stand auf der Steinbrücke vor dem Eingang des Schlosses und schien sich über das Geländer zu beugen.

Rauscher trat näher, blieb dann zwei Meter vor Thomas stehen und betrachtete ihn.

„Was zum Teufel treibst du hier?"

Thomas rührte sich nicht, sondern starrte weiterhin auf das Wasser.

„Als Kind wollte ich da immer reinspringen", sagte er nach einer Weile und hängte ein verzweifeltes Lachen an. „Wie spät haben wir denn?"

„Gleich fünf Uhr. Wieso?"

„Nicht so wichtig. Was treibt dich hierher, Cousin?" Thomas wandte den Kopf und sah ihn mit geweiteten Augen an.

„Ich habe dich gesucht, weil ich dir was zeigen wollte."

„Aha!" Thomas' Antwort klang nicht sonderlich interessiert, deshalb beeilte sich Rauscher, eine Erklärung nachzuschieben. „Ich habe hier einen Brief von dir, der ein neues Licht auf den Fall wirft. Er stammt aus dem Jahr 1989 und wurde in Los Angeles aufgegeben."

Thomas runzelte die Stirn. „Ich erinnere mich an keinen Brief."

„Du hast ihn unserer Großmutter Katharina geschickt."

Thomas' Blick nahm an Eindringlichkeit zu. Seine Augen zuckten leicht, aber er erwiderte nichts. Also nahm Rauscher den Brief und las die beiden wichtigen Stellen, die er im Halbdunkel nur mithilfe des Displaylichts seines Handys entziffern konnte, laut vor.

„Ich fühle mich hier zwar wohl, aber ich habe nichts zu bereuen. Ich werde zurückkehren nach Frankfurt, sobald Gras über die Sache gewachsen ist. Und: Mein alter Herr hat ins Gras gebissen. Ich kann es immer noch nicht glauben, wie alles gekommen ist."

Rauscher ließ den Brief sinken und schaute Thomas an, als erwarte er ein Geständnis oder zumindest eine Reaktion.

Die kam auch: „Muss ne Fälschung sein. Vielleicht will mir jemand was in die Schuhe schieben."

„Blödsinn!", rief Rauscher und machte nicht viel Federlesens: „Du weißt genau, dass der Brief von dir stammt. Der Ahnenforscher Merzenich hat ihn in den Unterlagen deiner Mutter gefunden. Leugnen ist zwecklos!"

„Na und?", sagte Thomas und mimte den Coolen. Er gab seine gebückte Haltung auf und postierte sich so knapp vor Rauscher, dass zwischen ihren Nasen nur noch eine Handbreit Platz war. „Was willst du mir damit beweisen?"

„Ich denke …", begann Rauscher, setzte jedoch ab, weil er noch einmal darüber nachdenken musste, wie er es am geschicktesten formulieren sollte. „Also ich denke, dass ich den Brief der Kripo vorlegen werde mit der Empfehlung, den alten Fall wieder aufzurollen. Denn damit hast du dich eindeutig tatverdächtig gemacht."

„Du tust gerade so, als hätte ich geschrieben, dass ich meinen Vater abgemurkst habe. Steht aber nicht da!"

„Wir werden sehen, was die Kripo dazu meint. Da ist aber noch was anderes, über das ich mit dir reden wollte …" Rauscher zögerte wieder.

„Noch so ne tolle Enthüllung, was?"

„Wie man's nimmt. Ich hätte noch eine Frage."

„Red nicht um den heißen Brei rum!"

„Also gut. Wann bist du eigentlich in Deutschland gelandet?"

Thomas stutzte und schnaubte verächtlich. „Warum interessiert dich das?"

Rauscher dachte gar nicht daran, ihm den wahren Grund zu nennen. „Es interessiert mich, also sag schon! Wann?"

Nach einer Weile antwortete Thomas ruhig: „Am Abend vor der Beerdigung. Das weißt du doch." Er warf Rauscher einen kühlen Blick zu.

„Ich bin gerade dabei, das überprüfen zu lassen." Er wollte ihn unter Druck setzen. „Mir kommt das komisch vor, dass du so schnell hier aufgetaucht bist. Vielleicht warst du ja schon viel früher da und hast ..." Es fiel ihm schwer, die Worte über die Lippen zu bringen.

„Was willst du damit andeuten?", preschte Thomas noch einen winzigen Schritt vor. Seine Stirn berührte die von Rauscher und ließ den Kommissar ein Stück nach hinten taumeln.

„Du weißt genau, was das bedeuten würde. Wir müssen Tante Adelheid aus der Erd..."

In diesem Moment konnte sich Thomas nicht mehr zurückhalten. Er bleckte die Zähne, presste Luft durch die Nase, stieß reflexartig die Arme nach vorne, packte Rauscher am Kragen und schubste ihn so fest, dass dieser sich nicht mehr auf den Beinen halten konnte.

Rauscher fiel auf den Rücken. Ein dumpfer Schlag ließ seinen Körper erbeben, denn sein Hinterkopf war mit voller Wucht an das steinerne Brückengeländer geknallt.

Sofort umgab ihn dunkle Nacht.

37

Das Licht flackerte. Bahnte sich ein Stromausfall an? Nein, der Fernseher lief. Als Jana auf der Couch aus merkwürdigen Träumereien hochschreckte, dröhnte ihr Kopf. Sie musste eingeschlafen sein. Plötzlich realisierte sie, dass es draußen schon dunkel war, denn der schwache Lichtschein einer Straßenlaterne fiel in den düsteren Raum. In der Wohnung war es ruhig.

„Andreas?", rief sie, aber die Frage verhallte unbeantwortet.

Sie fasste sich an die Schläfe, um dem dumpfen Hämmern Einhalt zu gebieten. Sie war alles andere als fit. Die Erkältung war zurückgekehrt, stärker als zuvor. Auch ihre Glieder schmerzten. Die Versetzung und das ganze Drumherum machten ihr zu schaffen. In den letzten Tagen war – wieder einmal – viel passiert.

Sie rief erneut nach Rauscher. Er war offensichtlich nicht da. Aber wo war er bloß?

Jana brauchte ein Erkältungsmittel. Hoffentlich hatte Rauscher was da. Wenn, dann im Badezimmerschränkchen.

Sie richtete sich mit Mühe auf und blieb noch eine Weile sitzen. Dann erhob sie sich schwerfällig von der Couch. Auf dem Weg ins Bad sah sie sich um. Keine Spur von Rauscher. Ein Blick ins Schlafzimmer. Im Bett lag er auch nicht. Wahrscheinlich war er wieder einmal unterwegs, auf Mission. Im Dienste des Falles.

Jana spürte, dass sie diese Familiengeschichte langsam nervte. Hoffentlich war der Spuk bald vorbei. Aber eigentlich hatte sie keine Muße, darüber nachzudenken. Sie brauchte auch eine Kopfschmerztablette. Die waren in der Küchenschublade.

Tatsächlich fand sie im Bad ein Erkältungsmittel, nahm die Schachtel mit und schleppte sich zurück in die Küche. Dort mixte sie einen Anti-Erkältungs-Kopfweh-Cocktail in einem Wasserglas, rührte gut um und trank es auf ex. Brrr! Widerlich. Aber unvermeidbar. Und besser als Rauschers Propolistropfen, die waren eklig gewesen. Vorsichtshalber setzte sie einen weiteren Cocktail auf. Einer in Reserve konnte nie schaden.

Sie schlappte mit dem Glas in der Hand zurück ins Wohnzimmer und ließ sich auf der Couch nieder.

Sollte sie ihn anrufen? Hatte er eigentlich gesagt, wohin er wollte? Sie konnte sich nicht erinnern. Ihre Birne war Matsch. Denken war mörderanstrengend. Sie gähnte. Sollte sie sich lieber ins Bett legen oder hier auf Rauschers Rückkehr warten?

Ihre Augen fielen zu.

Kurz darauf öffnete sie sie noch einmal kurz, weil sie meinte, ein Geräusch vernommen zu haben. Sie hob den Kopf und lauschte angestrengt. Doch da war nichts mehr.

Ihr Kopf sank wieder ins Kissen. Keine Minute später war sie eingeschlummert und bald in tiefen Schlaf gesunken.

Bis das Telefon klingelte. Und klingelte. Und klingelte. Es dauerte ewig, bis Jana registrierte, was los war. Sie rappelte sich mühselig auf, watschelte zum Festnetztelefon und hob ab.

„Was gibt's?", fragte sie gequält.

„Ingo hier. Du klingst aber nicht gut."

„Grippe."

„Ach so. Entschuldige! Ist Rauscher da?"

„Nö."

„Weißt du, wo er steckt?"

„Nö."

„Bist ganz schön kurz angebunden. Scheint dir ja echt beschissen zu gehen."

„Ja!"

„Na dann will ich nicht länger stö..."

„Was willst du denn von ihm?", presste Jana hervor, obwohl es ihr schwerfiel. Sie hustete in den Hörer.

„Du solltest mal zum Arzt gehen."

„Morgen."

„Also gut ... Rauscher hatte mich am Telefon gebeten, seine Tante Adelheid exhumieren zu lassen. Also, nicht direkt, mehr durch die Blume. Ich sollte es jedenfalls veranlassen."

Janas Aufmerksamkeit war geweckt. „Und?"

„Ich hab ihn gefragt, ob er noch alle Tassen im Schrank hat und ihn abgewürgt ..."

„Aber warum eigentlich nicht?"

„Nee, oder? Fängst du jetzt auch noch damit an!"

„Na klar. Wir brauchen doch Klarheit in der Hinsicht." Sie dachte einen Augenblick nach. „Ingo, hat dir Rauscher etwa gar nichts von dem Brief erzählt?"

„Welcher Brief?"

„Dann ist er dazu wohl nicht mehr gekommen ... Also, hör zu!" Jana berichtete Ingo von Thomas' Brief aus dem Jahre 1989.

„Hmmm!", gab Thaler von sich, als sie geendet hatte. „Was soll ich jetzt damit anfangen?"

„Aber das klingt doch eindeutig so, als sei Thomas der Mörder!" Janas Stimme hatte sich gehoben.

„Moment, Moment! Das scheint mir ein bisschen voreilig. Es kann vieles heißen. Natürlich auch, dass er etwas weiß, was wir nicht wissen. Aber der Staatsanwalt muss erst noch gebacken werden, der aufgrund zweier halbgarer Zitate aus einem Brief von 1989 einen Fall nach dreißig Jahren neu aufrollen lässt."

„Aber Ingo, du musst doch zugeben, dass Rauscher einiges zusammengetragen hat. Dieser Brief. Der Verdacht, dass Thomas schon viel früher in Frankfurt war. Das sind neue Indizien, denen du dich nicht verschließen kannst, oder wie siehst du das?"

„Du bringst mich echt in eine Zwickmühle. Wenn du das alles so sagst, klingt es plausibel ..."

„Na also!"

„Ich müsste Rauscher erreichen."

„Ruf ihn doch auf dem Handy an!"

„Okay, mach ich. Ich melde mich dann später wieder."

Jana hielt den Hörer noch eine Weile in der Hand und starrte die Wand an. Sie war wie weggetreten. Was sollte sie tun? Konnte sie überhaupt etwas tun?

Sie hustete wieder.

Schlurfte zurück ins Wohnzimmer, trank den zweiten Cocktail bis auf den letzten Tropfen und pflanzte sich wieder auf die Couch. Sie fror. Ein leichter Schüttelfrost überflog sie. Ihre Stirn glühte. Ausgerechnet jetzt!, dachte sie. Das durfte nicht wahr sein. Ihr Oberkörper kippte zur Seite. In dem Moment, als sie flach auf dem Sofa lag, waren ihre Augen schon zugefallen.

Kapitel 6

38

Montag, 21. Dezember

Jana hatte die Nacht wie in Trance durchgeschlafen und fühlte sich beim Erwachen besser. Zwar etwas belämmert, aber die Gliederschmerzen hatten deutlich nachgelassen und auch der Kopf schien freier zu sein. Der Mix hatte gewirkt.

Sei keine Mimose, sagte sie sich und schleppte sich ins Bad. Sie musste dringend auf Toilette.

Auf dem Rückweg kam sie an der offenen Schlafzimmertür vorbei. Das Bett war unberührt. Shit! Rauscher war die ganze Nacht nicht hier gewesen. Ihm musste etwas zuge... Himmel, Arsch und Zwirn!

Sie verbot sich, weiterzudenken.

Aber sie konnte sich gegen dieses tückische Gefühl nicht wehren, griff sofort nach ihrem Handy und wählte Rauschers Nummer. Sofort sprang die Mailbox an. Sie sprach nur einen Satz drauf: „Verdammt, wo bist du?"

Während der ersten Tasse Kaffee tunkte sie ein selbstgebackenes Plätzchen in die hellbraune Brühe und aß es. Aber sie schmeckte kaum etwas. Auch das noch!

Hier rumzusitzen und das Handy anzustarren brachte gar nichts. Sie musste etwas unternehmen. Vielleicht war er bei seinen Eltern. Einen Versuch war es wert. Als sie die Nummer auf ihrem Handy wählte, fühlten sich ihre Finger klamm an. Sie spürte, wie ihre Angst um ihn bis in die Fingerspitzen kroch.

„Ja, bitte?", vernahm sie Frau Rauschers Stimme.

„Hallo Gabriele, hier ist Jana", antwortete sie und wollte gleich die Frage nach Rauscher anhängen, aber die Worte wollten nicht wie sie. Sie musste sich räuspern, bevor sie weiterreden konnte. „Ist Andreas bei euch?"

„Andreas? Nein, wieso?"

„Er ist ... verschwunden."

„Wie meinst du das?"

„Er war heute Nacht nicht hier."

„Und du?"

„Bin auf der Couch eingeschlafen, nachdem er die Wohnung verlassen hat. Mir ging's nicht so gut. Kopfweh und so."

„Und wohin wollte er?"

„Wenn ich das wüsste!"

„Oje!" Frau Rauschers Stimme spiegelte ihre Sorge wider. „Irgendwas ist immer."

„Vielleicht ist gar nichts", erwiderte Jana halbherzig, doch der Beruhigungsversuch verpuffte, sobald sie ihn ausgesprochen hatte.

„Ich kenne meinen Sohn gut genug! Was machen wir jetzt?"

„Ruhig bleiben vor allem. Ich telefoniere rum. Vielleicht weiß jemand was."

„Meld dich bitte gleich, wenn du was rausfindest."

„Versprochen! Bis dann." Sie klickte das Gespräch weg und überlegte. Blieb noch Thaler. Vielleicht hatte er in Erfahrung bringen können, wo Rauscher abgeblieben war. Immerhin war er der Recherche-Crack in Rauschers Team. Seinem ehemaligen Team, ergänzte sie im Kopf wie automatisch. Sie wählte seine Nummer.

„Hi, Ingo. Andi ist immer noch nicht aufgetaucht."

„Würd mich auch wundern, wenn es mit Herrn Rauscher mal keine Probleme geben würde."

„Hast du rausgefunden, wo er steckt?"

„Keine Chance. Zigmal probiert. Nicht erreichbar. Ich mach mir langsam Sorgen", sagte Thaler.

„Und ich erst!"

„Also, wenn du nicht weißt, wo er ..."

„Ich ahne was, aber ..."

„Sag schon!"

„Vielleicht wieder bei Thomas, also in der Wohnung seiner toten Tante."

„Wie kommst du darauf?"

„Mehr ein Gefühl. Er war ja immer noch mit dem Mordfall an seinem Onkel und dem anstehenden Erbe beschäftigt."

„Na, dann sollten wir uns da mal umschauen."

„Echt? Würdest du mit mir hinfahren?"

„Klaro! Bist du denn wieder fit?"

„Nicht wirklich. Aber wird wieder. Muss mir nur erst noch einen Kaffee aufsetzen, sonst geht nicht viel."

„Soll ich dich abholen?"

„In dreißig Minuten!"

„Perfekt!"

39

Selbstverständlich konnte er sich an den Brief erinnern. Jede Zeile, die er jemals an seine Großmutter Katharina geschrieben hatte, war in sein Gehirn eingebrannt. Und er hatte ihr oft geschrieben. Sie war sein Goldstück, sein Ein und Alles in der Familie, sein Bezugspunkt und seine Quelle für Nachrichten aus der Heimat.

Aber verflucht! Wieso war dieser Brief plötzlich aufgetaucht?

Und vor allem: Warum musste immer alles eskalieren?

Thomas saß eine ganze Weile in seinem Sessel. Er schwitzte wie blöd und konnte keinen klaren Gedanken fassen. Gleichzeitig konnte er seinen Blick nicht von der gegenüberliegenden Couch lösen.

Dort lag Rauscher. Sein Kopf war voller Blut, das inzwischen aber getrocknet war. Gestern Abend hatte er ihn mit Mühe und Not in die Wohnung geschleppt, wäre unter seinem Gewicht fast zusammengebrochen.

Sein Cousin schien immer noch ohnmächtig zu sein. Oder gar tot? Thomas wusste es nicht. Was sollte er mit ihm anfangen? Auch darauf fiel ihm keine vernünftige Antwort ein. Was sollte er nun tun? Die Fragen bedrängten ihn, kreisten ihn immer mehr ein und drückten ihn tief ins Polster.

Jedenfalls musste er ihn loswerden, schoss es ihm durch den Kopf. Nur wie?

Seit er in Deutschland gelandet war, hätte es nicht beschissener laufen können. Wäre er doch in L.A. geblieben! Aber nein, er musste seinen Arsch hierher bewegen. Natürlich brauchte er das Geld. Und zwar das Ganze. Klar. Genau deshalb war er ja gekommen. Nun saß er hier, hatte nichts erreicht und das Erbe schien ihm durch die Hände zu rieseln wie Sand. Dafür war sein Cousin wahrscheinlich kurz vorm Abnippeln. Er war unglücklich gefallen und mit dem Hinterkopf auf die Geländerkante der Steinbrücke geschlagen. Es war ein Unfall gewesen, klar. Das Dumme war nur: Das würde ihm niemand abnehmen. In der Situation, in der er sich befand, schon gar nicht.

Auf dem Weg hierher mit Rauscher war ihm keine Menschenseele begegnet. Kein Wunder. Im Holzhausenviertel wurden die Bürgersteige hochgeklappt, sobald es dunkel wurde. Gesehen hatte ihn also niemand. Trotzdem konnte er ihn nicht einfach hier liegen lassen.

„Was mache ich jetzt mit dir, Ex-Bulle?"

Das waren so Momente, die Thomas hasste. Seine Gedanken liefen Amok. Er bekam sie nicht in den Griff. Während er sich eine Kippe anzündete und einen tiefen Zug nahm, traf er eine Entscheidung. Irgendeine musste er treffen, da half alles nichts. Nach weiteren drei, vier Zügen drückte er die Kippe aus, schwang sich hoch, auch wenn es ihm verdammt schwerfiel, und wandte sich der Couch zu. Er packte Rauscher am Kragen, dessen Augen geschlossen waren, und zog ihn hoch. Wie ein nasser Sack lag er in seinen Armen. Das Gewicht lastete schwer auf ihm.

Er seufzte. „Auf geht's, Alter!", presste er hervor. „Wir beide haben jetzt was vor."

40

„Mist!", entfuhr es Jana Kern, als sie mit Ingo Thaler vor dem Haus von Adelheid Bergmann-Rauscher stand und niemand geöffnet hatte.

„Wir müssen trotzdem rein", schlug Thaler vor. „Wer weiß!"

Da die Haustür zu war, drückte er auf alle sechs Klingelschilder, bis er eine männliche Stimme in der Gegensprechanlage vernahm. „Wer ist da?"

„Kripo Frankfurt. Kommissar Ingo Thaler", meldete er sich. „Wir müssen in die Wohnung von Adelheid Bergmann-Rauscher."

Er hörte den Summer und drückte die Tür auf. Gemeinsam betraten sie den Hausflur. Im Erdgeschoss rechts öffnete sich eine Wohnungstür. Ein älterer Mann in einem dunklen Trainingsanzug trat heraus.

Thaler zückte seinen Dienstausweis und hielt ihn ihm vor die Augen. „Wie heißen Sie?"

„Hofmann, Theo. Sie haben Glück. Bin hier so ne Art Hausmeister und habe alle Schlüssel." Er lächelte. „Worum geht's denn?"

Da Ingo zögerte, trat Jana forsch vor. „Ich bin Jana Kern, Kripo Königstein. Die Ermittlungen im Fall Karl Bergmann wurden neu aufgenommen. Daher müssen wir die Wohnung inspizieren."

„Moment." Hofmann ging zurück in die Wohnung und kam nach einer Minute zurück. „Soll ich vorgehen?"

„Es reicht, wenn Sie uns den Schlüssel geben", sagte Jana und nahm ihn mit einem gezielten Griff an sich. „Sie bekommen ihn auch sicher in den nächsten Tagen wieder zurück."

Bevor Hofmann protestieren konnte, stürmte sie die Treppe hoch. Ingo Thaler versuchte, an ihren Fersen zu bleiben, was ihm nur mit Mühe gelang.

„Andreas?", schrie Jana aus Leibeskräften, als sie sich endlich Zutritt zu Tante Adelheids Wohnung verschafft hatte. „Andreas?"

Sie machte Licht, schaute in alle Räume. Fehlanzeige.

Thaler blickte sie kurz scharf an.

„Was denn? Wir ermitteln doch. Zwar nicht offiziell, aber was nicht ist, kann ja noch werden. Bisschen flunkern wird man wohl noch dürfen."

Thaler verbot sich einen Kommentar und unterstützte sie beim weiteren Durchsuchen der Räume. Als Letztes betraten sie das Wohnzimmer, das am Flurende lag. Sie standen in der Mitte des großen Raumes und starrten auf die Couch.

„Blut!", rief Thaler, als er die roten Flecke auf dem hellen Bezug bemerkte.

„Scheiße!", kommentierte Jana und hielt sich die Hand vor den Mund. Tränen schossen ihr in die Augen.

„Ausgeflogen!" Ingos Aussage hing in der Luft. Am liebsten hätte er sie rückgängig gemacht. Sie hatte etwas Desillusionierendes.

Jana ging langsam zur Couch und nahm das Polster genauer in Augenschein. „Sieht noch frisch aus", krächzte sie und wischte sich die Tränen ab. „Verflucht!"

„Muss ja nicht von Rauscher stammen ..."

Jana versuchte, sich nicht von ihren Gefühlen überwältigen zu lassen, riss sich zusammen und wandte sich Thaler zu. „Was machen wir jetzt?"

„Großfahndung!"

„Und nach wem?"

„Rauscher natürlich! Ich leite alles ein. Moment." Er zückte sein Handy und verließ den Raum.

Jana ließ sich auf einen Polstersessel fallen und fuhr sich mit beiden Händen übers Gesicht. Das konnte doch nicht wahr sein. So was hätte sie Thomas nicht zugetraut.

Von draußen hörte sie Thalers Stimme, Sprachfetzen. „Ja ... Andi ... verschwunden ... Blut ... Fahndung ... Aber wir glauben, ihm ist was passiert ... Ja, große Scheiße ... Haben wir alles schon versucht ... Aber zackig jetzt."

Jana spürte, wie die Verzweiflung langsam Besitz von ihr nahm und drohte, sie vollends zu verschlingen. Sie musste dagegen ankämpfen, sich ablenken, an was anderes denken. Eine neue Ladung Tränen lief ihr die Wangen hinunter. Es fiel ihr unendlich schwer, sich zu beherrschen.

„Du brauchst einen klaren Kopf", sagte sie zu sich selbst.

Zum Glück kam Thaler wieder ins Wohnzimmer.

„Und?"

„Fahndung läuft. Wär doch gelacht, wenn wir den Rauscher nicht finden würden."

„Danke, Ingo!"

„Für was?"

„Das weißt du genau."

„Unsinn! Ist doch selbstverständlich."

„Was hat Markowsky gesagt?"

„Nichts. Ich hab mit dem KDD telefoniert. Er weiß von nix. Geht alles auf meine Kappe."

Jana erhob sich, weil sie Ingo umarmen wollte, zuckte aber plötzlich zurück. Aus den Augenwinkeln nahm sie etwas wahr. Etwas, das auf dem Teppichboden halb unter der Couch lag und metallisch aussah.

Sie bückte sich und hob das Handy auf. „Das gehört Andreas", rief sie aus. „Hat er wohl verloren."

„Bist du sicher?"

„Ich erkenne es."

„Kennst du auch den Sicherheitscode?"

Jana überlegte. Sie erinnerte sich an seine Tastenkombination, die er ihr mal gesagt hatte, und gab sie ein.

„Schau in die Anrufhistorie!"

Jana klickte eine Weile. „Okay. Hier: der letzte Anruf gestern 15.57 Uhr. Er ging an ... Thomas ..." Der Name trug einen merkwürdigen Beigeschmack, so wie sie ihn aussprach.

„Ruf ihn an!", forderte Thaler.

„Ich weiß nicht ... Vielleicht raste ich aus ... Glaube nicht, dass er überhaupt rangeht."

41

Jana versuchte, ihre Sorgen um Rauscher so gut es ging zu unterdrücken und überwand sich schließlich, Thomas' Nummer zu wählen. Doch niemand nahm den Anruf entgegen.

„Vielleicht erkennt er Rauschers Nummer und kann sich denken, dass jemand das Handy gefunden hat", fand Thaler eine mögliche Erklärung.

Jana zuckte die Achseln.

„Was ist Thomas für ein Typ?", wollte Thaler plötzlich wissen.

„Ich weiß nicht, ich hab ihn nur zweimal kurz gesehen ..."

„Beschreib ihn mir!"

„Notorisch aggressiv, würde ich sagen. Ein Stänkerer vor dem Herrn. Wenn er den Raum betritt, möchte man am liebsten die Flucht ergreifen."

Thaler sah aus, als denke er angestrengt über Janas Worte nach. „Es wird Zeit, dass die Frankfurter Kripo aktiv wird. Was meinst du?"

„Höchste Zeit!"

„Also gut."

„Redest du etwa von neuen Ermittlungen?"

„Und ob! Die Indizien sind vorhanden. Erzähl mir noch mal, was wir haben, also, ich meine, was Rauscher – oder ihr beide – zusammengetragen habt?"

Jana versuchte, in ihrem Kopf die Dinge zu ordnen. „Rauscher hat dir ja von den Kaugummis erzählt?"

„Ja."

„Du wolltest keine DNA-Analyse. Vielleicht solltest du das überdenken?"

„Schon passiert! Wo befindet sich der neue Kaugummi?"

„Bei uns in der Wohnung, nehme ich an. In Rauschers Büro."

„Gut, den holst du. Ich muss ein Wiederaufnahmeverfahren beantragen, um den alten Fall offiziell wieder aufrollen zu können, und lasse mir dann den Kaugummi aus der Asservatenkammer der Staatsanwaltschaft kommen. Die Sachen der ungelösten Fälle lagern dort. Bei Mord müssen sie fünfzig Jahre aufbewahrt werden. Was haben wir noch?"

„Es besteht der Verdacht, dass Thomas schon viel früher in Frankfurt war als am Vorabend der Beerdigung. Und dass er dafür gesorgt hat, dass Tante Adelheid ..."

„Ach ja, richtig. Rauscher hat das auch gemutmaßt. Ich sollte für ihn checken, wann er in Frankfurt gelandet ist und ob die Möglichkeit einer Exhumierung ...“

„Und?“

„Ersteres ja, das werde ich sofort machen. Das Zweite ... also, da muss ich Markowsky einweihen, das kann ich nicht riskieren.“

„Okay, das machen wir aber erst, wenn wir das Ergebnis deiner Recherche haben.“

„Alles klar. Fällt dir noch was ein?“

„Ja, der Brief.“

„Welcher?“

„Den Thomas an seine Großmutter geschrieben hat. Rauscher wollte dir davon erzählen.“

„Hat er aber nicht. Was steht drin?“

Jana konnte die Zitate zwar nicht mehr auswendig, aber sie gab wieder, was sie von den Sätzen noch im Kopf hatte. Danach schaute sie Thaler eine Weile an.

„Bisschen dünn, ich weiß.“

„Hmmm, ja. Aber es ist eine weitere Spur. Verdächtig macht er sich damit allemal. Zumindest weiß er viel mehr, als er jemals ausgesagt hat. Also gut. Wo ist der Brief?“

„Keine Ahnung. Vielleicht hat ihn Rauscher dabei gehabt, als er ...“

„Mist! War das das Original?“

„Nein, das hat Herr Merzenich, der Ahnenforscher.“

„Der was?“

„Lange Geschichte. Bringt jetzt nichts.“

„Kannst du ihn kontaktieren und den Brief besorgen?“

„Sicher.“

„Also gut. Dann los jetzt! Wir dürfen keine Zeit verlieren.“

Gemeinsam verließen sie kurz darauf die Wohnung. Den Schlüssel nahmen sie vorsichtshalber mit.

42

Während Jana zu Hause in Rauschers Büro nach dem Kaugummi aus Thomas' Aschenbecher suchte, legte Ingo Thaler seine Dienstpistole auf seinem Schreibtisch im Präsidium ab und ließ sich in den Schreibtischsessel gleiten. Dann starrte er den Druck von Jackson Pollock an der gegenüberliegenden Wand an. Rote, blaue, grüne und gelbe Spritzer, Kleckse und undefinierbare Formen. Abstrakte Kunst. Genauso abstrakt war das, was sich in seinem Kopf abspielte.

Er musste unbedingt das Chaos entwirren, um den Fall etwas konkreter werden zu lassen. Er gab sich einen Ruck, fuhr seinen Rechner hoch und begann systematisch, die Passagierlisten zu überprüfen, die er noch aus der Wohnung angefordert hatte und die ihm inzwischen in digitaler Form vorlagen. Und zwar von allen Flügen, die seit Adelheid Bergmann-Rauschers Tod bis zum Vorabend ihrer Beerdigung in Frankfurt gelandet waren. Das waren eine Menge. Die Suche war umständlich, weil er weder die Airline noch den Tag, geschweige denn die ungefähre Zeit wusste. Nicht einmal, von welchem Flughafen er aus den USA nach Deutschland geflogen war. Das machte die Sache kompliziert. Er saß jetzt schon vierzig Minuten dran, als es klopfte.

Auf sein Herein öffnete sich die Tür. Ein Polizeibeamter erschien und stellte ihm eine mittelgroße Kiste auf den Schreibtisch.

„Hier bitte unterschreiben!", sagte er und hielt ihm ein Schreiben hin.

„Sind das die Sachen des alten Falls Bergmann?"

„Richtig."

Nachdem Thaler unterschrieben hatte, machte sich der Mitarbeiter wieder auf den Weg. Thaler unterbrach seine Recherche, weil er neugierig war, was sich im Inneren der Kiste befand, hielt dann jedoch inne, denn sein Handy klingelte.

„Ich hab den Kaugummi gefunden", sagte Jana, als er den Anruf angenommen hatte.

„Und ich hab die Kiste mit den Sachen zum Fall Bergmann, bin aber noch nicht dazu gekommen ..."

„Alles klar", unterbrach sie ihn. „Ich fahr jetzt weiter zu Merzenich. Wenn ich den Brief habe, komme ich unverzüglich ins Präsidium."

„Mach das! Wir sehen uns."

Er klickte das Gespräch weg, legte das Handy beiseite und nahm den Deckel der Kiste ab. Auf den ersten Blick erkannte er Umschläge, Plastikhüllen, Filter- und Wachspapiere, in denen Beweismaterial – zum Beispiel Klamotten oder das, was davon übrig schien – gesichert worden war. Er nahm jedes einzelne Beweisstück in die Hand, betrachtete es eine Weile und schätzte ab, ob es noch nützlich für die neuen Ermittlungen sein könnte. Dann legte er es ab. Als er so bis zur untersten Schicht der Kiste vorgedrungen war, fiel ihm dort ein durchsichtiger Kleinbehälter ins Auge. Darauf war ein Etikett geklebt mit den Worten ‚Beweisstück 13: Kaugummi'. Sofort holte er den Behälter aus der Kiste und ballte die Hand zur Faust. „Yes!", rief er aus. „Jetzt gilt es, die Daumen zu drücken."

Nachdem er den kleinen Behälter griffbereit auf seinem Schreibtisch positioniert hatte, widmete er sich wieder den Passagierlisten und ging sie Name für Name durch. Insbesondere die Namen Tom und Thomas sowie den Nachnamen Bergmann nahm er ins Visier, wobei natürlich auch die Möglichkeit bestand, dass der Verdächtige ein Pseudonym benutzt hatte, zum Beispiel seinen Spitznamen Speedy. Oder eine Kombination aus den diversen Namen.

Nach einer weiteren knappen halben Stunde merkte er, dass es länger dauern würde, als er ursprünglich angenommen hatte. Langsam nervten ihn die vielen Namen und er hatte das Gefühl, die berühmte Nadel im Heuhaufen zu suchen.

Dankbar für die Ablenkung registrierte er, dass jemand anklopfte und in sein Büro kam.

„So, hier sind die Sachen." Jana stand vor ihm und reichte ihm eine Tüte mit dem Kaugummi und einen Briefumschlag. „Da ist der Brief drin. Herr Merzenich hat mir dankenswerterweise eine Kopie gemacht."

„Super, danke dir. Die beiden Kaugummis lasse ich sofort abholen und ins Labor bringen." Er nahm den Hörer ab und gab Instruktionen. Keine Minute später öffnete sich die Tür und ein Mitarbeiter holte die Kaugummis ab.

„Schon was Neues von der Fahndung?", fragte Jana mit hoffnungsvoller Stimme. Sie setzte sich auf die Kante seines Schreibtisches.

„Leider nein. Sonst hätte ich dich ja sofort informiert."

„Klar. Und, bist du schon auf was gestoßen?" Sie hatte aus den Augenwinkeln die Namenslisten auf Thalers Bildschirm gesehen.

„Puhhh, das ist anstrengender und langwieriger, als ich gedacht habe. Aber du könntest mich dabei unterstützen."

„Gerne, falls es nix anderes zu tun gibt."

„Zurzeit ist das wohl das Wichtigste."

„Also gut. Wie wollen wir es an...?" Weiter kam sie nicht, denn im nächsten Moment erstarrten beide. Der Chef, Klaus Markowsky, war ins Büro getreten und stemmte beide Hände in die Seiten, als er sich vor ihnen postierte.

„Was geht hier vor?", rief er empört aus. Als er Jana erkannte, fügte er in lautem Tonfall hinzu: „Und was haben Sie hier verloren?" Das ‚Sie' hatte er unnötigerweise stark betont, als handle es sich bei Jana um eine Fremde.

Jana versuchte für einen Augenblick, die Contenance zu wahren, aber der Versuch scheiterte auf ganzer Linie. „Wenn Sie nicht sofort den Rand halten", schrie sie, „flippe ich aus!"

„Ganz wie Ihr werter Freund", erwiderte Markowsky mit gerümpfter Nase. „Sie geben sich also alle Mühe, in Rauschers Fußstapfen zu treten. War ja nicht anders zu erwarten."

„Es geht um sein Leben!", platzte Jana hervor. „Sie Ignorant! Wissen Sie eigentlich, wie oft er Ihnen den Arsch gerettet hat, weil er Fälle für Sie gelöst hat, die aussichtslos erschienen?" Sie wartete nicht die Antwort des etwas konsterniert wirkenden Leiters der Frankfurter Mordkommission ab, sondern hängte flugs an: „Und jetzt verpissen Sie sich und lassen uns unsere Arbeit machen!"

„Das ... das wird Konsequenzen nach sich ziehen", stotterte Markowsky, bevor er sich umwandte und das Büro so schnell verließ, wie er hereingeplatzt war.

Thaler schüttelte den Kopf.

„Was ist?", fragte Jana mit sachlicher Stimme. Sie schien sich wieder im Griff zu haben.

„Musste das sein?"

„Und ob! Manchmal muss man solchen Typen einfach die Grenzen aufzeigen."

„Ich hoffe nur, dass wir ihn in nächster Zeit nicht dringend für etwas gebrauchen können."

„Und wenn schon! Finden wir eben jemand anderen, das wird ja wohl möglich sein."

Thaler nickte. „Und jetzt lass uns weitermachen!" In der nächsten Sekunde klemmte er sich ans Telefon und wählte die Nummer des Labors. „Ja, Fredi, hallo, ich bin's, Ingo. Du, in den nächsten Minuten müssten bei euch zwei Kau... Sind schon da? Na, prima. Du, ich wäre euch sehr verbunden, wenn ihr es sofort machen könntet. Ja, ich weiß, es ist immer dringend und ... Ja, ja, ihr könnt nicht hexen, aber du hast was gut bei mir. Es geht immerhin um den Kopf von Rauscher ... Ja, genau, unserem Rauscher!"

43

So akribisch Ingo Thaler und Jana Kern auch suchten, sie hatten in den letzten beiden Stunden keinen Thomas oder Tom Bergmann oder ein anderes mögliches Pseudonym gefunden. Sie hatten sich die Listen aufgeteilt. Thaler ließ Jana an einem zweiten Rechner arbeiten. Sie gingen dabei chronologisch vor. Doch nun waren nur noch wenige Namenslisten übrig, die sie durcharbeiten mussten.

„Die letzten zehn Flüge, puhhh. Irgendwie glaub ich nicht mehr dran." Jana klang pessimistisch.

„Aber irgendwann muss er ja eingeflogen sein. Sonst wäre er ja nicht hier."

„Stimmt. Die restlichen Flüge sind allesamt am Tag vor der Beerdigung in Frankfurt gelandet", sagte Jana. „Das würde bedeuten, er kann unmöglich der Mörder seiner eigenen Mutter gewesen sein. Immerhin etwas."

„Und wir bräuchten keine Exhumierung vornehmen lassen, was mich immens beruhigen würde."

Thaler hatte kaum den Satz zu Ende gesprochen, als Jana aufschrie: „Treffer!"

Thaler stand rasch auf und stellte sich hinter sie, sodass er den Bildschirm gut im Blick hatte.

„Schau hier! Tom Bergmann." Sie deutete mit dem Zeigefinger auf eine Zeile in der Mitte der Liste. „Er ist um 16.45 Uhr in Frankfurt gelandet."

„Einen Tag vor der Beerdigung. Und was schließen wir daraus?"

„Er hat die Wahrheit gesagt."

„So schaut's aus! Zum Glück müssen wir nicht buddeln."

„Also scheint Tante Adelheid tatsächlich eines natürlichen Todes gestorben zu sein."

„Hast du wirklich daran gezweifelt?"

„Wenn du Thomas persönlich erlebt hättest ..."

„Okay. Also, dieses Kapitel wäre abgeschlossen. Wie machen wir jetzt weiter? Die DNA-Analyse lässt noch auf sich warten."

„Wann rechnest du mit einem Ergebnis?"

„Ehrlich gesagt: keine Ahnung! Lass uns den Brief anschauen."

„In Ordnung. Hast du ihn schon gelesen?"

„Nein. Hole ich aber sofort nach."

Während Thaler sich den Brief zu Gemüte führte und die entscheidenden Absätze vier- bis fünfmal las, schnappte sich Jana eine Kanne, die auf dem Tisch stand, schüttelte sie und sagte: „Bingo!"

„Hab ich vorhin gemacht", ergänzte Thaler, der sie aus den Augenwinkeln beobachtet hatte.

Jana schenkte sich eine Tasse Kaffee ein. „Magst du auch eine?"

„Gerne."

Sie reichte Thaler ebenfalls eine Tasse.

„Und?" Sie blickte auf den Brief, den Thaler noch in der Hand hielt. „Wie ist deine Meinung dazu?"

„Da kann ich nix machen", sagte Thaler trocken.

„Wie meinst du das?"

„Reicht nicht aus, um einen Haftbefehl gegen Thomas zu erwirken."

„Verfluchte Hacke!", brüllte Jana los.

„Ruhig Blut!", meinte Thaler. „Es bringt nichts, hier rumzuschreien."

„Sorry, aber ich bin etwas ... angespannt."

„Kann ich verstehen. Mir geht's nicht anders. Aber wir müssen etwas die Schärfe rausnehmen, weil wir jetzt auf die anderen angewiesen sind."

„Wie meinst du das?"

„Hier können nur Markowsky oder Jan Krause helfen."

Jana senkte den Kopf. „Dann lieber Jan. Was versprichst du dir davon?"

„Hier müssen ranghöhere Leute bei der Staatsanwaltschaft anklopfen. Ein kleines Licht wie ich kommt da nicht weiter."

„Stell dein Licht nicht unter den Scheffel. Du bist hier der Beste. Hoffentlich weißt du das auch!"

„Danke, das hilft mir aber momentan auch nix. Aber ich kann es bei Krause versuchen. Versprechen kann ich jedoch nix."

„Worauf wartest du?" Sie machte eine Geste, mit der sie Thaler auf Trab bringen wollte.

„Ist ja wie beim Akkord hier."

„Geht ja auch um alles."

„Ich beeile mich."

„Kann ich nicht vielleicht mitkommen?" Jana bemühte ihre allerlieblichste Stimmlage.

„Mehr als rausschmeißen kann er uns eh nicht. Los, komm!"

Kurz darauf hallten ihre Schritte durch die Gänge des Präsidiums.

44

Durch seinen Kopf summte ein Schwarm Bienen. Oder waren es Hornissen? Die Biester griffen ihn an, wollten ihn stechen, einige hatten bereits ihr Ziel erreicht. Sein Schädel schmerzte an mehreren Stellen, doch am Horizont erkannte er Licht. Es wurde ... hell. Er öffnete die Augen.

„Jana?" Seine Stimme, ein Flüstern.

Kommissar Rauscher erhob sich schwerfällig und nahm langsam Notiz von seiner Umgebung. Alles in Weiß. Er lag unter einer weißen Decke auf einer weichen Wolke. Ja, er war im Himmel, endlich! Wie schön es hier war. Doch vor seinen Augen lag eine Art Schleier. Er nahm seine Umgebung wie durch Watte wahr. Die weißen Wände und einige Gerätschaften schienen zu schweben. Dafür roch es sauber und rein. Und es war so ruhig. Ja, eine vollendete Stille umgab ihn. Er hörte nichts.

Wo war denn Gott?, fragte er sich. Der musste doch hier irgendwo rumspringen. Aber er sah niemanden.

Ein wohliges Gefühl umgab ihn. Sterben kann so schön sein, dachte er.

Dabei wollten die meisten Leute, die er gekannt hatte, nie etwas mit dem Tod zu tun haben. Aber war er nicht die bessere Alternative statt eines Lebens voller Frust und Stress und Hektik und ...

Eine Schmerzwelle, die von seinem Hinterkopf ausging, ließ ihn seinen Gedanken vergessen und zurück in die weiche Wolke sinken. Es hämmerte mächtig an seiner Kopfwand.

Er blickte nach oben. Selbst der Himmel über ihm war hier weiß und nicht blau.

Die Augen fielen ihm zu und er sank zurück in einen traumerfüllten Schlaf, der ihn die letzten Stunden seines Lebens noch einmal durchleben ließ.

Das Einzige, was ihm leid tat, war, dass er keine Gelegenheit gehabt hatte, sich von Jana zu verabschieden.

45

Jan Krause kauerte im Lichtkreis der Schreibtischlampe über seinem Laptop und tippte Berichte. Er hasste es, wenn Fälle gelöst, aber die dazugehörigen Berichte nicht ordnungsgemäß geschrieben und abgelegt waren. Das ließ ihm keine Ruhe. Für andere war das lästiger Kleinkram, bestenfalls eine Pflichtübung. Er wusste es besser. Sie waren essentiell, um einen Täter dingfest machen zu können, ohne vor Gericht eine böse Überraschung zu erleben. Wie oft war es schon vorgekommen, dass schlampige Arbeit die Strafverfolgung vor Gericht unmöglich gemacht hatte? Und dazu gehörte nun mal eine tadellose Dokumentation der geleisteten Ermittlung.

Krause schrieb fleißig weiter, arbeitete weit über das übliche Pensum hinaus und dachte gerade an das Feierabendbierchen, das er sich abends gönnen würde, als seine Tür aufflog. Er erkannte sogleich Ingo Thaler, den er so forsch nicht in Erinnerung hatte. Und in seinem Schlepptau tauchte eine Person auf, mit der er hier am allerwenigsten gerechnet hatte. Hatte er Halluzinationen? Nein! Nachdem er beide Augen zweimal zugepetzt und wieder geöffnet hatte, war sie immer noch da.

„Hallo Jana", rief der bass erstaunte Krause. „Träum ich, oder was?"

„Du siehst ganz richtig", übernahm Thaler die Rede, „aber wir haben keine Zeit für lange Erklärungen. Es läuft eine Großfahndung nach Rauscher ..."

„Von einer Großfahndung hab ich gehört", unterbrach ihn Krause. „Aber nicht geahnt, dass es um Rauscher geht. Konnte ich auch nicht, weil ich hier eingespannt bin. Was ist passiert?"

Thaler erläuterte ihm die Geschehnisse der letzten vierundzwanzig Stunden im Zeitraffer und erwähnte auch den Brief. Krause brauchte gar nicht zu überlegen und stimmte ihm sofort zu: „Gut gemacht! Wenn's brennt, bin ich dabei. Wo kann ich helfen?"

„Wir brauchen einen Haftbefehl für Thomas Bergmann."

Krause verzog den Mund. „Könnte schwierig werden."

„Ich weiß. Die DNA-Analyse liegt noch nicht vor. Derzeit haben wir nur den Brief."

Krause verzog den Mund. „Sorry Leute, aber wenn wir nur den Brief haben, sehe ich keine Chance. Kein mir bekannter Staatsanwalt begibt sich dafür auf dünnes Eis."

Jana kam noch einen Schritt näher. „Jan. Rauscher hat in den letzten Tagen alles Menschenmögliche in Gang gesetzt und jetzt sind wir so kurz vorm Ziel." Sie ließ eine Lücke zwischen Daumen und Zeigefinger und hielt sie ihm dicht vor die Augen. „Und jetzt kommst du ins Spiel. Warum versuchst du es nicht wenigstens? Dann können wir später sagen, wir haben alles probiert."

Krause schien verunsichert zu sein. „Nun ja. Versteh mich nicht falsch, aber ich mache mich nur ungern lächerlich gegenüber den hehren Hütern des Gesetzes. Ihr wisst, wie ich das meine. Ich sehe nur eine Möglichkeit."

„Und die wäre?", drängte Jana.

„Wir müssen Markowsky einschalten. Er könnte es auf seine Kappe nehmen. Das ist die einzige Chance."

„Mist!", sagte Jana kleinlaut.

„Wieso?", wollte Krause wissen.

„Wir sind eben etwas ... aneinandergerasselt", antwortete Jana noch leiser.

„Dann bleibt nur eins."

„Und was?"

„Entschuldige dich!"

„Ein Bittgang bei Markowsky? Und wie soll das ablaufen? Soll ich etwa auf die Knie vor ihm fallen? Immerhin ist er derjenige, dem ich es verdanke, dass ich zur Wasserschutzpolizei in den Osthafen versetzt werde."

„Davon wusste ich noch gar nichts", sagte Krause.

„Und ich erst recht nicht", schaltete sich Thaler ein.

„Ist ja auch egal jetzt. Was soll ich tun?" Jana starrte ihn hoffnungsvoll an.

„Zur Not auch auf die Knie gehen", antwortete Krause. „Hier entlang, wenn ich bitten darf!"

46

Als Rauscher das nächste Mal erwachte, befand er sich immer noch auf der kuscheligen, weißen Wolke. Er wusste nicht, wie viel Zeit vergangen war, fühlte sich wohl, aber wie in Trance, und seine Sicht schien immer noch etwas eingeschränkt zu sein. Deshalb suchte er tastend unter der Decke nach seinem Handy, musste aber feststellen, dass er fast nackt war. Wo waren seine Klamotten? Er sah sich um, konnte aber im Raum nichts liegen sehen. Sein Handy schien verschwunden.

Als er aufstehen wollte, jagte ein erneuter Schmerz durch seinen Kopf, sodass er diesen Plan zurückstellen musste. Er fühlte sich hilflos. Verdammt, hier im Himmel musste es doch irgendeinen Service geben, überlegte Rauscher und suchte eine Klingel oder etwas Ähnliches.

Diese brauchte er aber gar nicht mehr zu finden, denn eine Tür öffnete sich und eine Himmelsschwester, ganz in Weiß gekleidet, betrat den Raum.

Sie stellte sich neben sein Bett und kontrollierte einige Schläuche und Hängebeutel.

„Mein Handy?", hauchte er ihr entgegen. Das Sprechen fiel ihm schwer.

„Sie hatten kein Handy dabei, als sie hergekommen sind. Sie hatten gar nichts bei sich. Sie müssen sich ausruhen. Schlafen Sie noch ein wenig. Der Chef kommt später zu Ihnen."

„Aber ...", sagte Rauscher, doch sein Aufbegehren misslang. Er hätte sie gerne noch mehr gefragt, aber das ging nicht. Die Himmelsschwester wandte sich ab. Gerade wollte sie den Raum verlassen, als sie sich noch einmal umdrehte: „Wenn die Schmerzen zu doll sind, kann ich Ihnen nachher noch eine Spritze geben. Dann werden Sie himmlisch schlafen."

Hinter ihr flog die Tür zu. Also musste er auf Gott, ihren Chef, warten. Es half nichts. Ihm fielen schon wieder die Augen zu. Er wollte sich zwar dagegen wehren, hatte aber nicht die Kraft dafür.

47

Obwohl sie eine Menge Bammel hatte, klopfte Jana an Markowskys Bürotür und wartete nicht ab, bis sie hereingerufen wurde, sondern öffnete spontan und trat ein. Hinter ihr kamen Krause und Thaler im Gleichschritt in den Raum. Alle drei stellten sich nebeneinander vor Markowsky auf. Sie sahen aus wie Schüler, die vom Direktor vorgeladen worden waren, um eine Strafe entgegenzunehmen.

Markowsky, der gerade damit beschäftigt war, einige neue Personalverträge gegenzuzeichnen, hob langsam den Kopf und wunderte sich über den Auftritt.

„Meine Dame, meine Herren, wie kann ich Ihnen helfen?", begrüßte er die drei Kommissare sehr sachlich und schien den Disput vergessen zu haben.

„Ich weiß, dass Sie mich nicht sehen wollen und sowieso nicht leiden können, Herr Markowsky", begann Jana und es klang sehr devot, „und ich kann das sogar teilweise nachvollziehen. Ich bitte Sie jedoch, heute einmal darüber hinwegzusehen, denn es geht um nichts weniger als um Leben und Tod."

Markowskys Augen weiteten sich. Er ließ seinen Blick von Krause über Thaler zu Jana schweifen, wo er hängenblieb. Dann schaute er ihr streng in die Augen.

„Könnten Sie bitte etwas konkreter werden? Sonst stehen Sie womöglich morgen früh noch hier."

Jana holte aus, erzählte von den Geschehnissen und erwähnte zuletzt das bislang einzige Beweisstück, den Brief. Sie schloss mit den Worten: „Wir möchten Sie daher eindringlich bitten, einen Haftbefehl für Thomas Bergmann zu erwirken. Sie sind der Einzige, der in diesem Fall bei der Staatsanwaltschaft etwas ausrichten kann."

Markowsky atmete tief aus. Wandte den Kopf zur Seite und blickte eine Weile aus dem Fenster, blieb aber stumm. Seine Gedanken kreisten, das spürten alle im Raum.

„Sie rollen den Fall doch bereits auf, allerdings ohne meine Zustimmung, wie ich betonen möchte", erklärte er und durchbohrte mit bösem Blick Ingo Thaler. „Und sobald es eng wird und Sie an Grenzen stoßen, soll ich für Sie die Kartoffeln aus dem Feuer holen? Sind Sie eigentlich noch zu retten?" Er legte eine Kunstpause ein, setzte aber kurz darauf noch einen drauf: „Was Sie hier aufziehen, grenzt an Nötigung, um nicht Erpressung zu sagen."

„Ich verstehe Ihren Ärger voll und ganz", stimmte ihm Jana aus taktischen Gründen zu. „Aber können Sie das nicht einfach bis morgen zurückstellen? Dann können Sie uns richtig rundmachen. Jetzt aber geht's um Andreas Rauschers Leben. Wenn wir Thomas finden, finden wir vielleicht auch ihn."

Krause und Thaler schlossen sich mit einem entschiedenen Nicken Janas Worten an, hielten aber vorsichtshalber, um den Chef nicht weiter zu bedrängen oder gar zu verärgern, den Mund. Alles war gesagt.

Bevor Markowsky etwas erwidern konnte, öffnete sich hinter ihnen die Tür.

„Ach, hier seid ihr!", rief ein Polizeibeamter und betrat das Büro. „Ich suche euch schon überall. Das Ergebnis der DNA-Analyse liegt vor."

Alle wandten sich um. Markowsky stand von seinem Platz auf und stellte sich neben die Gruppe. Die Spannung im Raum stieg.

Nach einer ungeduldigen Geste von Krause setzte der Kollege wieder an. „Bei dem neuen Kaugummi war es ganz einfach. Wir haben ja seit einiger Zeit das Rapid-DNA-Profiling zur Verfügung und konnten die DNA im Kaugummi recht schnell bestimmen. Anders war es mit dem alten Kaugummi. Das Problem ist das Extrahieren der DNA. Die ersten Proben enthielten nämlich überhaupt keine. Es schien so, dass nach dreißig Jahren keine DNA mehr im Kaugummi nachweisbar war. Doch dann ist einer unserer Forensiker auf eine Probe gestoßen, in der sich tatsächlich noch DNA nachweisen ließ. Er hat sie bestimmt und mit der aus dem neuen Kaugummi verglichen."

„Und? Was ist dabei rausgekommen?" Jana wedelte mit den Armen, weil sie die Spannung kaum noch aushalten konnte. Krause trippelte von einem auf den anderen Fuß und Thaler hielt sich die Hand vor den Mund, so angespannt war er. Nur Markowsky blieb die Ruhe in Person.

„Wir gehen zu 99,9 Prozent davon aus", ergänzte der Kollege seinen Bericht, „dass es sich um zwei verschiedene DNAs handelt."

„Wie jetzt?", rief Jana aus, nachdem das Ergebnis verkündet war. „Das heißt doch, dass ..." Sie stockte, weil sie mit dem genauen Gegenteil gerechnet hatte. In ihrem Kopf liefen die Gedanken Amok.

„Das heißt", vervollständigte Ingo Thaler ihre begonnene Schlussfolgerung, „da wir wissen, dass es sich bei dem neuen Kaugummi zu 100 Prozent um die DNA von Thomas Bergmann handeln muss, stammt der alte Kaugummi ziemlich sicher nicht von ihm."

Als Thaler ausgesprochen hatte, schwiegen alle. Das mussten sie zunächst einmal verkraften. Sie hatten sich auf dem richtigen Weg gewähnt. Und nun das. Sie standen wieder am Anfang. Oder vor dem Nichts, wie einigen schlagartig bewusst wurde.

Hatten Sie etwas übersehen? Und wenn ja, was? Hatte sich Rauscher getäuscht? Waren sie einer völlig falschen Spur gefolgt? Konnte man dem Laborergebnis überhaupt trauen?

Jana schüttelte den Kopf. Sie war so sicher gewesen. Doch jetzt, so kurz vor dem vermeintlichen Ziel, zerbröselte alles in ihren Händen.

Markowsky gewann als Erster die Fassung zurück. „Stehen Sie hier nicht rum wie die Ölgötzen! An die Arbeit! Mir scheint, Sie müssen neu beginnen. Denken Sie neu, meine Dame und meine Herren! Und jetzt raus hier! Ich habe zu tun."

48

Jemand rüttelte an seiner Schulter, um ihn zu wecken.

Als Rauscher die Augen aufschlug, schaute er in zwei Augen, die er nicht zuordnen konnte.

„Wo bin ich?", fragte der Kommissar.

„Im Bürgerhospital. War am nächsten."

Die Stimme kam Rauscher bekannt vor. Er hob den Kopf an, rieb sich übers Gesicht und erstarrte. Thomas saß an seinem Bett!

Rauscher blickte ihn an, als sei ihm gerade der Leibhaftige erschienen.

„Fast ... hättest du es ... geschafft", brachte Rauscher holpernd über die Lippen.

„Was meinst du?"

Er räusperte sich, weil er immer noch krächzte. „Ich hab mich schon im Himmel gesehen."

„Na ja. Die Wunde an deinem Hinterkopf hat ziemlich geblutet. Gibt ne schöne Beule, aber ich hab deinen Puls gefühlt ... Also wusste ich, dass du noch lebst." Thomas zeigte den Ansatz eines Lächelns.

„Hättest mich doch liegenlassen können."

„Eben nicht. Ich muss dich wieder aufpäppeln, sonst glaubt mir keiner." Thomas schaute ziemlich verbiestert drein.

„Du meinst ...?"

„In meiner Situation hätte doch sofort jeder gedacht, ich hätte dich mutwillig über die Wupper springen lassen."

„Ach, daher kommt der Sinneswandel!"

„Schau mal, was ich für dich besorgt hab." Thomas griff nach unten und hob einen kleinen Kanister empor.

„Das Einzige, was dir wirklich hilft, ist Ebbelwoi." Er schraubte ihn auf, nahm ein Geripptes aus einer Plastiktüte und goss das goldgelbe Stöffche ein.

Rauschers Augen glänzten. „Wusste ich's doch. Ich bin im Himmel." Er setzte sich auf, was ihm zwar schwerfiel, aber angesichts der Aussicht auf sein Lieblingsgetränk überwand er sich und ignorierte sämtliche Schmerzen.

„Hier, trink!"

„Ebbelwoi ist die beste Medizin."

„All you need is Ebbelwoi, wie der Ami sagt."

Rauschers sämtliche Bedenken waren wie weggefegt und sein Mund war trocken. Dagegen musste er etwas unternehmen. Die trübe Färbung lächelte ihn an, sodass er keine Millisekunde länger widerstehen konnte. Er nahm das Gerippte, führte es an den Mund und nippte. Was für ein Schoppen!

„Mensch, Andreas!"

„Hey, was ist los?", fragte Rauscher. „Ist dir eine Laus über die Leber gelaufen?"

„Du kannst es echt nicht lassen?", fragte Thomas.

„Was meinst du?"

„Das Ermitteln. Irgendwas bist du immer auf der Spur. Hab ich recht?"

„Bis zum bitteren Ende." Er verzog den Mund zu einem schmalen, angedeuteten Lächeln. Etwas unwohl fühlte er sich doch dabei, hier so eng mit seinem Cousin zu sitzen. Immerhin betrug der Abstand zwischen ihnen beiden nur knapp fünfzig Zentimeter. Und er war nahezu wehrlos. Wie sollte er sich verteidigen, falls ... Den Gedanken schüttelte er aber gleich wieder ab, denn hätte Thomas etwas Derartiges vorgehabt, hätte er ihn erstens niemals ins Krankenhaus gebracht und zweitens hätte er ihn im Schlaf locker abmurksen können. Aber was sollte das Ganze hier?

Thomas senkte den Kopf. „Ich hab die letzten Stunden hin und her überlegt und bin zu einer Entscheidung gelangt."

Das klang ja fast wie der Ansatz zu einem Geständnis. Rauscher wurde hellhörig, wollte aber nicht zu euphorisch sein, bis er es mit eigenen Ohren gehört hatte.

„Willst du mir was sagen?", fragte er vorsichtig nach.

„Allerdings. Also, ich gebe es zu", gestand Thomas trübselig.

Rauscher starrte ihn fassungslos an.

49

Nach dem Rausschmiss bei Markowsky ging das Kommissar-Trio in Thalers Büro zurück und musste zunächst einmal durchschnaufen. Doch schon nach kurzer Zeit wirkte die Stille bedrückend.

„Ich kann es immer noch nicht glauben", sagte Jana.

„Irgendwas ist uns durchgerutscht", meinte Thaler. „Oder Rauscher hat etwas übersehen. Oder ..."

„Wir hören jetzt mal mit den Spekulationen auf", schlug Krause vor, „und konzentrieren uns auf das, was wir haben." Er ließ sich auf einen

Stuhl sinken und vergrub sein Gesicht in beiden Händen. Seine rasierte Glatze glänzte im Lampenlicht.

Jana lachte auf. „Ganz toll! Aber wir haben doch nix."

„Ganz so düster sieht es auch wieder nicht aus", versuchte Thaler zu beschwichtigen und setzte sich auf seinen Schreibtischstuhl. „Vielleicht ist es ja sogar ein Vorteil, wenn wir uns nicht auf Thomas Bergmann fokussieren. Dann sind wir offen für andere Verdächtige."

„Und zwar für wen?", wollte Krause wissen.

„Wie wär's, wenn wir die Ermittlungen abbrechen?", warf Jana ein. Da niemand etwas erwiderte, fuhr sie fort: „Wir konzentrieren uns auf die Suche nach Rauscher. Vielleicht geht uns Thomas dabei ja auch ins Netz. Dann sehen wir weiter."

Krause fing als Erster an zu nicken. Thaler schloss sich an.

„Wo fangen wir an zu suchen?"

Krauses Frage brachte Jana auf eine Idee. „Okay, wir rekonstruieren den Ablauf. Die Letzte, die Rauscher gesehen hat, bin ich. Er hat die Wohnung verlassen und wollte zu Thomas, das heißt in Tante Adelheids Wohnung. Dort war niemand, als wir angekommen sind. Dafür haben wir zwei Dinge vorgefunden: einen Blutfleck und Rauschers Handy. Und jetzt seid ihr dran!"

Thaler grübelte verzweifelt. „Also gut. Aus meiner Sicht gibt es zwei alternative Möglichkeiten. Erstens: Rauscher …"

Das Klingeln des Festnetztelefons unterbrach ihn unsanft.

„Birkhof vom KDD", sagte Thaler, nachdem er aufs Display geschaut hatte, und ging ran.

„Es gibt was Neues von der Fahndung", sagte der Kollege.

„Moment, ich stelle dich laut." Thaler drückte einen Knopf. „So, schieß los!"

„Hallo in die Runde. Also, die Fahndung hat was ergeben. Wir sind zwar nicht auf den Namen Rauscher gestoßen, aber bei der routinemäßigen Überprüfung aller Krankenhausaufnahmen der letzten 24 Stunden, weil ja Blut geflossen ist, gibt es eventuell einen Treffer. Eine nicht identifizierte Person, männlich, die weder Ausweis noch sonstige Unterlagen bei sich trug, ist am Montagvormittag eingeliefert worden. Sie hatte eine blutende Platzwunde am Hinterkopf. Es könnte sich um den Gesuchten handeln."

„Wie kommt ihr darauf?", hakte Thaler nach.

„Die Beschreibung kommt hin: etwa 1,80 Meter groß, kurze, schwarze Haare, mittelalt und nicht gertenschlank."

„Und wo, verdammt?", brüllte Jana in den Lautsprecher.

„Oh, die Nerven liegen blank", sagte Birkhof. „Im Bürgerhospital. Wollte ich gerade hinzufügen."

„Danke euch", sagte Thaler. „Wir fahren hin."

50

Dass sich Thomas ihm offenbaren würde, mit dieser Wendung hatte Rauscher am allerwenigsten gerechnet. Doch jetzt stand er kurz davor. Rauscher spitzte die Ohren, um auch ja nichts zu verpassen.

„Also, ich gebe zu, dass ich mehr weiß, als ich euch bisher gesagt habe."

Immerhin ein Anfang, dachte Rauscher, wollte Thomas aber nicht unterbrechen.

„Also, meine Mutter ..." Voller Abscheu sprach Thomas das Wort aus.

„Bitte ein wenig mehr Respekt", fuhr Rauscher dazwischen. „Du sprichst immerhin von meiner Tante, die mittlerweile unter der Erde liegt ... Das heißt ..."

„Du willst sie doch nicht etwa wieder rausholen?" Thomas geriet in Rage. Das passte Rauscher ganz und gar nicht in den Kram. Eben noch war er nahezu handzahm gewesen.

„Es gibt einige Indizien, die dafür sprechen, aber wir können darauf verzichten, wenn ..."

„Du bist doch krank! Du hast ja keine Ahnung. Überhaupt keine!" Thomas wurde immer lauter.

„Dann klär mich auf! Hier und jetzt hast du die Gelegenheit dazu. Wir sind ungestört. Raus mit der Wahrheit!"

„Sie hat mich ... Ach, vergiss es!" Thomas winkte ab.

„Red's dir von der Seele, Thomas! Nur zu, bin ganz Ohr. Tut dir sicher gut! Was hat sie?"

Thomas machte den Eindruck, als wollte er die vermeintlich für ihn unangenehme Wahrheit nicht aussprechen.

„Ja, weißt du, damals, das waren noch ganz andere Zeiten. Nicht so verroht und verlottert wie heute", sagte sein Cousin mit seltsam hoher Stimme.

Das sagt der Richtige, dachte Rauscher bei sich, war sich jedoch unschlüssig, worauf Thomas eigentlich hinauswollte.

„Jeder Mensch braucht im Leben einen anderen Menschen, der für ihn wie ein Fels in der Brandung ist", fing Thomas wieder an. „Jemanden, bei dem er Halt findet, der ihn beschützt im Leben. Solch ein Fels war mein alter Herr für meine Mutter. Allerdings nur bis zu dem Tag, als sie von der Affäre meines Vaters erfahren hat, wie du dir sicher denken kannst. Du weißt doch davon, also auch von dem unehelichen Balg, das daraus entstanden ist, oder?"

„Na klar, David. Ich habe ihn kennengelernt."

„Genau. David, mein Halbbruder." Thomas wirkte beinahe amüsiert.

„Als deine Tante Adelheid es erfahren hat, krachte dieser Fels von einer

Sekunde auf die andere weg. Meine Mutter schwamm aufs offene Meer hinaus und geriet in einen Gefühlsstrudel, der sie auf den Grund hinuntergezogen hat."

Jetzt wurde er auch noch poetisch, überlegte Rauscher, sprach in Bildern und Metaphern. Was sollte der Scheiß mit dem Felsen und dem offenen Meer? Was wollte er ihm damit sagen? Er konnte keine Linie erkennen.

Doch Thomas ließ sich nicht beirren und machte weiter: „Für mich war mein Vater zwar nie ein Fels, aber er war so etwas wie eine Säule, an die ich mich anlehnen konnte. Er stützte die Familie, wo es nur ging. Natürlich jene Familie, die er später durch sein Fremdgehen mutwillig zerstört hat. Moralisch hat er immer den Integren gegeben, und dann macht er seiner Sekretärin ein Kind! Das muss so erniedrigend für meine Mutter gewesen sein ..." Nun schwieg er eine Weile und lehnte sich erschöpft nach hinten an die Stuhllehne, bevor er erneut anhob. „Meine Eltern haben mir von der Schwangerschaft seiner Sekretärin natürlich nichts erzählt. Jedenfalls zunächst nicht. Haben mich angelogen, als ich nachfragte, was denn passiert sei. Denn dass etwas passiert war, war offensichtlich. Meine Mutter stand vollkommen neben sich. Hatte sich innerhalb kurzer Zeit verändert, radikal, eine komplette Wesensveränderung. Sie hat kein Wort mehr mit meinem Vater gesprochen. Das war die Hölle, mitzukriegen, dass die eigenen Eltern sich spinnefeind waren. Und noch schlimmer war es, nicht zu wissen, warum."

„Kann ich nachvollziehen. Aber ich weiß nicht, worauf du hinauswillst."

„Sei doch nicht so ungeduldig. Du hast hier doch alle Zeit der Welt. Oder hast du noch was vor?"

„Nicht, dass ich wüsste."

„Also gut. Ich wollte damals natürlich herausfinden, was da los war. Habe meine Mutter zur Rede gestellt, ihr keine Ruhe mehr gelassen. Hab bei ihr gebettelt, dass sie mir endlich sagen soll, was los ist. Ich habe sie so sehr bedrängt, dass sie schließlich keine Wahl mehr hatte und es mir erzählen musste. Bumms! Dann brach auch die Welt für mich zusammen. Die Säule, die mein alter Herr für mich gewesen ist, hat einen Riss bekommen, der nicht mehr zu kitten war. Bis sie ganz einstürzte." Und nach einer kurzen Pause fügte er hinzu: „Mein alter Herr hatte unsere Familie befleckt. In den Dreck gezogen. Meine Mutter konnte ihm nicht mehr in die Augen sehen. Ihr Leben, so untadelig es auch war, hat er leichtfertig zerstört ..." Er sah Rauscher scharf an. „Kannst du nicht nachvollziehen, dass es ihr eine Freude war, ihn tot zu sehen?"

Ein paar Augenblicke, die beklemmender nicht hätten sein können, vergingen.

„Dir etwa auch?", fragte Rauscher nach, weil er es nicht länger aushielt und endlich die berühmten Worte hören wollte: Ja, ich habe ihn getötet!

Aber nichts dergleichen geschah. Thomas verstummte und senkte den Kopf.

Rauscher probierte es weiter, er wollte es aus seinem Munde hören. „Also hast du deinen Vater für deine Mutter getötet, richtig?"

Thomas hob den Kopf und öffnete die Lippen, um Rauschers Frage zu beantworten, aber dazu kam er nicht. In diesem Moment flog die Tür auf, knallte an die dahinterliegende Wand und Jana stürmte ins Zimmer. Hinter ihr erschienen fast zeitgleich Ingo Thaler und Jan Krause.

Rauscher war so perplex, dass er an eine Halluzination glaubte.

Jana fing an zu schreien, Rauscher schrie zurück. Und auch Thaler und Krause beteiligten sich mit Jubelrufen.

Und dann ging alles ganz schnell. Da Thomas in den beiden Männern Kripobeamte vermutete – sein Instinkt, was Polizisten anging, war stark ausgeprägt –, sprang er auf, nutzte die Verwirrung, brüllte ebenfalls los und rannte wie von der Tarantel gestochen die Tür hinaus.

Die drei Kommissare waren wie erstarrt, denn damit hatte niemand rechnen können.

Rauscher fragte: „Wie kommt ihr denn hierher?"

Aber niemand ging auf ihn ein.

„Verfolgen?", schrie Thaler Jan Krause an.

„Logisch!", antwortete Jana.

Thaler setzte sich als Erster in Bewegung und schoss aus dem Zimmer, hatte jedoch aufgrund der Zeitverzögerung schon eine Menge Rückstand zu beklagen. Als er draußen auf dem Flur ankam, war weit und breit nichts mehr von Thomas zu sehen. Nicht einmal die Richtung, ob links oder rechts, ahnte er. Er entschied sich für links, hechtete den Flur entlang und zwei Treppen nach unten zum Ausgang. Auch hier war keine Spur von Thomas. Er blies die Verfolgung ab. Stattdessen schnappte er nach Luft. Um seine Fitness war es nicht zum Besten bestellt. Er ging gemütlich zurück ins Krankenzimmer.

51

Seit gefühlten Stunden saß Jana auf Rauschers Bett und hielt ihn im Arm, streichelte seine Wangen und knutschte ihn. Bis es ihm etwas zu viel wurde.

„Autsch!", sagte er. „Mein Kopf."

„Ich pass schon auf, dass ich nicht an die Wunde komme. Aber ich lass dich nicht so schnell wieder los. Dafür hatte ich zu viel Angst um dich."

„Davon kann ich ein Lied singen, wenn ich an den Eintracht-Fall denke", antwortete er. „Aber Unkraut vergeht nicht. Jedenfalls nicht so schnell."

Nachdem Thomas geflüchtet war, hatte Rauscher für Momente das Gefühl, seine Hoden würden sich zusammenziehen. Er war so kurz davor gewesen, die ganze Wahrheit zu erfahren. Und dann kamen genau im falschen Moment Jana und die Kollegen reingeschneit. Solch einen Brass hatte er selten gehabt, aber er fing sich sofort wieder. Sie konnten ja nicht ahnen, dass Thomas dabei gewesen war, ihm sein Herz auszuschütten. Hinzu kam, dass sie nicht mal gewusst hatten, dass er, Rauscher, überhaupt im Zimmer lag.

Thaler, der draußen telefoniert hatte, kam wieder herein. „Die Kollegen sind informiert, die Fahndung nach Rauscher ist abgebrochen. Sie richten schöne Grüße aus und gute Besserung."

Rauscher nickte und bedankte sich.

„Wie geht's jetzt weiter?", fragte Krause.

Rauscher berichtete ausführlich von dem Gespräch, das er mit Thomas an seinem Krankenbett geführt hatte. Alle lauschten ihm mit gespanntem Interesse.

„Okay, aber was bedeutet das jetzt?", fragte Thaler in die Runde.

„Die Frage aller Fragen", antwortete Jana.

„Einerseits wissen wir jetzt, dass es Thomas nicht war. Andererseits ist er immer noch der Schlüssel zur Lösung des Bergmann-Falls." In Rauscher mischten sich diverse Gefühle. Ein richtiger Gefühlscocktail, der irgendwie bitter schmeckte. „Ich muss noch mal mit ihm reden. Da hilft alles nichts."

„Oder wir kümmern uns noch mal um Jens Hellmann", warf Thaler ein. „Soweit Jana mir erzählt hat, hattest du ihn auch in Verdacht."

Rauscher wog Thalers Worte ab. „Mein Gefühl sagt mir, dass das nicht nötig ist. Wir müssen uns auf Thomas konzentrieren. Er wird uns den Täter liefern."

„Aber wenn er es nicht war, wer dann?", fragte Jana nach.

„Ich hab da einen ganz miesen Verdacht", verkündete Rauscher.

„Oh mein Gott!" Jana klang schrill, weil ihr gerade etwas klargeworden war. „Du meinst ...?" Sie war sichtlich bestürzt. Ihr Kopf fing wieder an zu pochen.

Rauscher nickte und wandte sich an Krause. „Wie können wir es deichseln, an Thomas ranzukommen?"

„Mit uns will er sicher nicht reden. Aber vielleicht mit dir. Allein. Wenn wir ihm das zusichern, stimmt er vielleicht zu."

„Könnte funktionieren. Also los. Ich ruf ihn am besten an."

52

Draußen war ein wunderbar klarer und eiskalter Winterabend angebrochen. Die Sterne glitzerten am wolkenlosen, dunklen Himmel. Thomas saß seit einer knappen Stunde am Fenster, rauchte und schaute hinaus. Einst war die Familie noch intakt gewesen. Doch das war eine Ewigkeit her. Allerdings fand er, nach dem Gespräch mit Rauscher, dass dieser gar nicht so verkehrt war.

Nachdem er aus dem Krankenhaus abgehauen war, hatte ihn sein Cousin angerufen und um ein Gespräch gebeten. Er wollte mit ihm allein reden. Ohne Störung. Dass plötzlich drei Kommissare ins Zimmer gestürmt waren, hatte Rauscher ja nicht ahnen können.

Thomas hatte spontan zugestimmt. Irgendetwas war passiert, das ihn verändert hatte. Er wollte diese Last loswerden. Er wollte alles loswerden. Auch die Schuld, die er auf sich geladen hatte. Er wollte frei sein und alles hinter sich lassen, um endlich wieder ein halbwegs normales Leben führen zu können.

Er fühlte sich zu Rauscher hingezogen. Es tat ihm gut, über all die Dinge, die ihn seit dreißig Jahren belasteten, mit ihm zu reden. Es befreite seine verwundete Seele. Auch nach dieser langen Zeit schien noch möglich zu sein, was er längst nicht mehr für möglich gehalten hatte.

Rauscher war ein guter Zuhörer, konnte einordnen, was er sagte, wusste, von was er sprach. Sein Gefühl sagte ihm, dass dies der einzige gangbare Weg war. Und den gedachte er zu gehen.

Das Klingeln lenkte ihn ab.

Thomas drückte seine Kippe aus, verließ seinen Fensterplatz und ging zur Tür. Als er öffnete, blickte er Andreas Rauscher, der einen weißen, dicken Verband rund um Stirn und Hinterkopf trug, direkt in die Augen.

Thomas ließ seinen Blick hinter ihm durchs Treppenhaus schweifen.

„Ich bin allein. Wie ausgemacht."

„Warum hast du geklingelt? Du hast doch einen Schlüssel."

„Ich wollte dich nicht überraschen."

„Was macht der Kopf?"

„Geht schon."

„Komm rein!"

Als Rauscher die Wohnung betrat, musste er gegen den fast übermächtigen Drang ankämpfen, Thomas sofort nach seinem Geständnis zu fragen. Stattdessen wollte er es ruhig und behutsam angehen lassen. Sich vortasten. Dieser Weg schien ihm der vielversprechendste, um hinter das Geheimnis der Familie zu kommen. Er hatte das Gefühl, hier und jetzt den entscheidenden Durchbruch erzielen zu können.

Er zog seinen Mantel aus, legte ihn über den Arm und schaute sich um. Sie waren allein, gingen den langen Flur durch bis zum Ende und setzten sich im Wohnzimmer an den Tisch.

„Nen Schoppen?", fragte Thomas.

„Spricht nichts dagegen."

„Moment."

Er stand auf, begab sich in die Küche und kam nach drei Minuten mit einem kleinen Bembel und zwei Gerippten zurück.

„Wo ist dein Anhang?", fragte er und schenkte ein.

„Ich bin allein. Nur das zählt. Nur wir zwei. Du warst gerade so schön am Erzählen. Wir wurden unterbrochen. Ich hoffe, du kannst fortfahren."

„Wo war ich stehengeblieben?"

Sie nahmen die Gläser, stießen an, sahen sich tief in die Augen und tranken.

„Du wolltest mir gerade die Frage beantworten, ob du für deine Mutter deinen Vater getötet hast."

Beim Wort ‚getötet' zuckte Thomas zusammen. „Traust du mir das wirklich zu?"

„Ich will nicht lügen", begann Rauscher diplomatisch, „aber so, wie ich dich erlebt habe, seit du in Deutschland bist, traue ich dir einiges zu. Auch das."

„Scheine ja einen super Eindruck gemacht zu haben."

„Fein ausgedrückt!"

Thomas nahm einen weiteren Schluck. „Okay, dann will ich da mal anknüpfen." Seine Stimme klang traurig. Nur unterschwellig, aber Rauscher bemerkte es. „Immer, wenn ich davon anfange, werd ich ganz melancholisch ... Ach, was soll's! Ich muss immer an sie denken."

„An wen?"

„Meine Mutter. Sie hat mich dreißig Jahre lang nicht losgelassen. Komisch, es war sie, nicht mein Vater, die mich verfolgt hat."

„Warum?"

„Hass ist ein starker Antrieb ..."

„Woher kommt dein Hass?", fragte Rauscher nach, weil er sich den Zusammenhang nicht erklären konnte.

„Weißt du eigentlich, wie deine Tante Adelheid hinter das Verhältnis zwischen meinem alten Herrn und Frau Hellmann gekommen ist?"

„Hat er es ihr gebeichtet? Kann ich mir irgendwie nicht vorstellen."

Ohne Federlesen antwortete Thomas: „Sie hat die beiden in flagranti erwischt. Beim Sex auf einem Tisch in der Firma nach Feierabend. Klischee pur, ich weiß, aber so hat es sich zugetragen." Er schüttelte den Kopf. Es hatte etwas Verzweifeltes an sich. „Genau da, auf dem Tisch, hat sie ihm einige Zeit später seine Henkersmahlzeit serviert."

„Was soll das heißen?", fragte Rauscher aufgeregt und bekam eine Gänsehaut. Es schwante ihm, dass sich sein Verdacht gleich bestätigen würde.

„Nachdem meine Mutter es wusste, hat er ihr alles gebeichtet. Ganz ausführlich sogar. Wie er mit Frau Hellmann ... Na ja, du weißt schon. Seit wann das schon ging und wie oft und so weiter. Er sei verliebt. Und sie sei schwanger. Das war sein Todesurteil."

„Woher weißt du das alles?", fragte er nach einer kurzen Pause.

„Hat mir meine Mutter erzählt ... und zwar nach dem Mord an ihm. Wahrscheinlich, um mich zu besänftigen."

„Zu besänftigen?"

„Sie musste ja ihre Tat irgendwie begründen."

„Also hat Tante Adelheid tatsächlich Onkel Karl ..." Rauscher stockte, weil er es in dieser Situation nicht fertigbrachte, das Undenkbare auszusprechen. Im Handumdrehen fiel ihm auch die unumstößliche Wahrheit ein, die quasi jeder Polizist intus hatte: Die meisten Morde werden innerhalb der Familie verübt.

„Bitter, bitter. Ich weiß, wie hart das ist. Aber es ist passiert."

„Und?" Rauscher hatte noch so viele Fragen. „Hast du ihr diesen Grund abgenommen?"

„Nachvollziehen konnte ich es, ja, damit umgehen nicht. Deshalb hab ich mich später auch aus dem Staub gemacht. Weil ich es hier nicht mehr ausgehalten habe, mit ihr in einer Wohnung. Hier hat mich alles an meinen alten Herrn erinnert, an unsere glückliche Familie aus früheren Tagen."

„Wie ist es abgelaufen?", wollte Rauscher wissen.

„Was?"

„Der Mord."

„In der Firma. Mein alter Herr war Montagmorgen der Erste und Freitagabend der Letzte. Er hat immer auf- und abgeschlossen. Das war seine Routine, so war er. Das hat er zwanzig Jahre lang so durchgezogen. So war es auch in jener Woche ... Und das wusste natürlich auch meine Mutter. Also hat sie ihm freitagsabends, als niemand mehr da war, ein leckeres Mahl bereitet. Dumm nur, dass er es nicht überlebt hat."

„Hat es sich also doch bewahrheitet."

„Was?"

„Gift ist ein bevorzugtes Tötungsmittel von Frauen. Woher hatte sie es?"

„Ganz einfach, sie hat sich Vaters Ausweis geschnappt und ist damit zur Metro marschiert. Da kriegst du als Unternehmer das Zeug tonnenweise. Natürlich hat sie noch zwanzig andere Sachen gekauft, alltäglichen Kram, damit es nicht auffällt. Vielmehr hat sie mir vom Ablauf nicht erzählt. Ich hab auch nicht nachgefragt."

„Erzähl mal weiter. Wie zum Beispiel bist du ins Spiel gekommen?"

„Sie hat mich um Hilfe gebeten. Die Leiche wegzuschaffen war ja nicht ganz einfach. Hätte sie allein nie hingekriegt ... Und ich Depp konnte nicht Nein sagen."

„In dem Brief hast du geschrieben, du hast nichts zu bereuen."

„Das stimmt auch. Es war keine Frage, ob ich meiner Mutter helfe. Natürlich hab ich ihr geholfen. Sie wäre ja schon gescheitert, den Leichnam zu beseitigen, und damit wären sie ihr auf die Schliche gekommen und sie wäre für immer in den Bau gewandert. Das war mir natürlich bewusst. Sie hat mich quasi vor vollendete Tatsachen gestellt. Ich hatte gar nicht die Wahl, Nein zu sagen. Ich musste ihr helfen. Also hab ich in dieser Freitagnacht das Auto geholt, auf dem Firmenhof geparkt und wir haben ihn die paar Meter rausgetragen und in den Kofferraum gepackt. Mitten in der Nacht sind wir an die Nidda gefahren ...“

„Wohin genau?“, unterbrach ihn Rauscher.

„Da gibt's diese Stelle zwischen Eschersheim und Heddernheim, da führt die Straße ein ganzes Stück direkt am Fluss entlang. Nachts ist da niemand. Da ist ja rechts das Freibad und links ein Sportgelände. Da verirrt sich keiner hin. So war es auch. Wir waren mutterseelenallein, als wir ihn in die Nidda geschmissen haben. Noch an Ort und Stelle haben wir uns geschworen, kein Sterbenswörtchen zu sagen und uns gegenseitig ein Alibi zu geben. Das war bombensicher. Die Polizei konnte uns nichts nachweisen.“ Er schlug die Beine übereinander, lehnte sich zurück und starrte in die Luft, als liefe der Film von damals noch einmal in seinem Kopf ab.

„Wie hättest du dich gefühlt, wenn du deinen eigenen Vater als Leiche in der Nidda hättest entsorgen müssen?“, fuhr er nach einer Weile fort, doch Rauscher schwieg. Das alles musste er erst mal sacken lassen.

„Unterschätzt habe ich die Folgen“, fuhr Thomas fort. „Es ging mir so an die Nieren, ich hab es überhaupt nicht mehr aus dem Kopf gekriegt. Der Leichnam meines toten Vaters verfolgte mich bis in den Schlaf. Ich hab ihn im Kofferraum liegen und in der Nidda untergehen sehen wie einen toten Riesenfisch. Das war auch ein Grund für meine Flucht.“ Jetzt schaute er Rauscher tief betroffen an. „Aber der eigentliche Grund war, dass ich meiner Mutter nicht mehr unter die Augen treten konnte. Ich konnte ihren Anblick nicht mehr ertragen. Wenn sie im selben Raum war, fühlte ich mich scheiße. Das war richtig körperlich. Ich hab in ihr nur noch die Mörderin meines alten Herrn gesehen und sonst nichts. Also musste ich Abstand gewinnen, damit es irgendwann wieder geht. Nur wie? Ne eigene Wohnung nehmen? Hätte nicht gereicht. Selbst das Wissen, mit ihr in einer Stadt zu sein, hat mich in Panik versetzt. Blieb nur Auswandern. Mein Traum von Hollywood fiel mir wieder ein. Vielleicht waren die USA meine Chance, von allem wegzukommen. Ohne groß zu überlegen, hab ich gepackt und bin abgehauen. Den Rest der Geschichte kennst du ja schon."

Rauscher überlegte eine Weile und sah ihn scharf an. „Eins verstehe ich noch nicht ganz: Warum dieser Hass auf deine Mutter?"

„Woher der Brass kommt, ist doch klar. Sie hat mein Leben in Frankfurt beendet, ohne mich zu fragen. In den USA ist es zwar anfangs gut gelaufen, aber das Gelbe vom Ei sieht anders aus. Außerdem hätte ich nie damit gerechnet, dass meine beschissene Mutter mich quasi enterbt und ausgerechnet einen abgehalfterten, suspendierten Ex-Kommissar, dem langweilig ist und der viel Zeit hat, ihr Erbe vermacht."

„Du sprichst von mir?"

„Klugscheißer! Aber jetzt ist es auch mal gut. Es ist alles so dumm gelaufen. Niemand außer dir wäre auf den Mord an meinem Vater gestoßen und hätte den ganzen Kram wieder ausgegraben. Nach dreißig Jahren hatte ich irgendwie meinen Frieden damit gemacht. Alle waren heilfroh, nie mehr damit behelligt zu werden. Nur du nicht."

„Liegt mir im Blut."

„Als du auf der Bildfläche aufgetaucht bist, hast du alles kaputtgemacht. Hättest in der Versenkung bleiben sollen. Ich konnte mich kaum noch an dich erinnern, aber als ich gehört habe, dass du bei der Kripo bist, hatte ich gleich so ein Scheißgefühl."

„Also hat sie dich enterbt, weil du abgehauen bist?"

„Sie fühlte sich von mir im Stich gelassen, obwohl ich mich für sie strafbar gemacht habe. Aber als ich weggegangen bin, hab ich sie verlassen. Ab da stand sie alleine da, weil sich ja gleichzeitig auch der Rest der Familie abgewandt hat."

„Moment. Soweit ich weiß, hat sie dazu selbst ein gehöriges Stück beigetragen."

„Anfangs, also unmittelbar nach dem Mord, wollte sie mit niemandem etwas zu tun haben, und irgendwann war es zu spät. Sie war ganz auf sich allein gestellt und hat im Laufe der Jahre immer mehr mich für ihr Elend verantwortlich gemacht. Sie hat mich gehasst."

Rauscher wechselte das Thema. „Und was hast du jetzt vor?"

„Du meinst wegen dem Erbe?"

„Auch."

„Mein Anwalt hat mich gestern Abend noch informiert, eine Klage wäre wohl aussichtslos und mir davon abgeraten. Schätze mal, dass ich da wenig machen kann. Aber wahrscheinlich kann ich sogar mit dem Pflichtteil einen großen Teil meiner Schulden tilgen ..."

„Apropos: Hast du eine Ahnung, um wie viel es bei dem Erbe eigentlich geht?" Rauscher wunderte sich über sich selbst, dass er ausgerechnet Thomas diese Frage stellte.

„Nicht die Bohne, aber da muss schon was da sein. Außerdem die Wohnung im Holzhausenviertel. Da kommt schon was zusammen."

„Dann müssen wir wohl auf Notar Wollenschläger und die Testamentseröffnung warten."

„Ich weiß nicht, ob ich da noch hier bin. Ich geh wieder nach L.A. ... Den Rest der Schulden krieg ich sicher mit ein paar neuen Jobs beim Film weg", hängte er an, als habe dieser Punkt wenig Bedeutung für ihn.

Rauscher betrachtete sein Lächeln, das nun aussah, als sei es eingefroren.

Einerseits war Rauscher heilfroh, seinen Cousin, die Blökmaschine, vom Hals zu haben. Andererseits tat es ihm leid. Mit ihm ging wieder ein Teil der Familie verloren, geriet außer Sicht. Aus den Augen, aus dem Sinn, fiel ihm ein. Würde er jemals wieder etwas von ihm hören? Er war sich nicht sicher.

„Wieso hast du das alles eigentlich nicht früher ausgesagt? Dann hätten wir uns den ganzen Zinnober sparen können."

„Spinnst du? Die hätten mich doch eingebuchtet wegen Beihilfe zum Mord."

„Irrtum", sagte Rauscher. „Beihilfe zum Mord, und sogar eine Mittäterschaft, verjähren schneller als ein Mord. Ich denke, du brauchst nach dreißig Jahren in dieser Hinsicht nichts mehr zu befürchten."

Thomas schaute ihn mit großen Augen an, bevor er ruckartig auffuhr. „Das hättest du mir auch früher sagen können!"

„Wie denn? Ich habe ja eben erst von deiner Beihilfe erfahren."

„Na schön!", antwortete Thomas mürrisch.

„Noch was anderes", holte Rauscher aus. „Sag mal, hast du schon mal von einem Herrn Merzenich gehört?"

„Merzenich, Merzenich?", wiederholte Thomas den Namen. „Nee, sagt mir nix."

„Er ist Ahnenforscher und Tante Adelheid hatte ihn engagiert."

„Aha, und wozu?" Thomas schien neugierig zu werden.

„Tja, deine Mutter hat wohl die Familiengeschichte, also nicht die Mordsache, sondern die Stammbäume und so weiter, untersuchen lassen."

„Ich erinnere mich an etwas." Thomas wirkte, als grübelte er intensiv über die Vergangenheit nach. „Da kam uns mal ein Autor besuchen. Das muss so Anfang der Achtziger gewesen sein. Er hat erzählt, dass er über Frankfurter Persönlichkeiten und berühmte Familien forscht. Wir dachten, es ging um meinen alten Herrn, als Unternehmer stand er ja im Licht der Öffentlichkeit. Aber das war ein Irrtum. Viel später stellte sich heraus, dass er an einem Buch schrieb."

„Über was?"

„Ich glaube, es ging darin um Frau Rauscher. Im Zuge dessen ist er wohl auf unsere Familie gestoßen ... Vielleicht war das Merzenich und meine Mutter kannte ihn daher."

„Und ist das Buch veröffentlicht worden?"

Thomas zuckte die Achseln. „Gute Frage. Das ist alles, was ich weiß. Ich war dann ja bald in den USA und habe nie wieder von dem Mann gehört."

53

Andreas Rauscher gefiel der Duft nach Nelken und Zimt, als er an dem Montag spätabends in seine Bockenheimer Wohnung kam. Ein heißer Apfelwein wartete auf ihn und er freute sich darauf.

„Bin zurück!", rief er.

Auf dem Rückweg vom Holzhausenviertel hatte er Jana Bescheid gegeben, dass das Gespräch mit Thomas erfolgreich verlaufen war.

Das Empfangskomitee bildeten Jana, Ingo Thaler und Jan Krause. Jana lief ihm im Flur entgegen und fiel ihm um den Hals. Sie drückten sich lange, während ihn Thaler und Krause ebenfalls begrüßten.

„Du hast es gerockt!", sagte Thaler.

„Quatsch! Ich bin gerade so mit heiler Haut davongekommen."

„Du bist zwar im Krankenhaus aufgewacht, aber das schmälert nicht deine Leistung", bemerkte Krause. „Ohne dich wäre der Fall niemals aufgeklärt worden."

„Hat aber auch nichts gebracht. Außer für mich vielleicht."

„Du hast ein tapferes Herz, das zählt. Immerhin wissen wir jetzt, wer der Täter war." Krause pochte auf den Erfolg.

„Die Täterin, meinst du wohl." Rauscher wirkte fahrig.

„Was ist los?", wollte Jana wissen. „Schmerzt dein Kopf?"

„Oh ja! Aber eine Gehirnerschütterung ist es nicht, haben sie im Krankenhaus gesagt. In den nächsten Tagen muss ich noch mal zum Doc zur Kontrolle. Und deshalb brauch ich jetzt Medizin." Alle lachten. „Nach so viel Kuddelmuddel bin ich heilfroh, wenn ab jetzt alles wieder in normalen Bahnen läuft."

„Darauf stoßen wir an." Jana ging vor in die Küche, schenkte den heißen Apfelwein, der in einem Topf auf dem Herd stand, in drei Gerippte und verteilte sie an die Kommissare.

„Auf dich", sagte Thaler.

„Auf uns!", schloss sich Rauscher an.

„Salute!"

„Prost!"

„Ah, ein Gedicht!" Rauscher leckte sich über die Lippen und konnte sein Glück kaum fassen. Endlich hatten sich die Wogen geglättet. Der erste Schluck wirkte wie eine Befreiung.

Kapitel 7

54

Donnerstag, 24. Dezember

Dämmeriges Tageslicht fiel durchs Küchenfenster, während Rauscher bei der dritten Tasse Kaffee versuchte, wach zu werden. Es war wieder kälter geworden. Nebel lag an diesem Morgen wie ein dicker Brei in den Straßen Bockenheims.

„Unser erstes gemeinsames Weihnachten", sagte Jana, als sie in die Küche kam. Sie wirkte verschlafen.

„Eigentlich unglaublich, oder?"

Rauscher nahm sie in den Arm und drückte sie ganz fest an seine Brust.

„Auch einen?"

„Ja, gerne."

Er reichte ihr eine Tasse Kaffee. Sie standen vorm Fenster und schauten hinaus.

„Wie geht's dir heute Morgen?", fragte Rauscher.

„Die Nase läuft noch etwas, ansonsten alles gut. Wollen wir eigentlich später zum Stadtgeläut gehen?"

„Also, meine Position dazu ist klar: mit dir immer." Grinsend legte er einen Arm um Jana.

„Obwohl", sagte sie und zuckte die Achseln. „Ich weiß nicht so recht. Hast du wirklich Lust auf die Menschenansammlung? Anderer Vorschlag, wir gehen einkaufen und machen es uns anschließend hier gemütlich. Was hältst du davon?"

„Ja, ein bisschen Luft schnappen vor der Geschenkeschlacht wär gut."

„Das können wir ja mit dem Einkaufen verbinden."

Am späten Vormittag badete die Stadt im Wintersonnenlicht. Der Nebel hatte sich verzogen. Die Dezembersonne spiegelte sich in den Bockenheimer Fenstern und ließ den Tag heller erscheinen, als er tatsächlich war. Sie gingen Arm in Arm an der Bockenheimer Warte vorbei, über den ehemaligen Uni-Campus und bogen in die Senckenberganlage ein, die fast verwaist war. Auf dem Rückweg erledigten sie die letzten Besorgungen auf der überfüllten Leipziger Straße.

Als sie am Haus ankamen und Rauscher den Briefkasten leerte, fand er darin einen Brief von Notar Wollenschläger, diesmal nicht schwarz umrandet. Er hielt ihn nachdenklich in der Hand und starrte ihn an.

„Willst du ihn nicht öffnen?", fragte Jana.

„Erst zur Bescherung." Rauscher steckte ihn ein.

Gegen vier Uhr klingelte es.

„Nanu, wer ist das denn am Heiligen Abend?", fragte Jana.

„Äh, ja ... Ich habe eine kleine Überraschung für dich."

„Ach nee, jetzt sag nur nicht ..."

„Ich dachte, wenn wir so ganz allein feiern ... Du magst Ingo doch auch und er hätte heute in seiner Ginnheimer Bude allein gehockt. Da können wir doch auch zusammen ..."

„Lustig", sagte Jana. „Mit einem gebürtigen Offenbacher hab ich noch nie Weihnachten verbracht." Sie lachte herzhaft, stand auf und öffnete die Tür.

„Danke für die Einladung", sagte Thaler, als er in die Küche kam.

„Ich war dir noch was schuldig."

„Okay, dann ist das mit dem heutigen Tag also auch abgegolten. Danke." Thaler schnupperte. „Hier riecht es weihnachtlich."

„Es gibt heißes und kaltes Stöffche, Rindswurst und Kartoffelsalat", erklärte Rauscher. „Also nur das Allernotwendigste. Morgen sind wir bei meinen Eltern eingeladen zur Gans. Oder ist dir etwa mehr nach Hummer, Kaviar und Schampus?"

„Keine Spur", erwiderte Thaler. „Apropos, da fällt mir was ein. Es gibt was Neues."

Jana und Rauscher schauten ihn gebannt an.

„In der Wohnung deiner Tante Adelheid konnten wir DNA sicherstellen. Haare im Kamm, Hautschuppen im Bett und so weiter. Wir haben so viele Proben genommen, dass wir zweifelsfrei davon ausgehen können, dass es sich um ihre DNA handelt. Dann haben wir den Abgleich mit der DNA aus dem alten Kaugummi vorgenommen. Und jetzt ratet mal, was dabei rauskam!"

„Übereinstimmung!", schätzte Jana.

„Ich schließe mich an", antwortete Rauscher.

„Genau das ist das Ergebnis. Damit ist zwar nicht hundertprozentig ihre Täterschaft bewiesen, aber die Wahrscheinlichkeit, dass es so abgelaufen ist, wie Thomas es dir erzählt hat, ist immens hoch."

An Jana gewandt sagte Rauscher: „Ach, das hab ich dir noch gar nicht erzählt. Gestern Abend hat mich noch David angerufen und sich bedankt, dass der Fall endlich aufgeklärt ist. Ihm ist ein Stein vom Herzen gefallen. Ich soll dir Grüße ausrichten."

„Danke. Das ist lieb."

„Er hat sich auch einen Ruck gegeben und seiner Mutter erzählt, dass Jens Hellmann alles sehr leid tut. Hellmann hat ihr wohl zu Weihnachten einen Brief geschrieben und sie gebeten, sich noch mal mit ihm zu treffen."

„Das wäre ja was, wenn die sich wieder versöhnen würden, nach all den Jahren."

Sie gingen ins Wohnzimmer und feierten Weihnachten zusammen. Der Tisch war festlich gedeckt, der Weihnachtsbaum hing voller Kugeln, schwarz, weiß, rot natürlich.

„Wer hat den denn so schön geschmückt?", erkundigte sich Thaler.

„Ich!", bekannte Jana. „Du glaubst doch nicht im Ernst, dass Rauscher daran gedacht hätte."

„Ich hatte anderes zu tun. Immerhin musste ich Geschenke für Mäxchen besorgen und verschicken. Ich hoffe, sie sind noch angekommen."

Die Geschenke lagen unter dem Baum und Thaler legte noch ein kleines Päckchen dazu.

„Wir bescheren später. Erst mal gönnen wir uns was zu essen."

Rauscher kam mit drei Tassen ins Wohnzimmer und der altbekannte Zauber des süßlichen Duftes erfüllte ihre Nasen.

Da weiß man, wo man ist, dachte Rauscher, als der erste Schluck in seinem Magen wie ein Fußball im rechten Torwinkel einschlug. Er grinste feist. Sein erster Schoppen als vermeintlicher Alleinerbe. Sicher würden einige folgen.

„Das Stöffche, aus dem das Leben ist", ergänzte Thaler.

Er trank einen Schluck und machte ein Gesicht, als schlürfe er Champagner. Die Wangen zogen sich hoch, genauso wie die Mundecken.

Während sie sich den Rindswürsten und dem Kartoffelsalat hingaben, meldete Jana eine WhatsApp von Elke aus Hamburg. „Frohe Weihnachten an alle", las sie vor. „Mäxchens Geschenke sind eingetroffen. Und sie hat noch drei Bilder gesendet. Mäxchen in Bergen von Lego und Playmobil. Uiuiui. Ist das etwa alles von dir?"

Sie reichte das Handy an Rauscher weiter. „Äh, dass das so viel ist, hätte ich nicht erwartet." Voller Stolz, aber auch mit einer Portion Wehmut, zeigte er Thaler die Bilder seines Sohnes. Wie gern hätte er ihn jetzt bei sich gehabt.

Jana schickte weihnachtliche Grüße zurück nach Hamburg. Kaum hatte sie die WhatsApp abgeschickt, klingelte das Festnetztelefon.

„Hat man denn nicht mal an Weihnachten seine Ruhe?", fragte Rauscher und nahm ab.

Seine Eltern. Auch sie wünschten frohe Weihnachten allerseits. Rauscher hatte sie bereits vorgestern über das Gespräch mit Thomas informiert. Sie waren zwar sehr betrübt gewesen, ahnten aber andererseits, dass von nun an Licht am Ende des Tunnels sichtbar werden würde. Sie hofften auf entspanntere Zeiten im neuen Jahr.

Rauscher verabschiedete sich bis morgen und legte auf. Sie aßen zu Ende und räumten den Tisch ab.

„Wollen wir langsam mal?", fragte Rauscher.

Doch bevor er zu Ende reden konnte, rief Jana dazwischen: „Oh ja, Bescherung!"

Rauscher stellte auf dem Laptop eine Weihnachtsplaylist ein. Es erklang „Oh, du fröhliche!". Er ging in die Knie, holte ein kleines Päckchen unterm Baum hervor und überreichte es Jana.

„Oh, ein Geschenk!", rief sie strahlend aus.

„Es ist Weihnachten!"

Sie riss das Papier auf, stieß auf eine Halskette aus Silber und einen Gutschein. Jana weitete die Augen und strahlte. „Eine Reise!", rief sie aus. „Und ich darf mir aussuchen, wohin?"

„Ja, das mit dem Buchen hab ich nicht mehr geschafft und so kannst du einfach entscheiden, wohin du willst. Wir fliegen Anfang des Jahres, dachte ich."

„Aber da musst du doch wieder deinen Dienst antreten?"

„Ich nehme Urlaub. Und dann klären wir im Urlaub, wie es bei uns beiden beruflich weitergehen wird."

Sie flog an seine Brust, umarmte ihn, drückte ihn ganz fest und knutschte ihn ab.

„Hast dich aber mächtig angestrengt, Alter!", erwiderte Thaler bewundernd.

„Wir haben uns zwei Wochen für uns allein verdient", antwortete Rauscher.

Rauscher bekam von Jana Wollsocken, einen Schal und einen Pullover. Aber das schönste Geschenk für ihn war die Teilnahme an einer Apfelweinverkostung in der Buchscheer. „Wollte ich immer schon mal machen, hat aber nie geklappt."

„Jetzt bestimmt!", sagte Thaler und freute sich mit ihm.

Auch Thaler packte seine Geschenke aus und war erstaunt, dass sich Rauscher mächtig ins Zeug gelegt hatte. „Ein Wellness-Wochenende auf Sylt? Ich arbeite ab sofort öfter für dich, auch undercover, wenn's sein muss!" Er grinste und umarmte seinen Vorgesetzten.

Thalers Geschenk war ein ebenfalls Gutschein. Er lud die beiden in eine Apfelweinwirtschaft ihrer Wahl ein. „Den Termin könnt ihr euch überlegen."

Sie bedankten sich herzlich bei ihm, waren glücklich und stießen mit einem guten Schoppen in ihren Gerippten an.

„Schade, dass das immer so schnell geht mit dem Auspacken", meinte Rauscher, doch Jana hob die Hand. „Moment! Da ist gestern noch ein Päckchen für dich abgegeben worden, als du nicht da warst. ,Erst Weihnachten öffnen' steht drauf." Sie reichte es ihm.

Er betrachtete es rundum. „Nanu, steht kein Absender drauf."

„Hab mich auch schon gewundert."

„Was kann das sein?"

„Schau halt rein!"

„Und von wem?"

„Mach's nicht so spannend!"

Es war ein schmales Päckchen. Als er es öffnete, fand sich darin ein in Weihnachtspapier verpacktes Geschenk. Er packte es aus und hielt eine geheftete Mappe in Händen. Sah aus wie ein wichtiges Schriftstück. Er klappte sie auf. Zuoberst lag ein Anschreiben. Der Briefkopf enttarnte den geheimnisvollen Absender: Es war von Merzenich, dem Ahnenforscher.

Er las weiter. Die Überschrift lautete: Stammbaum und Familienge-schichte der Familie Rauscher.

Lieber Herr Rauscher, ich habe mich mit Notar Wollenschläger kurz-geschlossen und da Ihr Konkurrent ums Erbe durch seinen Anwalt seinen Verzicht hat verlautbaren lassen, möchte ich Ihnen hiermit Ihr Eigentum nicht länger vorenthalten und dachte, es wäre sicher ein schönes Geschenk zu Weihnachten.

Vielen Dank, dass ich für Ihre Familie tätig werden durfte.

Grüße, Merzenich, Ahnenforscher

Er hatte den Brief leise und für sich gelesen, sodass die beiden anderen es vor lauter Anspannung nicht länger aushalten konnten.

„Jetzt sag schon!", rief Thaler.

„Es sind die Ergebnisse des Ahnenforschers Merzenich, den meine Tante engagiert hatte. Die Mappe enthält den Stammbaum der Familie Rauscher."

Merzenich konnte nicht ahnen, dass er mit diesem unerwarteten Geschenk die Weihnachtsfeier im Hause Rauscher weitgehend sprengen würde, denn einmal ausgepackt konnte Rauscher seine Augen kaum mehr von der Heftmappe lassen.

„Du kannst doch morgen weiterlesen!", sagte Jana.

„Nur noch diese Seite." Aber immer, wenn er am Ende jener Seite angelangt war, musste er wie automatisch weiterlesen, so spannend war es. Er vergaß, dass er eigentlich was anderes versprochen hatte.

„Manchmal nervt er ganz schön", sagte Jana an Thaler gewandt und stieß mit ihm an.

„Und das ist erst der Anfang", stimmte Thaler zu, was ihr aber wenig Mut machte.

Im Laufe des Abends konnten sie Rauscher immerhin noch einige Details aus Merzenichs Bericht entlocken. Er konnte es zwar immer noch nicht fassen, aber es schien tatsächlich alles darauf hinauszulaufen, dass Helene Rauscher, die Großmutter von Adelheid Bergmann-Rauscher, also Thomas' und Rauschers Urgroßmutter, eine direkte Verwandte von DER Fraa Rauscher aus de Klappergass gewesen war, nämlich ihre Schwester. Somit stünde fest, dass, nach derzeitigem Stand, Max, sein Sohn, der letzte Rauscher-Nachfahre war.

Nachdem er diese Enthüllung preisgegeben hatte, die er von Merzenich schwarz auf weiß niedergeschrieben und beglaubigt bekommen hatte, war die Freude groß. Es war vielleicht das schönste Geschenk des Abends. Einen solchen Stammbaum konnte schließlich nicht jede Familie nachweisen.

Sie stießen wieder an, doch als Jana merkte, dass sich Rauscher erneut die Mappe schnappen wollte, ging sie dazwischen und fragte ihn keck: „Sag mal, hast du nicht vielleicht doch noch was vergessen?"

Genau in diesem Moment kam ihm wieder der Brief aus dem Briefkasten in den Sinn. Er klatschte sich mit der Hand an die Stirn, klar, Notar Wollenschläger hatte ihm geschrieben. In seinem Büro fand er den Brief auf dem Schreibtisch, nahm ihn an sich und öffnete ihn im Wohnzimmer am Esstisch.

„Sieht so aus, als hagelt es heute noch mehr Geschenke", war das Erste, was er von sich gab. Das Zweite war: „Da hol mich doch der Teufel!"

Jana hielt es vor lauter Neugier nicht mehr aus, stellte sich hinter ihn und zog ihm den Brief aus der Hand, um ihn selber lesen zu können.

„Das haut einen um!", war ihr Kommentar.

Jetzt wurde Thaler sauer. „Freunde, das könnt ihr mit mir nicht machen. Ich will jetzt endlich wissen, was Sache ist."

„Also gut. Wollenschläger hat mir mitgeteilt, dass ich jetzt offiziell Alleinerbe bin."

„Ja, und? Um wie viel Steine geht's denn?", fragte Thaler nach.

„Steht nicht drin. Die Testamentseröffnung ist erst im neuen Jahr. Bis dahin heißt es: abwarten und heißen Ebbelwoi trinken!"

„Oh no!", bemerkte Thaler und ließ sich enttäuscht auf die Couch sinken.

In diesem Moment kündigte Rauschers Handy eine neue WhatsApp an. Er nahm es an sich. Als er aufs Display schaute, war er nicht wenig verwundert.

„Von wem?", rief Jana.

„Von Thomas."

„Und was schreibt er?"

„Fuckin' merry X-mas and a happy ebbelwoi year from L.A.!"

Alle fingen gleichzeitig an zu lachen.

Alle „Rauscher"-Krimis im Überblick

Der erste Rauscher: „Mord auf Bali" – Trouble im Urlaubsparadies

Ein exotisches Urlaubsparadies. Ein Frankfurter Kommissar. Eine geheimnisvolle Mordserie.

Der Frankfurter Kommissar Andreas Rauscher gerät in seinem Urlaub auf Bali unter Mordverdacht und hat alle Hände voll zu tun, gemeinsam mit seinem balinesischen Kollegen Padang, einen skrupellosen Mörder zu überführen. Im Laufe der Ermittlungen wird Rauscher hineingezogen in einen Strudel aus Mythen und Aberglauben, Tradition und Moderne, Prostitution und gnadenlose Geschäftemacherei.

ISBN 978-3-9813571-1-0 – 220 Seiten – 10 € (Neuauflage 2011)

Der zweite Rauscher: „Lauf in den Tod" – Für Lauffreunde und Krimifans

Angst und Entsetzen im Frankfurter Niddatalpark. Ein toter Läufer liegt am Ufer der Nidda. Andreas Rauscher, Kommissar und Apfelweinliebhaber, macht sich auf die Jagd nach dem Joggermörder. Er taucht ein in die Welt der Kilometerfresser, Bestzeiten und Endorphine. Die heile Läuferwelt beginnt zu bröckeln und der Fall entwickelt sich zu einem Wettrennen auf Leben und Tod.

ISBN 978-3-9813571-0-3 – 215 Seiten – 10 €

Der dritte Rauscher: „Der Mann mit den zarten Händen" – Magische Hände

Ein einsames Leben. Eine außergewöhnliche Gabe. Ein tödliches Schäferstündchen.

In einem Bornheimer Mietshaus wird Marie-Luisa Bonner, 46, unter seltsamen Umständen getötet. In seinem dritten Fall stößt Andreas Rauscher, Frankfurter Kommissar und Apfelweinliebhaber, zunächst nur auf mysteriöse Blutergüsse, ein blondes Haar und viele offene Fragen. Es entwickelt sich ein mitreißender Krimi, der von einsamen Herzen, unerfüllten Sehnsüchten und schuldigen Händen handelt.

ISBN 978-3-9813571-1-0 – 265 Seiten – 10 €

Der vierte Rauscher: „Robin Tod" – Rätsel um zwei tote Investmentbanker

Als in Frankfurt zwei Investmentbanker tot aufgefunden werden – jeweils mit einem Pfeil in der Brust – rechnet Markowsky, Leiter der Mordkommission, mit einem Serientäter, der die Straßen unsicher macht. Kommissar Andreas Rauscher unterbricht seinen Urlaub, obwohl seine ganze Aufmerksamkeit der bevorstehenden Geburt seines ersten Kindes gilt. Während der Geburtstermin immer näher rückt, nimmt der Fall „Robin" eine unerwartete Wendung und endet in einem fulminanten Showdown.

ISBN 978-3-9813571-3-4 – 248 Seiten – 10 €

Der fünfte Rauscher: „Paukersterben" – Mobbing in der Schule

Frankfurt-Bockenheim. An der Novalis-Schule herrscht Chaos. Der Frankfurter Kommissar und Apfelweinliebhaber Andreas Rauscher ermittelt im Mordfall Ralf Kramer, allseits beliebter Lehrer der Schule. Er stößt dabei auf eine Schulleiterin, die kurz vorm Herzinfarkt steht, eine Lehrerin, die ihre Liebe nicht in den Griff bekommt, auf Eltern, die sich betrügen, Schüler, die sich mobben und auf ein Video, das Abgründe offenbart.

ISBN 978-3-9813571-8-9 – 275 Seiten – 10 €

Der sechste Rauscher: „Fliegeralarm" – Fluglärm-Krimi

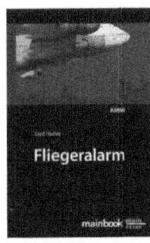

Kommissar Andreas Rauscher heiratet. Jedenfalls hatte er das vor, bevor ihm – wie immer – etwas dazwischen kommt. Rasch wird klar, dass es in diesem temporeichen Krimi um den Flughafen und den Fluglärm über Frankfurt-Sachsenhausen geht. Die Geschichte hat im Jahre 1987 an der Startbahn West ihren Ausgangspunkt und verfolgt zudem die brisante Frage, wie weit Bürger gehen würden, wenn sie den Lärm nicht mehr ertragen können und sich gegen die Macht der Wirtschaft und der Politik wehren wollen.

ISBN 978-3-9441240-4-9 – 243 Seiten – 10 €

Der siebte Rauscher: „Abgerippt" – Mietpreisexplosion in Frankfurt

Der Frankfurter Kommissar Andreas Rauscher ist wie vor den Kopf gestoßen. Sein Onkel fliegt aus der Wohnung, seine Freundin (oder Ex?) will nicht mehr mit ihm reden, ein Hausmeister entpuppt sich als Privatdetektiv und wird kurz darauf auch noch tot aufgefunden. Die Kripo ermittelt in einem Mietshaus in Sachsenhausen und Rauscher wird schnell klar, dass sich zwischen den Mietern des Hauses und ihrer neuen Hausbesitzerin eine hochexplosive Stimmung entwickelt hat. Rauscher taucht ein in eine Welt aus Wut und Zukunftsängsten.

ISBN 978-3-9441247-5-9 – 242 Seiten – 10 €

Der achte Rauscher: „Einzige Liebe" – Der Eintracht-Frankfurt-Krimi

Die Eintracht, ihre Fans, Siege und Niederlagen, Triumphe und Skandale. Euphorie und Verzweiflung liegen oft dicht beieinander. Doch als Björn Schlicht, Eintracht-Fan mit Leib und Seele, tot aufgefunden wird – ausgerechnet auf dem Stadiongelände – ist das Entsetzen riesengroß. Die Frankfurter Kripo ermittelt. Und dann kommt auch noch die Liebe ins Spiel. Kommissar Rauscher hat neben seiner Liebe zum Apfelwein eine neue gefunden: Kommissarin Jana Kern, Eintracht-Fan von Kindesbeinen an. Ihr macht der Fall besonders zu schaffen und sie beginnt daher, auf eigene Faust zu ermitteln ... Schießt sie damit ein Eigentor? Während der Ermittlungen kristallisiert sich zunehmend eine Frage heraus: Kann die Liebe zum Verein zu diesem Verbrechen geführt haben? Und dann kommt auch noch Lajos Detari ins Spiel ...

ISBN 978-3-946413-48-6 – 246 Seiten – 10 €

Der neunte Rauscher: „Ebbelwoijunkie" – Stöffchealarm in Frankfurt

Angriff auf die hessische Apfelweinkultur: EU-Politiker Hans-Georg Schumann plant eine neue Gesetzesvorlage, die den Genuss des goldgelben Nationalgetränks auf 200 ml am Tag begrenzen soll. Schumann wird zu informellen Gesprächen in den Frankfurter Römer eingeladen, doch dort kommt er nie an. Er wird ermordet aufgefunden. Erste Ermittlungen der Frankfurter Mordkommission kommen zu dem Schluss, ein bekennender Apfelweinliebhaber wollte dem Gesetzesvorhaben Einhalt gebieten.

Kommissar Rauscher glaubt nicht an dessen Schuld, steckt jedoch in der Zwickmühle. Einerseits sprechen die Indizien klar gegen den Täter, andererseits kann Rauscher sein Motiv, das Stöffche zu verteidigen, glänzend nachvollziehen und empfindet gar Sympathie. Er will sich nicht mit dem allgemeinen Urteil abfinden. Rauscher rebelliert, schlägt über die Stränge, wird sogar suspendiert. Doch er ermittelt privat weiter, denn er muss herausfinden, was wirklich hinter dem Mord an dem EU-Bürokraten steckt ....

ISBN 978-3-946413-91-2 – 248 Seiten – 10 €